O JOGO DE SADE

MIQUEL ESTEVE

O JOGO DE SADE

Tradução de
André Pereira da Costa

Rocco

Título original
EL JOC DE SADE

© Miquel Esteve, 2013

Todos os direitos reservados.
Nenhuma parte desta obra pode ser reproduzida ou transmitida
por qualquer forma ou meio eletrônico ou mecânico, inclusive fotocópia,
gravação ou sistema de armazenagem e recuperação
de informação, sem a permissão escrita do editor.

Edição brasileira publicada mediante acordo com
Sandra Bruna Agencia Literaria, SL.
Todos os direitos reservados.

Direitos para a língua portuguesa reservados
com exclusividade para o Brasil à
EDITORA ROCCO LTDA.
Av. Presidente Wilson, 231 – 8º andar
20030-021 – Rio de Janeiro – RJ
Tel.: (21) 3525-2000 – Fax: (21) 3525-2001
rocco@rocco.com.br
www.rocco.com.br

Printed in Brazil/Impresso no Brasil

Preparação de originais
CARLOS NOUGUÉ

CIP-Brasil. Catalogação na fonte.
Sindicato Nacional dos Editores de Livros, RJ.

E84j
    Esteve, Miquel
        O jogo de Sade / Miquel Esteve; tradução de André Pereira da Costa. – 1ª ed. – Rio de Janeiro: Rocco, 2014.

        Tradução de: El joc de Sade
        ISBN 978-85-325-2937-4

        1. Ficção espanhola. I. Costa, André Pereira da. II. Título.

14-13852   CDD–863
                                                  CDU–821.134.2-3

O texto deste livro obedece às normas do
Acordo Ortográfico da Língua Portuguesa.

*A Joan Bruna, pessoa querida sem a qual
este romance não teria nascido.
Obrigado pelo incentivo e pelo apoio.*

*A Isabel. Obrigado por seu apoio constante
e incondicional, desinteressado e
reconfortante. E por sua paciência!*

*À minha editora, Carol, por haver confiado
plenamente no romance e por me dar
a oportunidade de publicar neste selo.*

*A meu cunhado Josep Maria.
Muito obrigado, Jimmy, por ser o
primeiro braço forte que evitou minha queda
nos momentos mais difíceis da minha vida.*

Assim, sou culpado tão somente de pura e simples libertinagem, tal como a praticam todos os homens, mais ou menos em função de sua maior ou menor vitalidade, ou da inclinação que podem haver recebido da natureza. Cada um tem seus defeitos, não comparemos: talvez meus algozes não ganhassem com o paralelismo. Sim, sou um libertino, confesso: concebi tudo o que se pode conceber neste campo, mas, com certeza, nunca fiz tudo o que concebi nem jamais o farei. Sou um libertino, mas não sou bandido nem assassino.

Carta de DONATIEN DE SADE
à esposa, PÉLAGIE,
datada de 20/2/1781

É muito agradável escandalizar [...]. Devo confessar, senhores, que é uma das minhas voluptuosidades secretas...

MARQUÊS DE SADE,
A filosofia na alcova

O que você não daria para retroceder o tempo! Poder começar outra vez a vida, evitando os atoleiros em que foi afundando até o pescoço. Certamente não voltaria a casar com ela, nem assinaria a metade das hipotecas, nem compraria a cobertura onde mora, nem investiria suas economias em aventuras tecnológicas, nem redirecionaria a empresa para a restauração artística, nem teria tido uma filha...

Neste ponto você interrompe a lista de supostas intenções, horrorizado, com o copo de "Johnny" red label na mão.

"Como não teria tido a Isaura? Como pude chegar a este ponto, ao cúmulo de sacrificar minha própria filha?" Você estremece, balança a cabeça e toma um grande gole. O gelo, deslizando pelo copo alto, se choca contra seus incisivos. Ultimamente você vem sendo atormentado por muitos maus pensamentos que, de início, atribuía à crise econômica. Não estava acostumado a passar aperto – e sua mulher menos ainda –, mas, como quase todo mundo, acreditava que seria algo passageiro. Aos poucos, porém, foi ficando evidente que fugaz era, precisamente, a bolha que o obrigou a hipotecar até as calças. Para não mencionar que também acabou hipotecando a relação com Sabrina, uma sereia loura como a da canção de Fito e Fitipaldis, "Soldadito marinero", "dessas que dizem eu te amo assim que veem tua carteira recheada...".

Mas daí a amargura por tamanha escravidão levá-lo ao ponto de questionar até mesmo sua filha, Isaura?! Isso deixa em frangalhos o que lhe resta de alma viva. É uma menina fantástica, sensata, ajuizada, carinhosa...

Como pode imaginar, mesmo que só por um instante, que seria capaz de sacrificar o sorriso de Isaura, seu beijo de boa-noite, seus afagos à tarde no sofá? Em que espécie de monstro você se transformou, Javier? Sentimentos venenosos de gente ruim.

Mas nem sempre foi assim. Até bem pouco tempo você se considerava o sujeito mais feliz do mundo, o mais sortudo. Faz uns seis anos, quando sua empresa faturava milhões por ano; quando era capaz de dar uma fugida no fim de semana para qualquer capital europeia com sua mulher, Sabrina, e detonar seus cartões de crédito; quando podia exibir seus dentes impecáveis em altas gargalhadas nas reuniões com os amigos – bem, nem tanto; conhecidos, talvez, e olhe lá – e mostrar-lhes a última aquisição de sua coleção de arte; quando se permitia frequentar os desfiles de moda e comprar aquele modelo extravagante e feio, mas que levava a assinatura de Versace ou Armani; quando, ao volante do seu Porsche Cayenne, deixava Isaura em seu seleto colégio e ficava à espera de que ela atravessasse o portão com seus passinhos curtos... Quando, enfim, vivia na maior mordomia, sem nenhuma preocupação de que algum dia essa engrenagem pudesse vir a emperrar; faz somente seis anos que você, Javier, se considerava o cara mais feliz do mundo, porque na verdade a embriaguez do sucesso o impedia de questionar sua vida. De fazer perguntas tão óbvias e importantes – agora assim lhe parecem –, como: "Será que Sabrina me ama de fato? Viveria comigo, apesar de tudo? Conseguirei me manter sempre nesta maré de sorte?"

"Ah, a vida!" Você suspira enquanto ergue o copo para pedir ao garçom, Toni, outra dose de uísque. "Bom rapaz, esse Toni!" Você o conhece há muito tempo, pois já faz muitos anos que frequenta este seleto bar. Não é aquele garçom confessor clássico, do tipo que procura a cumplicidade do cliente e discorre sobre a vida demonstrando uma sabedoria popular etc. etc. etc. Toni lhe agrada justamente porque se mantém a uma distância prudente e se limita a escutar quando você lhe requer a atenção, quase sem abrir a boca.

Ele volta a encher seu copo com profissionalismo e o rosto impertérrito enquanto o álcool o ressarce do escárnio da vida, da infidelidade de Sabrina, do cruel embate da crise... Você bebe para esquecer, mais que pelo prazer da bebida, você tem de admitir!

O mais triste de tudo, Javier – e há alguns dias seu coração está tomado por esta sensação –, é que você não precisaria beber para esquecer Sabrina. Você sabe que ela lhe é infiel há uns dois anos, desde que você lhe restringiu os gastos e reduziu o limite do seu cartão de crédito.

Quando o detetive particular que contratou para segui-la mostrou as fotos que a incriminavam, você teve um ataque de ciúme. Você a teria estrangulado ali mesmo, em cima da mesa do detetive e diante dele. Deve reconhecer que o camarada que ela beijava, o empregado de uma loja de roupas muito da chinfrim, é mais atraente e mais jovem que você. Porém, após algum tempo, e de forma inaudita, o ciúme se transformou numa espécie de tesão. Isso mesmo, tesão, e não há como disfarçar. Você não sabe por quê, mas imaginar Sabrina fazendo sexo com o desconhecido o excitava. Fantasiar aquele sujeito comendo sua mulher o deixava "aceso". Até que, sem saber como, Sabrina deixou de representar para você muito mais que qualquer outra. Por essa inexplicável mecânica mental, ela se transformou, na realidade, num instrumento erótico meio patológico...

Se não é por ter perdido Sabrina que você bebe, será então por causa da crise? "A crise?" Claro que sim. Essa porra de crise econômica, que pulverizou os lucros da sua imobiliária e o deixou na mais completa e absoluta miséria. Você poderia encontrar cem mil Sabrinas, mas... e o ânimo para ganhar novamente toda essa dinheirama? Cadê?

Você suspira. Jura que, caso ganhasse de novo uma boa grana, jogaria as fichas de modo diferente. Para começar, não se apaixonaria por uma mulher como Sabrina: preguiçosa, fútil, ostentosa, esbanjadora, orgulhosa, superficial... "Meu Deus!", você exclama. "Como pude me casar com todos esses adjetivos?" Você sabe perfeitamente a resposta: o problema não é Sabrina, é você, Javier. Queria impressionar a Deus e o mundo com aquela louraça, de origem marroquina, que fazia curso de modelo e manequim. "Sou um cara fisicamente normal, mas desfilo com essa pérola!" Impressionar! Para efeito externo! Foi esta a pedra angular da sua ruína.

A questão é que, se você fosse capaz de voltar a ganhar o que ganhava, administraria tudo de outro jeito. Admitamos que pudesse escolher uma mulher diferente, mesmo sem a bunda esplendorosa da Sabrina, seus olhos verdes e amendoados, seus seios firmes e pontudos. Procuraria uma mulher completa, boa moça, sem tantos atributos físicos. Como Paula, por exemplo, a mulher de Eduard, seu amigo médico. Enfermeira, inteligente, culta, controlada, responsável, humanista... Apesar dos dentes feios, alguém como Paula seria uma excelente opção. Ou como Blanca, a garota do quinto ano pela qual você sempre foi apaixonado, sem que nunca ousasse confessá-lo. Uma boa moça. Não tão espetacular como Sabrina, mas muito atraente e, sobretudo, simples e natural.

Mais um gole, confortado pela lembrança de Blanca. De qualquer maneira, não ficariam por aqui as providências para evitar situações tão pouco favoráveis como a que você está vivendo. Nada de assinar hipotecas absurdas, como a do bangalô de Dubai ou comprar carrões que lhe chupam o sangue com trocas frequentes de pneus, revisões e consumo de combustível. Nada de pagar quantias exorbitantes por uma garrafa de Moët num hotel, para não mencionar as gravatas de seda Jacquard, design exclusivo de Pietro Baldini, ou os engastes de brilhantes da joalheria Liali de Dubai.

"Ah, se eu pudesse voltar atrás e ter uma nova oportunidade!", você suspira. Desgostoso, esvazia o copo e olha pelas janelas do bar. Escureceu. O céu assumiu uma tonalidade avermelhada que projeta uma sensação de fragilidade. Com um movimento seco do punho, você põe a esfera do seu Rolex ao alcance da vista. Quinze para as oito. Deveria voltar para casa, mas a ideia não o agrada. Isaura está fora, viajando com o colégio para Florença, e só deve retornar daqui a quatro dias. Parker, seu querido gato siamês, faleceu faz uns dois meses. É a morte que mais o afetou nos últimos tempos, possivelmente a mais sentida desde a de sua mãe, vai fazer dez anos. Desse modo, os únicos seres vivos que restam na cobertura são Sabrina e Marilyn, a estúpida e insuportável cadela poodle, fiel paradigma canino de sua dona e protetora. Você não a tolera. Nem ela a você. Você imagina que ela fareja em você os feromônios do menosprezo que ambas lhe inspiram.

"Droga!" Essas duas hóspedes de honra tiram toda a sua vontade de voltar para casa.

Os três minutos que deslizam pelo grande balcão do bar enquanto você, preocupado, decide o que fazer têm uma música de fundo. Música da sua época, os anos 80, de um grupo espanhol chamado Burning, banda que agradava a todo mundo, mas que nunca obteve o eco de outros grupos de qualidade inferior. "*O que faz uma garota como você num lugar como este? Que tipo de aventura você veio procurar? A idade a denuncia, menina, você está deslocada...*"

Um calorzinho benigno invade seu corpo enquanto termina a bebida para prestar atenção à música, ao sabor das recordações. Você se vê vinte anos mais jovem, com o copo de cuba libre na mão, dançando cercado de colegas, e Blanca... Ah, se pudesse voltar atrás!

Já chega! Você tem vontade de sair, respirar o ambiente noturno. Poderia ir comer qualquer coisa em algum bar e depois tomar a saideira. Mas gostaria de algo diferente. Não desses lugares esnobes que tanto agradam a Sabrina e a toda a camarilha de conhecidos vazios. O destino lhe serve Toni na bandeja. Ele está de pé à sua frente, caçando com a pinça uma rodela de limão de uma jarra de aço inox que você tem ao alcance do braço. Você o interpela:

– Posso lhe pedir uma coisa?

Toni faz um gesto condescendente, um movimento que não perturba sua aura alciônica. Não tarda nem meio minuto para atendê-lo, após servir um aperitivo a uma cliente. Você vai direto ao ponto:

– É o seguinte: eu queria sair para tomar alguma coisa esta noite, mas preferia mudar de ares, conhecer algum lugar novo, gente nova... Um lugar fora da rotina e do ramerrame. Estou me fazendo entender?

– Novas emoções?

– Isso.

– Alguma preferência estética?

Você hesita antes de responder. "Estética?" Com a água batendo no pescoço, pouco lhe importa a questão estética.

– Olhe, Toni, já estou farto de tudo. Meu barco está indo a pique e preciso de um momento mágico, de um estímulo novo, ainda que seja só por uma noite!

O sorriso que o garçom esboçou foi tão passageiro quanto uma estrela fugaz cortando o crepúsculo. Ele o olhou com malícia – como nunca fizera antes – e se virou para o balcão de serviço deixando em suspenso um "acho que tenho o que está procurando, Javier!" na atmosfera enigmática que se havia forjado.

Ao se voltar, Toni lhe entrega um cartão e, em voz baixa, meio desconfiado, explica:

– É um local fechado chamado Donatien. No cartão não consta o endereço, apenas um número de celular. Quando ligar, uma voz vai pedir uma senha, que está escrita aí, no verso do cartão. Informe-a e então a voz revelará o lugar de encontro. Entendido?

Admirável e misterioso. Você sente nas veias o fluxo efervescente da adrenalina pela primeira vez em muitos dias.

– Obrigado, Toni. Fico lhe devendo uma!

– Por quê?

O garçom o olha com ar de desentendido.

– Por este cartão! Pela sugestão!

– Que cartão? Não lhe dei nada, Javier!

Perplexo ante tamanha impassibilidade, você examina o cartão para se assegurar de que não andou sonhando. Não, Javier, é verdade. Na frente do cartão aparece o nome do lugar e o telefone celular a que Toni se referiu.

DONATIEN
654990876

No verso, uma frase escrita a caneta esferográfica e com caligrafia esmerada:

Les infortunes de la vertu

É francês: "Os infortúnios da virtude." E, segundo o garçom, trata-se de uma senha. Causa estranheza vir escrita em francês, mas este detalhe, somado ao enigma da senha, o celular para contato e a ausência de endereço... Tudo o deixa agitado.

Curiosamente excitado, você paga a conta e torna a agradecer. Em vão, pois não consegue romper a impassibilidade de Toni com as demonstrações de agradecimento.

Na rua, o céu tinge de preto o entardecer avermelhado. Você sente no rosto o frescor da brisa do mar. Está muito bom para meados de junho. Você procura o Blackberry no bolso do blazer e, caminhando, tecla o número que consta no cartão.

– *Oui?*

É uma voz masculina ligeiramente efeminada.

– É do Donatien?

– Oui, monsieur. Sabe a senha?

– *Les infortunes de la vertu.*

Você acentua o sotaque anasalado, como faz sempre que fala em francês, por mais que Jacqueline, uma amiga de Paris, critique seu exagero.

– Rua Nou de la Rambla, número 24, segundo andar. A partir da meia-noite. Deverá apresentar o cartão que lhe deram. *À toute à l'heure, monsieur!*

A rua Nou de la Rambla fica no Barrio Antiguo. Sabes disso porque, quando mais jovem, frequentava alguns bares da região, lugares emblemáticos, como o La Bohemia, o Marsella ou o London. Faz bastante tempo que não vai para aqueles lados. Quem diria que a vida volta a levá-lo lá agora, aos 44 anos.

Você está se sentindo bem, Javier, muito bem, depois de tantos dias de fatalidades e hecatombes jurídicas. Respira fundo e experimenta nos pulmões o ar salobro do mar, misturado a uma sensação de frescor libertário apenas entorpecida pela lembrança de Isaura, sua filha. Você a imagina passeando com os colegas pela Ponte Vecchio. Talvez troque beijos com aquele garoto que liga para ela e com quem conversa às escondidas – você acha que o nome dele é Borja –, tendo o rio Arno por testemunha muda dos sonhos de tantos namorados.

Você mesmo, Javier, é apaixonado por Florença. Já havia visitado muitas cidades e aprendido que por trás de cada uma se percebe uma aura diferente. Isso só quem viaja muito e tem um instinto aguçado para essa espécie de coisas consegue captar. Pois não se trata simplesmente da mudança de cultura, do estilo arquitetônico, dos costumes, da gastronomia ou do clima. Estamos falando da aura secreta das cidades. A aura forjada por milhares de anos de história. História magna, refletida nos monumentos e vestígios; história anônima, encoberta nos detalhes, como aquela inscrição meio apagada numa fachada ou o remate de vidro do corrimão numa escadaria decrépita.

Florença murmurou em seu ouvido o segredo do amor ideal, do amor nobre. Você não estaria enganado se afirmasse que foi sob a luz especial que banha a cidade que brotaram suas primeiras dúvidas sérias a respeito de Sabrina. Ali, inebriado por um halo de ideais sublimes e artísticos, a vacuidade da sua mulher se escancarava. Visitando os Uffizi, você perdeu a noção do tempo admirando *O nascimento de Vênus*, rendido à elegância da cena, à pudica pose de Vênus tapando o sexo com os membros nus e os cabelos agitados pelo sopro de Zéfiro. Para não mencionar a casa onde nasceu Dante, onde você sofreu o tormento amoroso do gênio literário e se emocionou com o quadro de Beatriz...

Florença o submeteu a tal fascínio que, na hora da sesta, após um suculento almoço no restaurante La Giostra, você não permitiu que Sabrina lhe fizesse um boquete, deitados na cama do quarto de hotel. Você se lembra até, Javier, de não havê-la tocado durante toda a viagem, salvo uma noite, voltando de uma discoteca. Mas admite que, ao fazê-lo, sentiu uma espécie de náusea por profanar a atmosfera de amor sublime com a voluptuosidade de sempre.

Se algum dia lhe for novamente permitido, você regressará a Florença com uma mulher que saiba partilhar com você sua excelsa fragrância. E – quanta ironia! – sua imaginação imediatamente cinzelou a figura de Blanca. Os dois olham o verde sereno do Arno. E ela lhe oferece os lábios úmidos com que tanto você sonhou na juventude...

Um toque longo de buzina e um irado "imbecil, olhe por onde anda" o resgatam do sonho florentino. Distraído, atravessou uma faixa de pedestres com o sinal vermelho, e um taxista o repreendeu. Lamente-se e chore quanto quiser, Javier, mas não ponha a vida em perigo! Ou pelo menos enquanto não tiver ido ao Donatien!

Ultimamente, desde que seu império vem irremediavelmente desmoronando, você se deu conta de que, por trás das máscaras do seu mundo, sobram apenas as aparências sociais e o sorriso carnoso e cínico do fracasso. Não há nada que lhe importe no mundo, a não ser, claro, Isaura. Este desejo que o atormenta – "Se pudesse voltar atrás!..."

– faz parte da melancolia mórbida com que a artificialidade adquirida pune o fracasso. Porque, se uma pessoa fracassa, Javier, fracassa e ponto! Levante-se e recomece. Para que, então, ficar se torturando, pensando "Ah, se pudesse voltar atrás!", quando sabe que isso, por ora, é fisicamente impossível?

A trama do sucesso é previsível e tão... diabólica! Primeiro, o sucesso o impele a lutar e a fazer qualquer coisa para consegui-lo, numa palavra: deslumbra-o. Uma vez alcançado, ele o embriaga, o faz perder a noção da realidade. E, por fim, quando se desvanece, o faz expelindo sobre você a fragrância nostálgica e depressiva da culpa. Assim é o sucesso!

Enfim, Javier, você precisa ligar para Sabrina para avisar que chegará tarde porque o Donatien só abre à meia-noite. Terá de inventar alguma desculpa... "Um jantar de negócios!" Ela sabe tão bem quanto você – seu irmão advogado deve ter-lhe explicado – que sua empresa já não pode fechar contratos. A única coisa que está reservada aos seus negócios é a liquidação e a execução. Mas você não poderia ter em mente algum outro plano, como a venda, por exemplo?

Javier, você é mesmo um babaca! Ela trepa com o empregadinho sempre que tem vontade, dizendo que está no nutricionista ou na casa da Berta, sua melhor amiga e confidente, e você fica aí, buscando uma desculpa decente?! No cu! Um jantar de negócios e estamos conversados. Se ela engolir, tudo bem; se não, tudo bem também.

Ligas para o telefone fixo de casa.

– Olhe, Sabrina, não se preocupe, que devo chegar tarde. Tenho um jantar com uns conhecidos que estão me propondo um negócio... Não, você não os conhece... Depois eu explico... Está bem, certo... Até amanhã.

Perfeito! Já passou pelo aperto de mentir para ela. Mas bem nesse momento você solta um palavrão. Não perguntou se Isaura telefonou. "Merda!" De qualquer forma, você não tornará a ligar. Além disso, o mais provável é que Isaura esteja aproveitando bem Florença. Com certeza está sentindo o aroma secreto da cidade e trocando confidências com o Arno. Você fecha os olhos e a vê sentada na Piazza della Signoria, à sombra da torre do Palazzo Vecchio. Borja, o tal garoto, observa-a com ternura. E ela retribui o olhar. A magia de um beijo adolescente desfoca as luzes retidas das esculturas da Logia…

Você está ficando velho, Javier! Isaura já não é uma menina.

Há pelo menos meia hora você está caminhando, absorto numa filigrana florentina com toques ascéticos. Tem vontade de urinar e comer alguma coisa. Sente o vazio no estômago e a pressão da urina na bexiga. Ao acaso, escolhe um bar de aspecto externo aceitável. Entra; está cheio. O ar-condicionado o acolhe de forma contundente, com lufadas de éter gélido. Você olha ao redor, quando, de repente, um garçom com feições bem acentuadas de indígena americano lhe pergunta se vai jantar. "Um sanduíche e uma taça de vinho", você pede. Ele o conduz a uma mesinha, que você recusa com amabilidade ao notar a contundência do ar-condicionado. "O ar-condicionado faz muito mal às mucosas das minhas vias respiratórias", você explica. "Poderia, por gentileza, me conseguir um local mais resguardado?" O garçom sorri com inocência indígena e inspeciona o salão antes de encaminhá-lo a outra mesa, no extremo oposto da primeira. "Bem escolhido!" Aqui você já não sente a mordida do frio artificial. O garçom o acomoda e pergunta o que quer beber. "Uma taça de Montsant." O rapaz fica petrificado.

Javier, Javier! Como quer que um imigrante, sabe-se lá há quantos dias trabalhando de garçom, conheça os Montsant? "Não, não... Melhor um Rioja", você se corrige a tempo, fazendo com que o sorriso de satisfação retorne ao rosto dele. Antes que ele se vá, você pergunta onde é o banheiro. "Os mictórios ficam atrás daquela coluna, senhor, à sua direita", explica ele, prontamente. "Cacete, essa é boa! Os mictórios!"

Faz muitos anos que você não ouvia essa palavra, que entretanto lhe é tão familiar; apenas mais uma forma de denominar os banheiros. Era muito empregada pelo messias dos negócios com quem você topou, Gabriel Fonseca. A caminho deles, você sorri. "Mictórios!" Gabo, o canastrão. Gabo, para lá de excêntrico, que se definia como "um ambíguo asfixiante".

Você se lembra bem do dia em que ele lhe foi apresentado. Fazia pouco no ramo, você compareceu, ao primeiro chamado, à festa que o senhor Fonseca havia promovido em sua imponente mansão da Avenida Tibidabo para comemorar seu sexagésimo aniversário. O braço direito de Gabo, Arquimedes Abreu, ficara bem impressionado com os bons serviços da sua imobiliária para a subcontratação de projetos milionários no Vallès, na grande Barcelona. Os dois jantaram juntos para falar do projeto, uma semana antes da festa, e dois dias depois ligaram para convidá-lo em nome de Gabriel Fonseca.

Muito o impressionou a presença de *ready mades* que decoravam a casa. Na época, você ainda ignorava o que eram os *ready mades*, e o que significavam. Nunca tinha ouvido falar de Marcel Duchamp, nem do urinol com a assinatura R. Mutt. Por este motivo, você se arrepiou ao descobrir os dois urinóis de porcelana pendurados na parede da imensa sala de visitas, em cima de um sofá de quatro lugares. Após uma volta rápida pela casa, você deduziu que o proprietário devia ser muito endinheirado, mas também um excêntrico e um louco. Só assim para mandar pendurar dois urinóis na parede da sala.

Caramba, Javier! Esta lembrança de vinte e tantos anos faz com que você se sinta bem. Rejuvenescido. Caminhando pela casa, admira, boquiaberto, uma decoração inédita: um ambiente distinto de tudo o que já viu na vida; um cenário onde o mobiliário cotidiano convive com objetos mirabolantes, como os urinóis de porcelana elevados a obra de arte. Até que a perambulação o leva ao grupo de pessoas que, reunidas junto ao bar, agitam os copos de cristal com bebidas multicoloridas enquanto conversam. Você se sente pouco à vontade, apesar do aconchego que a música new wave de fundo transmite, apesar de ter sido convidado por desejo expresso do próprio anfitrião, o grande Fonseca. A causa desse desconforto – isto você é capaz de afirmar agora, graças à perspectiva que o tempo oferece – é que você não tem a mais vaga ideia do que seja essa estética.

Timidamente, você se junta ao grupo, na esperança de que alguém o inclua no coro de gargalhadas e lhe sirva um copo com uma bebida qualquer. Arquimedes Abreu surge por trás de você, dá as boas-vindas e o apresenta publicamente. Você se sente despido pelos olhares interrogativos e pelas dúvidas que flutuam no ar. "De onde saiu esse sujeito?", "Conhece a imobiliária desse tal Javier?", "Nunca o vi na vida!" A sensação desagradável dura pouco, é fugaz, diretamente proporcional à relevância do recém-chegado. Num instante você está incorporado ao coro de gargalhadas, saboreando um coquetel Wasabi Dream, que, como é de supor, nunca antes você havia provado.

Não demora a descobrir que no grupo há um mestre de cerimônias. Sujeito alto, esguio e de rosto afilado; cabelos brancos, sobrancelhas espessas combinando; lábios pálidos, mas carnudos; olhos azuis, emoldurados por óculos de esmalte preto, estilo retrô, redondos; paletó de alpaca bege. O sotaque argentino, muito acentuado e melódico, se ajusta de certa forma à linguagem corporal. Dir-se-ia até que ele se move ao compasso da música new wave de fundo. Sua intuição diz que é o anfitrião, o senhor Gabriel Fonseca. E não se engana, porque em seguida ele atravessa o círculo de pessoas até onde você está, lhe estende a mão e se apresenta. É ele, o grande Gabo, o proprietário dos urinóis de porcelana elevados a obra de arte.

Demonstrando uma habilidade especial, o senhor Fonseca se aparta do grupo e o leva para diante dos urinóis que tanto o impressionaram. Ele percebeu na hora o impacto que provocaram em você. "E se eu lhe dissesse, Javier, que essas duas réplicas do urinol de Duchamp valem mais de 1 milhão de dólares? Mas não pense que os mantenho aqui pelo preço. Observe-os bem! Não acha que, libertos dos preconceitos de sua finalidade, são autênticas obras de arte, com essas formas suavemente arredondadas e a porcelana branca celestial?"

Você concorda, mais para não contrariá-lo que por convicção artística. Passando a mão pelas suas costas, ele o vai empurrando delicadamente enquanto discorre. "Os mictórios", é a primeira vez que você ouve esta palavra, "transformaram-se numa obsessão artística para mim. Faz pouco tempo, paguei uma fortuna por uns mictórios novecentistas projetados por Rubió que pertenciam à família Sagalés, da indústria têxtil catalã. Para não falar de quanto me custou o penico noturno de Madame Curie!"

Quando você se apercebe, está numa espécie de biblioteca com paredes revestidas de madeiras nobres. As lombadas dos livros das estantes por si só já constituem ornamentação, graças ao colorido prolífico e aos dourados reluzentes das letras.

E lá mesmo tem início seu idílio com a riqueza, Javier. É ali, sentado na biblioteca de Gabo, que lhe oferecem o contrato da sua vida. E, para consumá-lo, após o aperto de mãos, prelúdio da assinatura do grande contrato, o anfitrião o guia entre os presentes, enquanto cumprimenta a todo mundo com uma cordialidade distante, até onde se acha Sabrina. Dois metros antes de abordá-la, ele o para e roça com o lábio o lóbulo de sua orelha: "Olhe bem para ela, Javier, não é maravilhosa? Não há homem nesta festa, nem nenhuma fanchona, que não se dispusesse a pagar para dormir com ela. Mas, se me permite o conselho: jamais se apaixone por uma mulher assim, jovem; mais vale ficar viciado em colecionar mictórios!" E, neste ponto, ele chama Sabrina, pede-lhe que se aproxime, dedica-lhe alguns galanteios e apresenta os dois...

Uma sensação de alívio o invade ao esvaziar a bexiga. O sanitário do local nada tem que ver com a cosmogonia de mictórios que tanto agradava a Gabo. É um vaso comum, de água corrente, que absorveu a urina sem dar um pio. Pensando bem, como alguém iria instalar mictórios de design num bar de comes e bebes? A verdade é que você seria incapaz de citar um lugar sequer em Barcelona equipado com urinóis artísticos. Você está cada vez mais convencido, Javier, da derrota moderna da genialidade.

A funcionalidade, a homogeneização global e a estandardização se impõem desde o utilitarismo, esta hipertrofia epicurista britânica que Jeremy Bentham teorizou em um livro intitulado *Uma introdução aos princípios da moral e da legislação*, publicado em 1789, obra que você leu como a uma bíblia, Javier, nos primórdios da sua formação.

Sua certeza da deflação da genialidade na sociedade atual é coisa recente. Você mesmo está onde está – assim como Sabrina, a banalidade e o desperdício – por conta da genialidade. Ou porventura não é verdade que as primeiras grandes perdas econômicas da sua imobiliária ocorreram após a guinada em direção à atividade da restauração de peças de arte? Quantos milhões você investiu nessa loucura? E tudo pelo delírio da genialidade!

Você retorna à mesa de mau humor por ter de reconhecer que se enganou nadando contra a corrente. A taça de vinho já está na mesa, sobre um porta-copos de tom arroxeado com o nome do estabelecimento. Você deixa o vinho deslizar pela cavidade bucal. "Nada mal!" Toma dois goles seguidos sem conseguir afastar o sentimento de culpa que o persegue.

Você sabe muito bem que apostar na genialidade leva frequentemente ao fracasso. Quantas genialidades não repousam sob o manto da indigência, inéditas, ou apodrecem num ataúde com o cérebro devorado pelos vermes?

Você rememora a definição de genialidade da *Encyclopédie Française*, outro dos seus mitos literários. "O gênio consiste na extensão do espírito, na força da imaginação e na atividade da alma." Hoje, transformado em um desiludido do iluminismo, você acrescentaria: "Com a consequente ruína de quem o apoia."

Ergue a taça para brindar à genialidade. Os olhos negros do garçom presenciam o brinde, mas isso não o incomoda. Você já perdeu quase tudo, Javier, até a vergonha. Com tanta preocupação, sequer olhou o cardápio de sanduíches e tira-gostos, mas e daí?, é só chamar o garçom, servilmente predisposto a se conceder um tempo extra para a escolha, e pedir dois sanduíches mistos e outra taça do mesmo vinho.

Para matar o tempo, você pega o Blackberry e se entretém um pouco verificando as mensagens, mas finalmente levanta a cabeça ao ouvir que alguém chama seu nome. Que coincidência! Refletindo sobre a genialidade, acabou exercendo tamanha força de atração no universo que surge à sua frente um dos raros gênios vivos que você conhece de fonte segura: Alfred, o jovem escritor, filho dos seus amigos Eduard e Paula.

– Que está fazendo nesse antro da plebe, Javier?

Cumprimentam-se com um aperto de mãos, ambos de pé, frente a frente.

– Estou fazendo hora para ir a... uma reunião!
– Não nos víamos desde...
– Desde o lançamento do seu último livro na Abacus, faz dois anos – você informa. – Por que não se senta e me faz companhia?

— Não quero incomodar.

— Pelo contrário, será um prazer conversar com você. Quer comer alguma coisa?

Alfred se senta, ofegante.

— Acabei de jantar há pouco. Estava em outra mesa e o vi entrar. Mas tomo um café com você.

— Como vai seu pai? Também não tenho notícias dele desde o lançamento.

— A mesma coisa: sempre às voltas com o consultório, os pacientes, o tênis e o golfe.

Você sorri. Em seguida, um momento de trégua em que os dois se examinam.

— Não está com bom aspecto, Alfred; as coisas não vão bem?

— Para dizer a verdade, não. A crise afeta também o mundo dos livros, e as editoras, cada vez mais conservadoras, só apostam nos cavalos ganhadores.

"Fazem bem!", você pensa, mas permanece calado. Você também deveria ter feito o mesmo, Javier, e talvez agora não estivesse com a bunda de fora.

— Gostei muitíssimo do seu romance. E não o encare como um elogio. É das melhores coisas que li ultimamente.

— O autor agradece! Que bom se a crítica e os leitores tivessem pensado assim...

Uma chuva de nostalgia impregna a mesa.

— Não deu certo?

— Segundo a editora, não foram atingidos os objetivos e, sabe como é... certamente terei de procurar outra para o próximo livro.

Você está a ponto de consolá-lo e repetir que o considera um gênio da pena, mas muda de ideia. Não há de querer contagiar esse jovem escritor com o vírus do seu fracasso, não é, Javier?

– Ânimo, Alfred! Você é muito novo, logo chegará seu momento de vencer. Se pudesse, eu lhe daria um conselho, mas o tempo, o veneno do sucesso e a peçonha do fracasso me fizeram ver que a sabedoria não se transmite e que as palavras prejudicam e distorcem a essência das coisas. Tudo fica disfarçado quando expresso com palavras. Mas, se o que quer com a escrita é encher-se de dólares, então escute sua editora e anestesie o gênio que há dentro de você. Escute o que pede o público leitor. Não se aferre ao virtuosismo e à elegância, não se embriague com seu talento. Escreva o que possa ser facilmente vendido e divirta o *popolo*.

O jovem o observa arregalando os olhos pretos como carvão e vivamente expressivos.

– Não o entendo, Javier! Não acabou de dizer que gostou do meu romance?

– Sim, e muito. Mas não é uma obra para o grande público. Eu diria, sem entender nada de tendências editoriais nem ser crítico literário, que se trata de um romance para dissidentes do iluminismo, e, cá entre nós, Alfred, quantas pessoas sabem o que foi e o que representou o iluminismo? Quer ver? Levante-se e pergunte você mesmo a esse pessoal que está aqui neste bar, comendo e bebendo. Quantos saberiam explicar o que significou o iluminismo?

Você o deixou nervoso. É evidente que o moleque se agarra à sua genialidade e que ainda não descobriu que o mundo pulsa ao ritmo dos mercados. Você pisca o olho para ele e resolve mudar de assunto:

– Ainda está com aquela garota linda que estava com você no lançamento?

– Magda? Sim, estamos juntos já faz três anos. Dividimos o aluguel de um apartamento.

– É atriz de teatro, não?

A melancolia está prestes a lhe estourar os pulmões. O "sim" que ele deixa escapar soa tão abafado e angustiado que chega a afligir você.

– Está trabalhando em algum teatro da cidade?

Os olhos de Alfred ficam nublados e se perdem num olhar vago.

– No momento ela atua em locais privados, faz *realities* dramáticos para um público restrito... Pega o que aparece!

Não é preciso ser psicólogo para entender que Magda está mergulhada na miséria deste mundo da genialidade.

– É possível vê-la atuar?

– Olhe só, nos *realities* em que a Magda está atuando agora... nem eu posso entrar! Trabalha em locais privados, onde são muito rígidos nesse sentido. Esta noite, por exemplo, vai atuar em um lugar chamado Donatien. Não sei onde é, e até ela só ficará sabendo no último instante.

O nome do lugar lhe corta o peito como uma adaga afiada. Você não dá um pio, mas, instintivamente, sua mão direita procura, no bolso da calça, o cartão com o nome do lugar e o acaricia enquanto você decide se deve ou não contar a Alfred que você tem um convite particular e personalizado para essa apresentação.

O cenário mudou desde que você ouviu o nome Donatien dos lábios de Alfred. Conteve o impulso de lhe contar tudo, de mostrar o cartão, obedecendo a um instinto perspicaz e ao mesmo tempo perverso. Uma atuação secreta, um local enigmático no Raval, uma garota – Magda – com quem irias para a cama sem pensar duas vezes...

Surpreendentemente, este acaso proscreveu o jovem gênio das letras. Agora você o vê de outra maneira, como a um pobre coitado que toma seu café resignado aos reveses da vida. Você não é assim, Javier, mesmo estando nas mãos do fracasso. Incendiaria o mundo caso soubesse que alguém o olha com esse misto de nojo e comiseração. Você não se conformou em ser um corno estoico ao descobrir o adultério de Sabrina. A infidelidade a revelou a você como uma puta, sem meias-palavras, e a verdade é que nunca antes você experimentou tanto prazer fodendo com ela quanto agora que sabe o que ela de fato é: uma rameira e uma adúltera.

Você come os sanduíches desejando que Alfred, ainda discorrendo sobre seu último romance, vá logo embora, confiando na sorte, no sentido germânico do termo "sorte", o alemão *glück*, como algo que se apresenta de forma inesperada. Você sabe que encontrará uma pessoa conhecida no Donatien, Magda, e alimenta um desejo que o faz rir por dentro desse escritor mosca-morta que, embora saiba costurar magistralmente as palavras, demonstra ser um autêntico asno na vida.

Graças a Deus ele se despede antes que você possa saborear o café e o cálice de conhaque. Você se levanta e lhe dá uns tapinhas nas costas para lhe infundir ânimo. Poderia perfeitamente ter evitado o "estou convencido de que, dentro de alguns anos, talvez meses, lerei seu nome nas listas dos mais vendidos", porque intui que Alfred não lhe dará a mínima. Um sujeito que deixa a mulher extraviar-se na bruma de um mistério e se conforma em reencontrá-la quando as nuvens se dissipam, um babaquara assim, ainda que fosse o próprio Shakespeare, nunca chegará a ser nada. E se chegar, se alguma das qualidades que mantém trancada a sete chaves sobressair, jamais será levado em consideração, porque, por mais que o feminismo tenha pretendido exibir com orgulho o ressurgimento do ovismo, o esperma é que é o motor da sociedade. Basta passar os olhos no panteão de machos famosos e perguntar: quantos exibem chifres ou sobre quantos deles paira a sombra da suspeita de infidelidade conjugal? Alguns, talvez, tenham mais chifres que a medalha de ouro que enfeita a sala de estar do seu amigo Joan – um caçador de feras selvagens e também de mulheres –, mas a imagem que projetam é de machos.

Autoconvencido do fracasso de Alfred, você olha em volta para fazer o tempo voar. Já não há ninguém sozinho no bar, e você se sente solitário observando as pessoas. Tristemente solitário, admirando o espetáculo multicolorido da raça humana. Por quê? Por que você se acha tão só, Javier?

Antes, quando tudo ia às mil maravilhas, você não tinha tempo para se preocupar com isso, nem para sentir os caninos da solidão. Você tenta eliminar essa sensação angustiante pensando em Isaura, que passeia pelos corredores dos Uffizi de mãos dadas com aquele rapazote. Da sua cadeira, você diz: "Olhe, minha filha, a exibição de talento que há ao seu redor! Mas, com certeza, o segredo dos criadores reside no fogo que lhe queima o peito caminhando de mãos dadas com Borja. Sem este fogo não existe pincel capaz de se mover, nem cinzel capaz de esculpir. O segredo, Isaura, acredite em mim, está no amor. Não faça como seu pai!"

Bravo, Javier! Bravo, bravo, bravo! Quer dizer, então, que você se rendeu afinal ao romantismo... Não está lembrado? "O romantismo sempre foi para os decadentes." Era assim que você apregoava. Até para Gabo você se saiu com essa, quando ele o convidou para seu refúgio de Siracusa. Naqueles dois dias ele lhe confessou que havia se apaixonado por uma professora de academia trinta anos mais nova. Você não conseguiu se conter. "Apaixonado? Gabo, o conquistador? Apaixonado, você, o homem que despiu as maiores beldades de Barcelona?" Ele meio que se ofendeu, e então você pôs em dúvida se ele estava realmente apaixonado, pois, nesse caso, por que se sentiria ofendido? Em meio à breve discussão que se formou, você soltou seu aforismo sobre o romantismo. "O romantismo sempre foi para os decadentes. Quase todos os românticos da história acabaram destroçados no abismo da realidade."

Choveu muito desde então, o suficiente para você compreender que havia apostado na roleta do sucesso, menosprezando totalmente o amor. Lembre-se, Javier, lembre-se de que também você havia experimentado a doce picada do romantismo. Lembre-se do calafrio que sentia ao ver Blanca dançar no pub Zona, o bar da sua juventude...

Quando a cornucópia da abundância lhe vomitou riquezas, ela desapareceu; ela e tudo o que parecia puro e doce. Enquanto a cornucópia vomitava, você fechou as portas ao passado a ponto de parecer que não o havia tido, que sua vida começara na biblioteca de Gabo, em sua casa decorada com mictórios. Pense bem, Javier. Onde foi que conheceu Sabrina? Onde aprendeu a admirar os *ready mades*? Onde se iniciou na ostentação banal?

Sei, já sei o que vai me responder. Na realidade, você vive repetindo que o sucesso o havia anestesiado. E não é um anestésico maravilhoso? Escute bem uma coisa: se você não estivesse à beira do fracasso, não teria se dado ao trabalho de matutar tudo o que pensa ultimamente. Isso eu lhe asseguro, Javier, eu que o conheço bem. Esqueça o outro, o Javier nostálgico que vive suspirando feito uma mulherzinha: "Ai, se eu tivesse uma segunda oportunidade!"

O garçom de feições indígenas deposita a conta sobre a mesa. Você deixa uma gorjeta, generosa demais para sua atual condição financeira, mas é como se você queimasse os últimos cartuchos da vida.

Resolve sair para dar uma caminhada, sob a proteção das luzes da cidade. Está se sentindo estranho e confuso num mundo o qual antes adorava. Para um instante para acender um Montecristo e logo recai na nostalgia ao olhar o isqueiro Zippo com que o acendeu. É o último presente de Isaura, de quando você fez 42, em janeiro deste ano. "Não gosto que você fume, papai, mas sei que não resiste! Comprei com meu dinheiro." Com os olhos brilhando de emoção, você a abraçou com força. "Gostei muito! Sempre o levarei comigo."

Mas Sabrina tinha de estragar a festa. Ciumenta e arrogante, esperou que você parasse de girar o Zippo entre os dedos e, com a voz empapada de rancor, proferiu: "Filha, papai ia gostar mais do Dupont de ouro que eu lhe sugeri." Você olhou para ela, com ar desafiador. "Não é verdade, mamãe, engano seu; eu gosto muito dos Zippos, sobretudo por esse som que fazem ao abrir e fechar! Além disso, este, com o Yin Yang gravado, é lindo!"

Os dois sustentaram o olhar por algum tempo, ambos tensos, reprimindo sabe-se lá quantas queixas mútuas, para não magoar Isaura. Você foi o primeiro a abandonar o duelo de olhares para admirar a doçura dos olhos da sua filha. Você a seguiu correndo até a cozinha para fazer pipocas no micro-ondas, e juntos comeram tudo assistindo ao último filme de Harry Potter. Nem notou onde Sabrina se meteu naquela noite em casa, não lhe importava. Como ela teria gostado de sair para dar uma rapidinha com o cara que aparecia na foto do detetive!

Na hora de deitar, você a encontrou na cama, virada de lado. Você experimentou um desejo incontrolável de fugir dela. Teria dormido em outro quarto, feliz da vida, mas ficou, evitando seu contato.

Esqueça-se dela, Javier! Este é o seu dia, a sua noite. Aproveita bem essa brisa benigna e a cenografia cromática da cidade. Pensa no Donatien! Divirta-se e prepare-se para as novas sensações que o aguardam!

Você olha o relógio com impaciência. Agora falta pouco, Javier! Magda vai estar lá, que coincidência. Quem diria que a companheira do filho de um dos seus amigos atuaria em sua noite secreta? Você se lembra muito bem da moça: esbelta, cabelos castanhos ondulados, formas curvilíneas... Você recorda que ela o impressionou à primeira vista. Seu olhar era cheio de sensualidade.

Sensualidade? Essa é boa, Javier! A garota era muito gostosa, isso sim, dessas com que você sonha no onanismo. "Mas é a mulher do filho de um querido amigo!" E daí, Javier, e daí? Não me venha agora com preconceitos!

A sirene de uma ambulância o resgata. Passou à sua frente, na altura da Balmes com a Diagonal, a toda. Você pensa no desgraçado ou na desgraçada que vai lá dentro, agonizante. E então reflete sobre a morte, a morte como descanso.

A foice da dama amortalhada de preto põe um fim a todo o sofrimento, mas também a todo o prazer. A pergunta, Javier, é: se você recebesse agora o golpe de foice da morte, descansaria ou deixaria de sentir prazer? "Uufffff!" Você não tem clareza de nada. Isso significa que você ainda não perdeu a vontade de viver, apesar de tudo.

"Isaura!" Sua filha, claro. Um bom recurso a que se agarrar! Você sempre acaba rolando em direção a ela, como um porco-espinho que se transforma numa bola e se deixa ir. Sempre conta com o apoio de sua filha para se manter na corda bamba. E, de quebra, a memória o presenteia com Blanca, a garota a quem você nunca teve coragem de declarar seu amor.

Você resolve pegar um táxi para ir à rua Nou de la Rambla. Para isso, você se posiciona em um ponto bem visível da calçada, por onde transitam os usuários do serviço de transporte. Vem se aproximando um com a luz verde, e você o para com um gesto de braço. "Oh, não, merda!" É um veículo velho e desconjuntado. Você suspira. Agora não há como voltar, já parou.

Lá dentro, seus pressentimentos se confirmam. O cheiro do aromatizador é terrível, e o estado do interior é deplorável.

– Para onde?

Um bafo de cerveja o envolve. O taxista é gordo, tem cabelos sebosos e um aspecto desleixado.

– Rua Nou de la Rambla, número 24.

– Sabe em que altura fica?

– Não, é a primeira vez que estou indo.

– Não se preocupe, vou verificar no guia.

Quando o veículo arranca, você lamenta a falta de sorte de haver apanhado logo esse táxi, até que se convence de que não ganha nada com isso. Agora está feito, pronto! Você procura imaginar como será a noite no Donatien. Visões eróticas o espicaçam...

O rádio emite uma peça musical clássica: o *Romance para violino e orquestra número 2*, de Beethoven. Nada a ver com a cenografia do táxi e do motorista. A percepção combinada da vibração do violino e do eflúvio do aromatizador barato o leva a imaginar o senhor Giralt – culto e gentil ancião que tem cadeira cativa no Gran Teatre del Liceu e que ocupa a poltrona contígua à sua – devorando uma tortilha enquanto escuta Beethoven. Ao terminar, o venerando senhor sacode as migalhas do terno escuro, arrota de felicidade, disfarçando com a mão, e, após seu desempenho particular, lhe dirige um sorriso impudico.

Associações de impressões tão estranhas como essa são recentes, começaram quando você começou a afundar na crise. Antes, Javier, nunca lhe ocorreria associar o ambiente decadente do táxi com o culto e gentil senhor Giralt, comendo grotescamente uma tortilha à francesa em pleno teatro.

Para espantar reflexões tão estapafúrdias e banais, você se refugia na sombra que os seios de Magda projetam em sua imaginação.

O taxista segura o volante com a mão esquerda, enquanto que com a direita consulta um guia surrado das ruas de Barcelona. Você o observa com preocupação. Na verdade, gostaria de chamar sua atenção, ordenar que se mantivesse com os olhos no trânsito e esquecesse a porra do guia.

– Pronto, já achei, senhor. Quer que o deixe lá mesmo, na porta?
– É muito longe da Rambla?
– Hummm... Uns dez minutos, no máximo!
– Então, por favor, deixe-me na Rambla.
– Como quiser.

Por Deus, que bafo de cerveja! E que cabelo mais seboso! Não deviam conceder licença para dirigir táxi a sujeitos como este, você pensa.

* * *

Mas e essa agora, Javier? Deixe de ser babaca! Acha que todo mundo tem condições de ir semanalmente aos melhores salões de beleza para cuidar dos cabelos? Acha que todos os homens aplicam máscaras restauradoras no rosto ou recorrem a vitaminas para reforçar o cabelo, como você?

Você não tem tempo de responder, perseguido pela voz do taxista:

– Muito cuidado, senhor, ao andar por essas ruas. Hoje em dia há muito desocupado que parece sentir o cheiro da grana.

– O que está querendo dizer?

– Que se alguém descobre esse seu baita Rolex... o senhor pode ter problemas sérios!

Você fica boquiaberto. O molambento do taxista notou seu relógio.

– Isto aqui? – responde você, talvez por cautela, esticando o braço ao alcance do seu olhar pelo retrovisor. – É uma imitação; chinês.

Você ouve a gargalhada rouca.

– Claro! E esses mocassins? São da Sebago, ou também não passam de imitações?

Agora mesmo é que você está a ponto de lhe dizer uns bons palavrões para deixar de ser impertinente. Mas ele se antecipa:

– Não se ofenda, senhor, só queria alertá-lo. Da maneira como está vestido, é como se um coelhinho entrasse num ninho de cobras!

– Obrigado pela preocupação, mas eu sei me cuidar!

Durante o silêncio causado pela última intervenção – em tom seco e desdenhoso –, você nota que no porta-luvas, junto com o guia surrado, há um *Guia do Ócio* de Barcelona.

Quem sabe esse cara não sabe onde fica o Donatien?!, você pensa.

– Desculpe-me, você conhece o Donatien?

– O Donatien?

O taxista perguntou com uma expressão muito acentuada de estranheza.

– Sim, senhor, o Donatien!

– Nunca ouvi falar. O que é? Um restaurante?

"Seu babaca!" Nem você mesmo sabe bem o que é.

– Eu diria que é um clube privado... Algo assim.

– Pois agora mesmo é que não sei. Não me lembro de ter feito nenhuma corrida para um lugar com esse nome. Não sabe onde fica?

Você esfrega o cartão, dentro do bolso interno do blazer, sem saber se vale ou não a pena revelar que é justamente para lá que ele o está levando. Não, não pode fazer isso, Javier! Toni, o garçom, fingiu que não lhe deu nada depois de lhe entregar o cartão lá no bar.

– Não sei, acho que ouvi falar que fica aqui perto...

– Curioso. Eu conheço muito bem esta região. Faço muitas corridas à noite. Há o mítico bar London e outros lugares com história, como o Marsella ou La Bohemia, mas Donatien... Não, não sei.

Você disfarça com um "Deve ser novo!" que não merece resposta. Mas é isso mesmo, é esse mistério que o deixa ainda mais excitado.

O táxi para num sinal da Rambla.

– Aqui está bom?

– Perfeito!

Você paga a corrida, com a gorjeta incluída, recusando o troco como forma de gratidão por uma informação malsucedida e um bafo insuportável de cerveja e aromatizador. Sai em seguida do veículo, com um calafrio de excitação.

Não faz nem dois minutos que você desceu do táxi na Rambla, bem perto da rua Nou de la Rambla. Você resolve caminhar até o número 24. Na verdade, Javier, este é um ritual costumeiro, porque você sempre salta dos táxis alguns metros antes do destino para percorrer o último trecho a pé.

Enquanto caminha, você se examina de cima a baixo. Os mocassins bordô, da Sebago, a calça Hugo Boss bege e a camisa Ateseta toda branca, comprada numa camisaria de Florença, sua cidade predileta. É, o taxista tinha razão: você não se veste como a fauna desses lugares, mas tampouco vê nisso motivo para alarme. Há já alguns dias que você não sente medo de nada, nem da foice afiada da morte!

Está uma temperatura agradável. Além do mais, sopra a brisa do mar, suave e salobra. Nunca antes você havia passeado por essa rua lendária. É a antiga rua do Conde del Asalto, a rua que nunca dormia. Putas, pilantras, proxenetas, jogadores, ianques da Sexta Frota, policiais... Ainda se percebe certo ar de tudo aquilo.

Muitas vezes você percorreu a Rambla de uma ponta a outra – aliás, você a pisa cada vez que vai ao Liceu –, mas nunca mais, desde os tempos de estudante de arquitetura, você se perdeu pelas ruas adjacentes. O fato é que conhece muito pouco a Barcelona do sul, tal como você chama a zona da cidade que dormita sob a Diagonal.

* * *

A rua está animada. É quinta-feira e, como se sabe, muita gente sai, sobretudo os que sentem saudade do fim de semana. Quanto mais você se afasta da Rambla, mais o assediam o ruído decrépito e o amálgama de odores: dos amaciantes das roupas lavadas que pendem das sacadas, do óleo das frituras que escapa das cozinhas, da fetidez de urina nas esquinas...

Este último e desagradável cheiro o remete aos urinóis de porcelana branca de Gabo. E você sorri, Javier, fazendo uma careta. Relaciona, por associação de pensamento, dois espaços antagônicos: a flamante avenida del Tibidabo e a rua Nou de la Rambla. Urina – urinóis – *ready made* – Gabo = avenida del Tibidabo. Esta foi a sequência de diapositivos mentais que uniu as ruas antagônicas. Este mecanismo mental o deixa maravilhado.

Chega de bobagens, Javier! Já está me aborrecendo!

Você chega tranquilamente ao número 24. O aspecto deplorável do edifício não o surpreende nem um pouco. O que esperava? Não garantiu a Toni que estava atrás de algo diferente? Talvez devesse perguntar a você mesmo: "Que faz um sujeito como eu num lugar como este?" Avante, Javier! O que pode perder?

A porta da rua se acha totalmente aberta, uma porta do século passado, desconjuntada, com o postigo ornado com arabescos, único vestígio de um ilustre pretérito. Você dá um passo para dentro do prédio e constata que a atmosfera externa se perpetua. A entrada é estreita e baixa. Apenas as caixas de correio metálicas, embutidas na parede da esquerda, preenchem o oco decadente. A débil iluminação é proporcionada por lâmpadas que pendem diretamente dos fios.

Você percebe que a sola dos seus mocassins de grife gruda no chão. Dá uma olhada e descobre um copo quebrado do qual se derramou uma bebida viscosa.

* * *

A escada, empinada e estreita, produz uma sensação claustrofóbica. Agarrado ao corrimão de ferro da parede, você começa a subir. Cheiros de fritura e fumo se precipitam pela escada acanhada. Meio amedrontado, passa o primeiro andar e alcança o segundo. Uma porta semelhante à da entrada e um postigo idêntico. Você tem a impressão de ouvir música, uma melodia new wave.

Toca a campainha, antiquada, que emite um *ring* pré-histórico. Alguém corre o postigo.

– A senha, *monsieur*?

A forma de perguntar o deixou tão atônito que você nem se lembra da frase. Precisa pegar o cartão no bolso e lê-la:

– *Les infortunes de la vertu.*

Uma chave range na fechadura. A porta se abre, e o indivíduo do postigo lhe dá as boas-vindas com uma reverência própria de atavismos cortesãos. Para maior espanto, o sujeito está adornado com uma peruca branca empoada – você supõe ser talco, porque expeliu uma espécie de pó quando seu dono realizou a acrobática reverência – ao estilo de Mozart.

Ele lhe pede o cartão e você o entrega. Ele o examina e o guarda no bolso da casaca.

– Agora, se não for incômodo, *monsieur*, tenho de revistá-lo!

"Tem de me revistar?"

– Não estou entendendo! – você protesta, ancorado no reduzido vestíbulo, isolado do resto do andar por uma porta de vidros verdes e opalinos.

– São as normas do Donatien, *monsieur*; devo zelar para que ninguém entre com algum tipo de equipamento de gravação ou filmagem.

– Tudo bem.

Como se tivesse alternativa, Javier.

O homem da peruca branca – alto e forte, vestido de cinza – o revista. Você se sente verdadeiramente incomodado, em especial quando o apalpa entre as pernas. Você continua ouvindo a música que vem lá de dentro. Parece reconhecer um sucesso do grupo New Order.

– Terá de me entregar seu celular, *monsieur*. As normas da casa são claras: não é permitido entrar com nenhum aparelho que possa gravar o que se passa aqui dentro.

A situação o incomoda, o fato de ter que entregar seu Blackberry a um sujeito como aquele. Mas são as regras do jogo, Javier; é aceitar ou... rua!

Resignado, você aceita e contempla com espanto como o seu amado Black vai parar dentro de uma caixa junto com outros celulares.

O sujeito, em seguida, aponta-lhe a porta de vidros opalinos verdes. Um calafrio lhe percorre a espinha, instantes antes de abri-la. O homem da peruca sentou-se numa cadeira de época, de aspecto confortável – junto com uma cômoda, é o único móvel do exíguo vestíbulo –, com o olhar perdido. Enquanto isso, com a mão na maçaneta da porta, você, Javier, você sente o coração na boca.

Sim, Javier, você tem um nó na garganta e o coração a mil. Tudo, do cartão do Toni à bizarra figura que acaba de revistá-lo, é de uma extravagância inimaginável.

Antes de abrir a porta, porém, você resolve perguntar ao sujeito algo que o intriga:

– Desculpe, você é francês?

– Em absoluto, *monsieur*, sou catalão, natural de Osona – responde ele com aparente indiferença.

– Então por que o *monsieur*?

O sorriso fugaz o incomoda; porém, ainda mais incômodo, se isso é possível, é o tom de cantiga que embala a resposta:

– Porque estamos no Donatien, *monsieur*!

Você ficou na mesma, Javier! Mas deixe pra lá...

Você lhe deseja uma "boa-noite" precedida de um "obrigado" para não mandar o sujeito plantar batatas. Aperta a maçaneta dourada sentindo a frieza do metal na palma suada da mão. Está nervoso, meu amigo, suas pernas tremem! Gira a maçaneta e abre a folha direita da porta. "Santo Deus!" Sentindo-se intimidado, sequer se dá conta de ter recuado um passo.

A primeira visão é assombrosa. Um urinol de porcelana branca de grandes dimensões – você supõe que em seu interior caberia uma pessoa agachada –, idêntico aos *ready mades* da mansão de Gabo, pende no centro de uma parede, iluminado pelas velas de sete candelabros que o ladeiam. Dentro do urinol – e é esta a provocação que mais o impressiona nessa composição cênica – há um crucifixo, também imponente, que se apoia no braço direito da cruz rodeado por um chicote de pergaminho e agulhas.

Você fica tão perturbado que se demora em seguir examinando o local. Há visões que levam ao delírio. Você dá alguns passos e, então, soa "Personal Jesus", do Depeche Mode, uma de suas músicas de cabeceira dos anos 1980.

Finalmente, você se dá conta de que não está só diante do altar da urina artística. À esquerda da porta há sofás ocupados em torno de uma mesa de centro e, atrás do conjunto, uma espécie de bar. Você vê com dificuldade porque a luminosidade é mais que precária. Não há outras luzes além dos círios dos candelabros que rodeiam o urinol. Você se aproxima dos sofás, mal conseguindo disfarçar a surpresa quando Alan Wilder, o vocalista do Depeche, entoa o trecho da canção que diz *"reach out and touch faith..."*.

Alguém segura sua mão direita.

– Bem-vindo!

É Magda, a companheira de Alfred, o escritor com que você dividiu uma mesa faz poucas horas.

– Olá, boa-noite!

Ela aperta sua mão e, sem meias-palavras, vai conduzindo-o a um dos sofás, enquanto você se pergunta se ela o reconheceu. Só se encontraram uma vez, no lançamento do livro de Alfred na Abacus.

Magda se veste de modo estranho. Você poderia jurar que se trata de uma recriação de um traje de época.

Quando chegam ao sofá, ela o convida a sentar-se. Definitivamente, não o reconheceu, Javier, ao menos é o que você deduz por seu olhar.

– Sente-se, vou servir-lhe um Jeanne Testard.

Você obedece. Não tem alternativa. O sofá é confortável. Você observa com certo pesar que Magda se afasta rumo ao bar. Não sabe por que você sente uma espécie de cócega no ventre. Pouco a pouco, constata com satisfação que sua vista vai se acostumando à penumbra. Há mais quatro pessoas sentadas em sofás iguais ao seu. Por ora, ignoram-no.

– Seu Jeanne Testard.

Magda lhe ofereceu um copo longo. Você sente que ele destila um forte aroma de hortelã.

– Nunca provei este coquetel.

– Não me surpreende! É uma receita exclusiva do Donatien.

O cheiro de hortelã é intenso. Você molha os lábios. "Gim!" Você distingue a aspereza seca da bebida. Toma um gole. Exuberante demais para seu paladar, excessivo para os sentidos.

– Que tal? – Magda o olha com curiosidade, sentada no sofá vizinho da direita. A fantasia dá a impressão de estar apertada nela.

– Exuberante demais!

Seu comentário a faz rir. A gargalhada contagia o restante da clientela, que agora parece prestar-lhe atenção. São três homens e uma mulher.

– Explique aí para nós essa história de "exuberante" – interpela a loura de feições angulosas e cabelo curto, mantido espigado com a ajuda de fixador.

– Não sei, talvez a hortelã, mas passa uma sensação frutal excessiva.

Como se você houvesse apertado o botão das risadas de uma transmissão radiofônica, sua frase provoca o mesmo efeito no grupo.

– E a fruta aqui dos meus peitos? Também lhe parece excessiva?...

Foi a garota loura. Ela se ergueu do sofá, foi se aproximando e o assediou – literalmente – com a peitaria praticamente à mostra sob uma blusa azul.

* * *

Pelas gargalhadas de fundo, você compreende que se trata de uma provocação. Uma vulgaridade que merece reflexão. Pensando bem, a garota projeta a essência do escândalo. Está prestes a lhe dizer alguma estupidez, mas você se controla. Se você está aqui é para algo mais proveitoso que demonstrar mau humor. Um passo em falso e pode pôr em risco a experiência.

Você responde ao desafio com um sorriso fingidamente ingênuo e crava nela as bandarilhas de um olhar reservado a situações similares:

– Pois então fique sabendo, senhorita, que prefiro as peras verdes e de tamanho mais adequado.

Tornam a apertar o botão das gargalhadas. Uma delas, especialmente estridente, é masculina. Você tenta identificar seu dono e, ao fazê-lo, é como se um balde de água fria caísse sobre você. Bem-apessoado, esbelto, cabelos sedosos pretos e compridos, está disfarçado com roupas de época. Mas mesmo assim você o reconhece de imediato, pois se trata de alguém que já faz parte da família e que dormita em seu inconsciente. É o cara que trepa com Sabrina, sua mulher.

Não buscava emoções fortes, Javier? *Et voilà!* Por ironia, encontra-se ao seu alcance o sujeito da foto que anda de caso com a Sabrina... O detetive descobriu que se chama Josep Espadaler e trabalha numa loja de roupas masculinas de segundas marcas na cidade.

– O que o senhor achou assim tão engraçado, meu jovem? – você o interpela, sem conseguir reprimir o tom de voz desafiante.

Ele joga o topete para o lado, com os dedos abertos da mão direita fazendo de pente, e retruca:

– Deveria nos tratar como a iguais. No nosso jogo só há um senhor, o divino marquês! O restante somos todos "você". Para começo de conversa, como se chama?

Fantástico, Javier! Em que enrascada você acaba de se meter? Nem pense em dar seu nome verdadeiro! Ou por acaso acredita que existam muitos Javiers na cidade? Ele descobriria, logo de primeira, que você é o marido corno.

– Miquel.

Você deixa escapar o primeiro nome que lhe ocorre.

– Boa-noite, Miquel, eu sou Josep. Ela é Anna – diz, apontando para a loura que o provocou e que continua praticamente em cima de você, e fazendo o mesmo com os demais: – Víctor, Jota e Magda.

Cada um esboçou um gesto diferente de boas-vindas. Anna, a loura de feições angulosas, deu marcha à ré de volta ao seu lugar. Você procura Magda e dá com a alvura dentifrícia de sua boca e o carmim do batom que lhe realça os lábios carnudos.

Quer dizer então que você se chama Miquel, é, Javier? Eu jamais esperaria isso de você! Mudar de nome! Uma tolice adolescente.

"E o que querias? Não posso revelar o meu maldito nome! O que me interessa é saber o que faz aqui esse bonitão que come a minha mulher. Não posso levantar suspeitas."

Talvez você seja o único que mentiu. Você sabe, certamente, que o sujeito que trepa com Sabrina se chama Josep, e também pode pôr a mão no fogo em relação a Magda. Você deduz, portanto, que os outros nomes devem ser autênticos. Magda se aconchega a você.

– Surpreso?
– Surpreso? Com quê?
– Com a impostura – afirma ela, apontando para o urinol.

A palavra lhe veio de forma evanescente.

– E por quê?
– Por que o quê?
– Por que a impostura?

Ela hesita na hora de responder.

– Por diversão.

Não lhe estranha muito a pose perversa com que ela pronunciou a frase; trata-se, seguramente, de uma fórmula ensaiada de sedução. Você está convencido de que a verdadeira impostura não requer cenários nem se vale de fingimentos. Os urinóis elevados a arte são um exemplo da artificialidade da impostura. É isso o que você diz em voz alta. Ela não tarda em rebater:

– Não concordo. O urinol de Duchamp reflete o cansaço de uma geração submetida aos cânones artísticos. O urinol como objeto de culto artístico representa a relatividade da arte. Uma impostura! E sem cenário não há impostura – replica, cruzando as pernas e desencadeando um repertório de movimentos típicos de uma fêmea sedutora de louva-a-deus.

Toma um gole de Jeanne Testard. Estridente, como tudo o mais.

– Se você o diz...

Sua rendição precoce não cai bem. Ela arqueia as sobrancelhas e esboça um beicinho. Você ainda não sabe quase nada de Magda e já intui o perigo que a frieza de seus olhos esconde. O sexto sentido – aguçado pelo abandono a que sua condição extrema o relegou – assim lhe sugere.

– Acredita na arte? – insiste ela, com ar malicioso.

– Claro. E também no que ela não é.

– E quem diz o que é e o que não é arte?

– Basicamente? Eu, ora!

– Você?

– Eu sim. Se uma coisa me eleva o espírito, chamo-a de arte. Se não... bem, simplesmente não é arte!

Uma nova voz, em tom agressivo, se faz escutar. Pertence a um rapaz magro, mas sarado. Você acha que seu nome é Jota. Chamam a atenção suas tatuagens, que lhe sobem pelo pescoço e ultrapassam os limites da gola da camisa.

– Que beleza! Hoje contamos com a presença de um coroa broxa e conservador!

Você olha para ele com ar desafiador. Não consegue se conter:

– Não sou conservador nem muito menos broxa. Só não entendo o progressismo de urinol! É claro que eu sei perfeitamente de que se trata... Se lhe contasse! Fazemos de um urinol o Santo Graal da transgressão e ridicularizamos o talento e o esforço dos verdadeiros artistas. Quanto a mim, impotência apenas criativa!

***

Você provocou uma avalanche de comentários, mas o único que chega a você, nítido, é o da loura de cara angulosa:

— Gostei, meninos, pois não é que eu gostei desse garanhão da arte primitiva?!

Novas gargalhadas pelo comentário.

Você jamais teria podido imaginar que acabaria lidando com essa espécie de gente. Está no Donatien, um lugar sombrio e decadente, com um mais que sofrível coquetel de hortelã na mão, sentado sob um urinol gigante e um crucifixo suspenso com um chicote, como se fosse uma pastilha de cânfora. Não era isso o que buscava, Javier, novas sensações?

— Quer mesmo saber o que é uma obra de arte, Miquel?

A pergunta de Anna continua a ter um tom provocativo. Sem nenhum pudor, a garota apalpa o genital do cara que transa com Sabrina e explode em gargalhadas:

— A rola deste nosso amigo aqui! Isso sim é uma verdadeira obra de arte!

O comentário sobre o pênis do sujeito que come sua mulher o deixou intimidado, porque estava convencido de que o seu, Javier, era do tamanho exato. Sentiu um misto de raiva e consternação com a indiscrição de Anna a respeito do maldito bonitão e imaginou que era Sabrina. Embora, ultimamente, você se divertisse com sua infidelidade e até o excitasse pensar que ela trepava com ele enquanto você a comia, a cena que acaba de presenciar não lhe agradou nem um pouco. Será que, agora, ao vê-lo de perto, em carne e osso, o que você sente já não é inveja, mas propriamente ciúme? Porque, verdade seja dita, o cara é mesmo muito atraente.

A música para repentinamente e faz-se a luz. Acendem-se no teto umas lâmpadas embutidas que você não tinha conseguido perceber de maneira nenhuma, e então você se dá conta do pastiche surrealista e grotesco. Nas demais paredes da sala há vários objetos espalhados. Desde um instrumento de flagelo, mais contundente que o chicote colado ao crucifixo, até uma tapeçaria de grandes dimensões, retrato de um homem de época com uma peruca idêntica à usada pelo porteiro que o revistou há pouco.

Os companheiros de sofá são mais esquisitos do que você previa protegidos pelo véu da penumbra.

Você faz um sinal de estranheza para Magda, um "Para que tudo isso?" gestual.

Ela lhe devolve um gesto de manter silêncio e murmura:

– Não seja impaciente.

Você não se considera impaciente. O que ocorre é que não está entendendo absolutamente nada. De repente, algo lhe chama a atenção. O sujeito da peruca branca da entrada surge e se posiciona bem embaixo do urinol. Você nota que todo mundo olha para ele.

– Boa noite, *messieurs et dames*, sejam bem-vindos ao Donatien. – A voz do homem é mais grave do que lhe pareceu no vestíbulo. – Hoje reviveremos o encontro do divino marquês com Jeanne Testard. Os fatos que descreverei em seguida foram extraídos da declaração da cidadã Jeanne Testard em 19 de outubro de 1763, na presença do advogado e delegado do Châtelet de Paris, *monsieur* Hubert Mutel, e do auxiliar do inspetor de polícia de *monsieur* Louis Marais, *monsieur* Jean-Baptiste Zullot. O jogo do marquês teve lugar no dia anterior à mencionada declaração, 18 de outubro, na periferia de Saint-Marceau de Paris.

"Divino marquês? Jeanne Testard? Estará se referindo a Sade, ao marquês de Sade?" *Touché*, Javier! Não se lembra de *Justine*? Claro!

Você leu o romance *Justine* do marquês de Sade com quase 20 anos. De súbito, tudo se esclarece. *Justine ou os infortúnios da virtude*. Este era o título completo. Olhe aí a senha! E Donatien... trata-se do nome de batismo do marquês: Donatien de Sade!

O indivíduo da peruca de época recorre a uma espécie de uma caderneta de notas encadernada em couro negro para declamar. Solicita as presenças de Magda e Josep, enquanto você rememora algumas coisas de Sade.

"Excitante!" Está vendo, Javier? Está vendo? Não lhe falei que valia a pena encarar o desafio?

As luzes se atenuam, e uma espécie de canhão ilumina a cena com o homem da peruca, Magda e Josep amparados pelo proeminente urinol. Então – você não pode afirmar de onde surgiu, mas o faz entrando pela direita –, a figura de um homem de estatura mediana, corpo atlético, impecavelmente vestido em traje de época, como se houvesse saído há pouco da Menkes, a famosa loja de roupas de fantasia, posta-se à frente do reduzido auditório e faz uma reverência cortesã. Uma máscara oculta seu rosto sob uma peruca similar à do narrador.

O mestre de cerimônias estende a mão e o apresenta: "*Messieurs et dames*: o divino marquês, Donatien de Sade!" E em seguida, sem poupar ênfase, apresenta Magda como Jeanne Testard, que cumprimenta o público com uma reverência parecida, e depois o bonitão como "La Grange, o criado do divino marquês". Você não pode tirar mérito à reverência de saudação desse filho da puta.

Por onde andou, Javier? Você não podia imaginar que se reencontraria com Sade vinte e tantos anos após haver lido *Justine*. Mas não parece tão ruim... Pelo contrário.

Começa o espetáculo. O cara da peruca dá início à leitura da caderneta de notas e os atores passam a atuar...

Paris, 18 de outubro de 1763
Jeanne Testard tem cabelos castanhos lisos que prende em rabo de cavalo com um laço vermelho. Seu rosto é ovalado. Uma mecha de cabelo esconde metade de sua testa rosada. Os olhos, de um azul pálido, refletem mais aflição que sem-vergonhice. As mãos – e este é um detalhe que nunca escapa a Donatien de Sade – são ásperas, mãos de mulher

do povo, de trabalhadora; condição de classe que a qualidade do vestido que lhe cinge o corpo bem-talhado deixa em evidência.

O marquês de Sade se congratula em silêncio por este magnífico cordeiro pascoal que Du Rameau – uma prostituta e cafetina da rua Montmartre, em Paris – lhe propiciou. Ele necessita de vítimas virtuosas, e, para o marquês, o trabalho proporciona virtude, um infortúnio reservado à classe baixa e do qual a aristocracia a que pertence é isenta de berço.

Jeanne, sob o olhar do criado La Grange, saúda o marquês com uma reverência, depois que aquele anuncia seu amo em tom cerimonioso. O marquês de Sade é um homem elegante, de porte distinto, cabelo castanho-claro quase louro e olhos azuis. A mulher observa a respeitável casaca de tecido azul, punhos vermelhos, botões de prata e o reluzente espadim na cintura. Está de pé bem diante da porta aberta da carruagem, verde, e retribui com um sorriso – que ela não sabe se interpreta como malicioso ou bondoso – sua reverência. Ato contínuo, sobe à carruagem, convidando-a a fazer o mesmo. Por alguns instantes, Jeanne hesita. Não sabe se entra, intimidada pelo olhar azul do elegante senhor e seu malicioso sorriso. Então, como se houvesse lido o pensamento da mulher, La Grange lhe mostra duas moedas de ouro: dois luíses. "Não vais deixar escapar isto, não é mesmo?" Jeanne sabe que precisaria trabalhar muitos dias na fábrica de leques para ganhar dois luíses de ouro. E como a fome urge – ultimamente comeu muito pouco, porque as vicissitudes fizeram um rombo em sua já escassa renda –, acaba subindo na carruagem, seguida pelo criado, que fecha a porta.

Apesar de não haver elementos físicos da narração na cena, os atores promovem uma representação gestual dos acontecimentos. Não dialogam nem abrem a boca, somente interpretam em silêncio, movendo-se com elegância e atitude. A descrição da veste do marquês corresponde plenamente à do ator.

Javier, reconheça que os três atuam muito bem! Incluído o amante de Sabrina!

A representação segue seu curso enquanto você toma seu coquetel. Não gosta dele, mas está com sede...

Os assentos forrados de veludo numa tonalidade agressiva a deixam tão intimidada quanto o olhar ausente e preocupado do marquês. Ela então se dá conta de que o anfitrião tem marcas no rosto, umas cicatrizes provavelmente causadas pela varíola, e recorda com melancolia sua colega de trabalho na fábrica de leques, Anne Blanchart, recentemente falecida por causa dessa doença. Logo, porém, vencido aquele instante de reflexão, nota que os cavalos empreenderam a marcha.

– Aonde vamos? – pergunta Jeanne com voz receosa.

– À periferia de Saint-Marceau – responde o criado La Grange.

O senhor marquês não diz nada, apenas a observa, a examina. É o que Jeanne conjectura. É como se ele não estivesse dentro da carruagem, como se maquinasse algo. Para quebrar a incômoda atmosfera, Jeanne toma a palavra:

– Du Rameau me disse que sois um senhor de respeito.

– E tu acreditas numa puta?

A pergunta do marquês a deixa atônita. O tom foi reprovador e disciplinar.

– Devo admitir, senhor marquês, que Du Rameau me proporcionou outros encontros, mas nunca havia estado com um senhor como vós.

Chegou a se ruborizar e esboçou um gesto de timidez após a confissão. Uma confissão que pretende apenas adoçar a atitude desagradável do marquês.

Muito longe de consegui-lo, Donatien de Sade se congratula mais uma vez pela personalidade da vítima. Uma mulher infeliz, que, apesar de alternar a prostituição com o trabalho, conserva a inocência da virtude. La Grange parece ter entendido, lido o pensamento de seu amo, porque os olhares dos dois se encontram, cúmplices.

— *Logo saberás que espécie de senhor sou eu* — *deixa escapar o marquês, ainda sorridente.* — *Aliás, como te chamas?*

— *Jeanne. Jeanne Testard.*

— *Jeanne!* — *O marquês finge captar o aroma que a palavra deixa no ar.* — *Como a heroína d'Arc! É extraordinário tanto acúmulo de virtude em tudo.*

Totalmente alheia ao cinismo e equivocadamente satisfeita, Jeanne deixa o corpo relaxar sobre o assento. Para sermos fiéis à realidade, ela continua inquieta com o olhar perdido do senhor marquês, mas se anima ao pensar que ganhará dois luíses de ouro por dividir a cama com um aristocrata que, além de tudo, é jovem e bem-apessoado.

Você olha fugazmente para seus companheiros dos sofás. Intui fascinação em seus rostos mergulhados na penumbra. Nem se mexem! Estão absortos.

A tarde enche de luzes violáceas o interior da carruagem. Uma tarde amena de meados de outubro, de paisagens adornadas de tons ocre e acobreados.

Jeanne olha para seu vestido e se arrepende da escolha. É um duas-peças estampado de flores ocre que combina com a tonalidade outonal, mas que denuncia aos berros a humildade de sua condição. Tampouco ajuda, nesse sentido, o casaquinho preto de lãzinha, puído na gola. Até o criado do marquês se veste com mais elegância que ela, e este detalhe a deixa incomodada.

— *O que fazes, Jeanne?*

A voz aguda do marquês a resgata:

– *Trabalho na fábrica de leques de* monsieur *Fléury.*

– *Leques? Devem ser lindos, com certeza* – observa o marquês, assumindo uma postura falsamente afetuosa e amável. – *Minha esposa, Pélagie, sempre leva um leque quando saímos para passear no verão. Tem uma coleção deles...*

– *Eu os enfeito com verniz. É um belo trabalho, senhor marquês. Requer muita habilidade* – ao chegar a este ponto, ela olha para suas próprias mãos erguidas –, *embora os solventes danifiquem nossa pele...*

– *Não te preocupes, Jeanne, se eu quisesse sentir a suavidade das mãos de uma dama não teria procurado Du Rameau.*

A jovem não sabe como responder ao comentário do marquês. Não sabe se o encara como elogio ou como insulto. Tem dúvidas de se o senhor quis lhe mostrar que procura apenas uma mulher de classe baixa, como ela, para subjugá-la, ou se pretendeu lhe dizer que as mãos são uma questão insignificante para suas motivações.

– *Desde quando conheces Du Rameau?* – pergunta-lhe o marquês.

– *Faz uns dois anos, senhor. É uma mulher direita no que diz respeito aos negócios.*

O marquês não consegue conter uma gargalhada.

– *Direita? Direita, aquela cafetina de Montmartre? Deixa que eu te diga uma coisa, Jeanne: és uma ingênua autêntica, e isso me agrada.*

Naquele preciso instante a carruagem se detém, felizmente para Jeanne, para quem a atitude ambígua do seu anfitrião, o mutismo complacente do criado e a agressividade vermelha do forro davam crescentes motivos de incômodo.

O marquês põe a cabeça na janela e esboça um gesto de felicidade, que desta vez parece sincero.

– *Acho que já chegamos* – afirma ele, esticando os braços. *Primeiro desce La Grange, o criado, que oferece o braço robusto a Jeanne para ajudá-la a descer, e depois o marquês, com agilidade surpreendente, quase de um salto.*

A figura do companheiro de Magda, Alfred, o escritor de infortúnios, vem-lhe à mente, e você se alegra por ele não estar presente, assistindo aos movimentos graciosos e sensuais de sua companheira. Você pensa, em seguida, em Sabrina... que nem desconfia de que você está partilhando uma noite de emoções com o amante dela!

Se esse bonitão trepa da maneira como atua, Javier, você está bem arranjado! Você a amaldiçoa. E também a ele. Porque, ainda por cima, quem lhes custeia as fodas é você. Ou por acaso você acha que esse morto de fome tem como bancar uma noite em hotéis da categoria do Claris ou do Arts? É, Javier, além de cornudo, defraudado!...

O mal-estar foi efêmero, porque a voz bem-posta do narrador, com o adequado intervalo para a representação dos atores, convoca-o de novo:

> *Estão na periferia de Saint-Marceau, lugar desconhecido para Jeanne. Ela segue seu anfitrião até uma casinha de portão pintado de amarelo com arremates de ferro no telhado. Pensa, na hora, que não é uma moradia digna da categoria do nobre, mas depois se censura por ser tão idiota a ponto de imaginar que ele a levaria para seu palácio e a faria se deitar nos esplêndidos lençóis rendados de sua alcova. Claro que não. O senhor marquês acabara de comentar que tem uma esposa, Pélagie, e portanto não ousaria se apresentar com uma prostituta em outro lugar que precisamente um como aquele, uma casinha escondida numa periferia distante dos seus domínios e da sua família.*

> *É La Grange quem abre a porta, quem gira a chave na fechadura. Põe-se de lado, e o marquês entra com passo firme. Parece que está com muita pressa, impaciente por levar a termo o que planejara.*
> *Quando entra, Jeanne dá uma rápida olhadela no interior para se situar: uma casa simples e austera, mas limpa. O marquês tira o cinturão de onde pende seu espadim e deixa cair a casaca azul sobre uma cadeira.*
> *– Gostas? – pergunta ele enquanto La Grange vai abrindo as janelas de uma pequena sala de jantar, deixando que a luz remelenta do entardecer penetre.*

Jeanne, decepcionada, ainda procura assimilar o fato de não ter sido levada a uma mansão, mas reconhece que, apesar de modesta, a casa é muito melhor que a sua.

– É muito acolhedora – responde com um suspiro.

– Meu criado a acompanhará ao quarto do primeiro andar, onde poderás preparar-te para me receber.

La Grange lhe indica que o siga. As escadas são estreitas, de ladrilhos, com o corrimão de madeira. Jeanne procura se animar, pensando nos dois luíses de ouro que lhe permitirão comer bem durante algumas semanas, e o segue, escada acima, notando que as paredes caiadas foram restauradas recentemente.

O reduzido saguão do primeiro piso é retangular. Três portas fechadas de madeira escura mantêm isolada a atmosfera de cada um dos cômodos. O criado gira a maçaneta do quarto da esquerda e o deixa totalmente aberto. Uma luz tênue, filtrada por uma claraboia transparente, permite uma visão meio velada do interior. Uma cama com cabeceira de barras de ferro e uma cadeira com almofada e encosto vermelhos são os únicos móveis à vista. As paredes, também de cal branca, retêm a escassa luz filtrada pela claraboia, e somente uma cruz de madeira reluz em cima da cabeceira.

Jeanne suspira. Faz um gesto de desorientação ao criado, mas este, impassível, se limita a ordenar:

– Apronta-te e aguarda o senhor marquês. Logo ele estará contigo.

E em seguida agarra a maçaneta da porta e faz girar a chave, trancando Jeanne lá dentro.

A jovem fica perplexa. Eles a trancaram ali! "Por quê?" Um calafrio lhe sobe até a garganta. Pressente o perigo. O olhar azul do marquês já lhe havia inspirado desconfiança. Senta-se na cadeira e fica olhando a cama onde deverá satisfazer sabe-se lá que perversões do anfitrião. A colcha é amarela, de lã, e os travesseiros são brancos. Mau presságio, *a cor da colcha. Suspira ao se lembrar do último encontro que Du Rameau lhe havia arranjado, com* monsieur *Roman, um médico velho de Chambéry que, deitado num sofá forrado de amarelo – um amarelo vivo como aquele –, gostava que ela lhe fizesse uma felação ao mesmo tempo que lhe enfiava o dedo indicador no reto.*

Jeanne recorda com desagrado que monsieur *Roman demorou pelo menos meia hora para chegar ao orgasmo. A fadiga e as ânsias de vômito que sofreu para dar prazer àquele velho decrépito foram reavivadas pelo amarelo berrante daquela colcha.*

Você está com tesão, não é, Javier? Seu subconsciente elucubra voluptuosidades. Também aprecia que enfiem o dedo em seu reto enquanto o chupam. Não havia proposto isso a Sabrina até descobrir o adultério. Ainda relembra o grau de satisfação que experimentou na primeira vez, quando Gabo o convidou para aquele jantar, em Roma, e depois foram a um andar privativo onde duas prostitutas esperavam. Isso deve ter mais de vinte anos...

Você tinha bebido muito Chianti durante a refeição, jogou-se numa cama e entregou-se aos bons serviços da garota. Era lituana – não se lembra do nome, um nome de guerra – e tinha no olhar o gelo do norte e a tristeza de um passado difícil. Quando você sentiu o dedo fino da garota em sua cavidade anal, logo se empertigou todo, sobressaltado. Mas ela, tirando o pau da boca, implorou, com doçura, que a deixasse fazê-lo, acompanhando a súplica com um leve empurrão na barriga para que você se deitasse de novo.

Você gostou! Você tem que admitir, Javier, que gostou. Muito!
Até então, quando Sabrina o estimulava com a boca, você reprimia o desejo de que ela repetisse o desempenho da lituana de Roma,

mas nunca teve coragem suficiente para lhe solicitar isso. Tudo mudou quando descobriu sua infidelidade. Então, assim que surgiu a oportunidade, você não hesitou um minuto em requerer que ela o fizesse, ignorando totalmente sua reação inicial de contrariedade e nojo.

De repente a fechadura range. Alguém faz girar a chave. É o marquês, que tirara a casaca e estava só de camiseta branca.

– Ainda não estás nua, Jeanne?
Ela fica ruborizada de medo.
– Imediatamente, senhor!
– Espera – ordena ele em tom severo. – Haverá tempo de sobra... Antes, quero conversar um pouquinho contigo.
O marquês convida-a a se sentar na cama – ele já o fizera –, e então Jeanne repara no resplendor dos sapatos brancos do senhor, impecavelmente limpos, e das meias de seda branca que lhe alcançam a panturrilha e se enfiam por dentro da calça marrom.
Ela se senta a seu lado, mas, antes, tira o casaco de lã preta e o coloca, impecavelmente dobrado, numa lateral da cama.
– Crês em Deus? – pergunta o marquês, apontando para o crucifixo sobre a cabeceira.
– Claro, senhor – afirma ela, fazendo o sinal da cruz.
– Ingênua virtuosa! – exclama ele, colérico. – Certamente deves rezar com frequência, não é mesmo?
Jeanne está inquieta. No rosto do marquês se nota a ansiedade. As palavras lhe brotam tão fracas que nem o marquês entende bem o que sussurrou.
– Como disseste?
– Que rezo toda noite, antes de dormir.

Por algum capricho mental, a voz fraca e piedosa que Magda imitou o remete a Isaura. Você também reza muitas noites com ela, antes de dormir, os dois ajoelhados na cama dela. Foi um pedido de sua filha, meses antes de fazer a primeira comunhão, seguindo os preceitos do padre Bailach, seu professor de religião.

Você não tem preconceitos de culto. Não é um crente fervoroso como seu pai – cuja fé obstinada foi a causa desse seu maldito nome, Javier, em homenagem às muralhas destruídas pelo som das trombetas bíblicas –, mas sempre demonstrou respeito pelos assuntos espirituais. Isaura estuda num colégio religioso e o enternece ver seus olhos úmidos de emoção quando sussurra o pai-nosso com as mãos postas.

Que paradoxo, hein, Javier? Sua filha vivendo o amor sublime na cidade da arte e você aqui, no Donatien, de pau duro feito um macaco.

Ele prorrompe em risadas. Parece se divertir com a situação, mas Jeanne não compreende o que se passa. Existe a possibilidade de que seja um louco, um perturbado mental, hipótese que a faz sentir-se ainda mais indefesa.

– E ele te escuta? Tens fé em que Deus te escuta – espraia-se ele – porque tens o estigma da fome gravado no rosto, as bochechas chupadas e os olhos fundos. Este a quem rezas toda noite, minha cândida Jeanne, não existe, é uma invenção mal-intencionada de uns poucos idiotas.

Jeanne não consegue reprimir um soluço ao ouvir aquilo. "Não há a menor dúvida: o senhor marquês está louco", diz a si mesma. Agora já teme por sua vida.

– Por favor, senhor, não me façais mal.

Ela implorou, deixando-se cair de joelhos no chão, a seus pés, e com as palmas das mãos unidas, como se rezasse.

– Acalma-te, menina, porque hoje terás a sorte de descobrir a grande verdade e, quando saíres desta casa, serás uma nova mulher.

Diz isso em tom severo e didático, enquanto alisa seu rabo de cavalo.

– Tens um cabelo lindo e sedoso, Jeanne; deixa-o solto e senta-te de novo nesta cama.

Ela obedece. Com a mão direita tremendo, solta a fita vermelha que lhe prende a cabeleira e senta-se novamente. Os olhos do marquês a escrutam.

– Muito melhor assim, Jeanne – comenta ele, levantando-se bruscamente. Dá uma volta pelo lugar como se meditasse e, após organizar mentalmente o discurso, ajoelha-se aos pés dela e explica: – Deus não existe, Jeanne, nem Cristo, nem a Virgem, nada disso. Eu vou te provar

contando alguns fatos que eu mesmo vivi. Acreditas em mim, não é verdade?

Jeanne anui, assustada.

– Eu me esforcei muito para crer, rezei como tu, comunguei e assisti a todas as cerimônias religiosas de preceito; porém, ao sentir sempre um vazio intenso em todas essas ações, pensei que talvez fosse tudo invenção, um produto da tradição à qual nos havíamos aferrado movidos pela necessidade de dar um sentido à existência ou pela competente engenhosidade da Igreja, que nos mantém submissos ao medo de um Deus justiceiro e às penas de seu inferno. – Neste ponto, o marquês se levanta, mas sem tirar os olhos dela. Jeanne comprova que no semblante do senhor há rancor. – Pensei – prossegue – que a melhor maneira de descobrir se Ele existia de fato era desafiá-lo. Se era um Deus tão acostumado a exercer o poder sobre suas criaturas, tão justiceiro, que maneira melhor de provocar sua reação que fazer aquilo que mais podia ofendê-lo? Alimentei este desejo durante muito tempo. Até que uma tarde de maio, na abadia de Ebreuil, onde meu tio, o abade Jean-François de Sade, a quem eu fora visitar, oficiava, me dei conta de que estava sozinho diante do altar-mor. Procurei por ele, mas o abade fora passear pelos campos da Provence. Sobre o altar reluzia o cálice sagrado de prata com o qual meu tio celebrava a transmutação da água em vinho nas eucaristias. Era uma ocasião magnífica para pôr em prática aquilo que havia tanto tempo eu vinha amadurecendo: afrontar a Deus Nosso Senhor.

"Estávamos sozinhos, frente a frente, em seu próprio templo. Peguei o cálice e o mantive nas mãos por algum tempo. Era uma joia de beleza admirável, com gemas magníficas incrustadas e o interior todo banhado a ouro. Baixei a calça e pus o pênis para fora. Com a mão direita me masturbei freneticamente, relembrando as orgias mais sugestivas de que havia participado, enquanto com a esquerda segurava o cálice. Quando atingi o clímax, ejaculei dentro do cálice. Meu sêmen escorria pela finura dourada do interior..."

Você não consegue evitar um estremecimento. "Que monstruosidade!"

Você banca o liberal, o avançado, Javier, mas é como a maioria, um homem adestrado nos caprichos da moral vigente. Os ícones religiosos remendaram sua alma. Não está imune a seu destilado sofrológico, a seus avatares virtuosos. Não percebe que este louco do Sade só almeja que você tome consciência do cativeiro a que foi condenado pela sua educação, a sempiterna educação para a perpetuidade?

Jeanne escuta, atônita, o relato do senhor marquês. Não é capaz de reprimir um soluço de desconsolo, que vai aumentando, e um comentário que lhe sai do coração:

– Oh, meu Deus, estais louco! Isso é sacrilégio!

O marquês age como se não a tivesse ouvido, e retoma o relato com igual intensidade:

– Quando o sêmen já se achava todo no cálice, ergui-o em direção ao altar, olhando fixamente para o semblante moribundo do Crucificado, e chamei sua atenção: "Viste bem o que eu fiz? Percebeste a que ponto chega meu menosprezo por ti? Derramei meu esperma no recipiente do seu sangue sagrado. Castiga-me por esta insolência! Anda, castiga-me! Assim saberei que estás vivo e que não és apenas um ícone sem vida."

O marquês continua de pé, diante de Jeanne, representando o papel de personagem de seu relato, com os punhos erguidos, um sobre o outro, comemorando aquele momento, como se levantasse um cálice invisível.

– Não recebi castigo algum, ingênua Jeanne, nenhum raio me fulminou, ninguém me respondeu. No altar tudo continuava igual, só o eco das últimas palavras do meu desafio ressoava.

O ator que interpreta o marquês está totalmente imerso no papel! E Magda... Magda está esplêndida! O duplo papel de mulher virtuosa e sensual a torna ainda mais interessante. Pensando bem, talvez a representação seja mais real do que você imagina. Talvez ela seja assim. Aparenta ser virtuosa com seu companheiro escritor para depois cair nos braços da perversão.

A alma de Jeanne murchou. Se aquele homem foi mesmo capaz do que contou, sua vida corre perigo real. Ele pode matá-la com a mesma ousadia com que ejaculou dentro do cálice sagrado.

– Senhor, por favor, não continueis! Estou com medo! – *exclama com voz pungente.*

O marquês nota que ela chora. Fica por um bom tempo olhando as lágrimas que caem contornando as maçãs do seu rosto anguloso. Sente uma excitação que não é nova. Percebe os feromônios do medo de sua vítima, como um caçador feliz, mas ainda não deu por encerrada sua atuação. Essa mulher do povo tem de sair dali convencida de que Deus não existe, e há de ser ele quem o provará.

– Não precisas ter medo de mim, Jeanne, não quero te fazer mal, acredita em mim! Quero apenas transformar tua miserável vida de infortúnio numa existência próspera, uma vida de prazeres, sem arrependimento nem medos. – *O marquês lhe enxuga as lágrimas com um lenço de seda, cuja suavidade não passou despercebida à mulher.* – Está melhor?

– Estou.

– *Então agora continuaremos juntos a desafiar este Deus impostor e falso. No quarto ao lado* – prossegue, apontando para a parede *divisória – tenho uma série de instrumentos que servirão para nossa experiência. Levanta-te, por favor, e acompanha-me.*

Jeanne está arrasada. Nega-se a acreditar no que está acontecendo. A ideia de passar para o outro quarto lhe suscita um terror premonitório. A palavra "instrumento" a faz estremecer. Não quer ir a esse lugar. Embora o medo a impeça de pensar, ocorre-lhe um truque para intimidar o marquês.

– Não, por favor, senhor marquês, não sigamos por este caminho. Eu não tinha me atrevido a vos contar, mas faz três meses que não menstruo. Estou grávida, senhor. Não me horrorizeis com essas coisas porque eu poderia perder a criança que trago no ventre.

Os dois estão de pé. Ela acaricia a barriga, totalmente lisa, e por alguns instantes acredita que sua mentira causou efeito ao captar o ricto de desconcerto do marquês.

– Grávida?! Maldita Du Rameau! Eu fui muito claro com ela em relação a este ponto. Nem mulheres doentes nem grávidas! – exclama, colérico.

– Senhor marquês, ela não sabia, porque eu não contei a ninguém, a não ser a uma colega de trabalho, Thérese. Preciso do dinheiro. Se tivesse explicado, Du Rameau não me teria arranjado nenhum encontro. Os homens não querem mulheres grávidas.

O marquês pensa. Hesita. Preparara minuciosamente a representação, e aquele detalhe tão importante atrapalha seu roteiro. Balança a cabeça, contrariado. Sente-se traído.

Seu olhar fica turvo. "E por que não?", sussurra. "Afinal, ensinando a mãe estarei, de certa maneira, ensinando a criança que ela leva no ventre."

– Vem comigo! – ele a apressa, puxando-a energicamente pelo braço.

– Não, por favor, não fazei isso comigo, deixai-me ir embora, não revelarei a ninguém o que se passou aqui! Nem é necessário que me pagueis.

Os lamentos de Jeanne caem num poço. O marquês se acha demasiadamente ensimesmado em sua obra, no roteiro, e não está disposto a estragar todo o trabalho. Assim, praticamente a arrasta até o quarto do lado, apesar da oposição da mulher.

Abre a porta com a mão esquerda, porque, com a direita, segura com força o braço direito de Jeanne e a obriga a entrar no local misterioso.

– Não tenhas medo, respeitarei tua vida e a da criança!

A cenografia que o marquês havia preparado perturba Jeanne, que desata a chorar desconsoladamente. As paredes de cal branca estão decoradas com objetos estranhos e aterrorizantes. Quatro feixes de varas de madeira, cinco chicotes de diferentes tipos, estampas religiosas, imagens eróticas de uma indecência espantosa e dois crucifixos de marfim pendem das paredes, dispostos de forma minuciosamente premeditada. As estampas religiosas e as imagens eróticas se alternam na intenção de que as segundas profanem a aura mística das primeiras. Por outro lado, o mobiliário é exíguo: uma mesa de madeira de faia e duas cadeiras. Em cima da mesa há um par de pistolas e uma espada embainhada, junto a um clister pronto para ser aplicado.

O spot ilumina alguns dos instrumentos mencionados no relato, todos pendurados nas paredes, sem empanar o protagonismo do urinol. Toda a montagem cenográfica não deixa de surpreendê-lo.

Jeanne se assusta, sobretudo quando examina detidamente os chicotes. Cai de joelhos no chão e grita desesperadamente. Ao ouvir o escândalo, o criado, La Grange, que estava de prontidão lá embaixo, surge na soleira da porta com sua robusta silhueta. O marquês lhe assegura que está tudo bem, que não se preocupe, que feche a porta a chave e aguarde do lado de fora. O criado obedece.

A penumbra do quarto – o entardecer está cedendo à escuridão da noite – contribui para conferir à decoração um ar mais sinistro. Jeanne suplica, vencida, prostrada...

O marquês, alheio ao terror da moça, tira a camiseta branca e a joga sobre uma das cadeiras, ficando de peito nu. Jeanne acompanha, aterrorizada, os movimentos do senhor, que escolhe um dos objetos pendurados na parede, um chicote de cordas trançadas, e, segurando-o pelo cabo, se aproxima dela.

Jeanne cobre o rosto com as duas mãos para evitar a visão daquele demônio meio despido que porta o maligno instrumento.

– Não tenhas medo. Pega-o – ordena o marquês, com suavidade, estendendo-lhe o objeto encordoado – e flagela minhas costas.

A mão de Jeanne treme. Mal consegue segurar o chicote enquanto contempla o senhor, que se reclinara na cadeira onde havia deixado a camiseta, oferecendo-lhe as costas.

– Eu te ordeno! Castiga-me!

É uma ordem, mais que um pedido, mas Jeanne se mostra incapaz de obedecer. Não tem condição de levar a cabo uma brutalidade como essa. Horrorizada, deixa cair o chicote no chão.

O marquês se irrita. Continua a lhe oferecer as costas nuas, na mesma posição, mas desta vez ergue a voz, grita:

– Maldita rameira! Eu te mandei me flagelar!

O marquês repete mais duas vezes a ordem, mas Jeanne está sentada no chão, encolhida a um canto, choramingando. Ele ameaça matá-la com um tiro de pistola ou enfiando o espadim em seu ventre. Tudo em vão. Jeanne não reage, acha-se em estado de mais completo abandono. Quando Sade finalmente se convence de que não vai conseguir que a jovem lhe obedeça, abandona a postura de submissão e se dirige a ela:

– Não consegues, claro. És uma ingênua virtuosa. Vives na miséria, porque há gente como eu que se aproveita da tua estupidez. Eu te

ofereço dois luíses de ouro e um chicote para que te vingues dos que te condenaram à penúria e tu renuncias a eles. Em teu lugar, eu não hesitaria. Teria golpeado com força as costas do senhor. Uma chicotada para cada uma das ofensas suportadas numa vida de privações. Terias preferido que fosse tudo bem diferente, não? Como das outras vezes em que Du Rameau te arranjou um encontro. Terias aberto as pernas e fingido um prazer que não sentias até que teu benfeitor chegasse ao clímax. Dois luíses de ouro para continuar sendo escrava daqueles que podemos pagar e humilhar. Sempre assim... Estúpida! Eu te dando de bandeja a possibilidade de redimir esta humilhação continuada e tu não o aceitas! Não há a menor dúvida de que tens a consciência dos ingênuos, o selo da virtude arraigada. Medo de Deus, talvez?

A atuação do marquês o impressionou. E não só a você, como também a Anna, a loura descarada, que sussurrou um "chicoteie-o" cheio de excitação. De pernas cruzadas, ela acompanha atentamente a representação.

Quem diria que Anna o atrai, que sua aura lasciva o excita! Gostaria de empurrá-la para o sofá, arrancar sua blusa e cair de boca naquelas tetas...

Jeanne não sabe o que responder. Está tão desorientada que lhe custa entender o que diz o senhor marquês. Furioso, com os cabelos castanhos em desalinho, ele arremeteu contra a parede onde estão pendurados os crucifixos de marfim.

— Se é uma questão de temor a Deus, Jeanne, tu te enganas, porque este Deus que tanto temes consegue ser mais inofensivo que tu. Olha só o que eu faço com Ele!

Solta uma das duas cruzes e a joga ao chão. Ato contínuo, pisa-a uma, duas vezes, enfurecido, com o calcanhar do sapato branco.

— Olha só o que faço com este impostor, olha bem, Jeanne!

Jeanne não tem mais dúvidas. Esse homem é um louco. Ela se benze, horrorizada com semelhante sacrilégio.

O marquês, que a viu fazer o sinal da cruz, solta uma gargalhada cruel e estridente.

— O que mais precisas para compreender que este Deus não está vivo? Que senhor se deixaria humilhar desta forma por um de seus súditos? Este crucifixo não é nada! Vem, levanta-te e pisa nele também. Verás como te sentirás melhor que nunca.

Jeanne quase já não tem forças para segui-lo, mas o marquês não se rende. Propusera-se a ensinar àquela mulher e o fará até o limite do necessário.

— Ainda não achas bastante? Então olha o que vou fazer agora!

Ele desprende a outra imagem e a deixa cair no chão. Baixa a calça marrom e, pela primeira vez em toda a representação, deixa a descoberto as partes íntimas em ereção. Inicia a masturbação com a direita enquanto desafia a mulher:

– E tu? Tens coragem de me masturbar, Jeanne?

Você ficou atônito quando o ator pôs o pênis para fora. Uma pica grossa e comprida, própria de um ator de filmes eróticos que, além de tudo, está em ereção. Nunca imaginaria que a coisa fosse tão longe. Mas você já entrou no jogo, Javier! Já está no jogo de Sade!

Não há resposta. O marquês está excitado. Desafiar a Deus diante de uma criatura ingênua, mesmo que se trate de uma puta barata, lhe dá prazer. Para ele, provocar a candura é o que há de mais sublime no ato sexual. Como um maníaco, masturba-se com frenesi e não demora nem dois minutos para chegar ao orgasmo. Solta um grito que apavora Jeanne. O sêmen goteja sobre o crucifixo que acabara de atirar no chão!

– Eis aqui minha oferenda, tomara que gostes! – proferiu o marquês, espremendo o pênis.

O ator fingiu o orgasmo. Você observou com grande atenção se ele derramava esperma sobre o crucifixo. Por um lado, você deseja levantar-se e ir embora – porque tudo está saindo do controle, formando um redemoinho de perversão que ultrapassa seus limites –, mas, por outro lado, a perversão o retém.

E não era você que buscava novas emoções? Você, Javier, não nasceu para novas experiências, é um pusilânime preconceituoso!

"Chega! Não me provoque! Irei até onde for necessário! Além do mais, não tenho nada a perder. Nem mesmo a alma."

Jeanne continua acocorada no chão, trêmula e aterrorizada. Vira com os próprios olhos aquela abjeção do senhor marquês. Diz a si mesma que, caso consiga sair viva daquele quarto, nunca mais aceitará qualquer outro encontro arranjado por Du Rameau.

O quarto ficou totalmente imerso na escuridão. É noite fechada, e o marquês ronda, pensativo. Está ébrio de prazer. Nada o deixa mais satisfeito que o escândalo.

— Tudo o que viste, Jeanne, não é nada comparado ao que venho pensando em propor para te ajudar a vencer o medo deste impostor. Na verdade, havia preparado uma lavagem para ti. Uma vez estimulados teus intestinos, me lisonjearia que defecasses em cima do crucifixo e o cobrisses de merda. Os restos fecais de uma ingênua virtuosa que se rebela contra sua sina de infortúnios.

Desta vez Jeanne não conseguiu se conter:

— Podeis me matar, senhor, mas eu jamais faria isso. Nunca ofenderia desta maneira a Deus Nosso Senhor!

O marquês é inteligente o bastante para entender a situação. A puta está aterrorizada e não se dobrará a suas obsessivas e sacrílegas propostas. Por outro lado, quase não se vê mais nada no interior do quarto. A fazedora de leques se revelou um difícil desafio. Mas não pode fraquejar. Seguirá o plano de sua própria obra e tentará convencê-la. Sente no ventre o furor da excitação. Escandalizou e horrorizou aquela mulher como talvez nunca até então houvesse conseguido com ninguém.

— Estás com fome?

— Como quereis que tenha fome depois do que acabo de presenciar?! — O tom de Jeanne é de náusea e cansaço.

— Deverias comer alguma coisa. Ainda não terminamos. Farei com que meu criado traga alguns alimentos e mandarei que ilumine o quarto.

O marquês chama La Grange. O criado, que está do lado de fora, abre imediatamente a porta e recebe as instruções de seu senhor.

Apesar de estar imerso no relato, apesar da magnífica representação dos atores, você não esquece que o criado, La Grange, é o amante de Sabrina e que não faz muito Anna proclamou que seu pênis era uma verdadeira obra de arte. Tampouco se esquece de Magda, de seu companheiro escritor, filho de um bom amigo seu.

A atmosfera do Donatien o excita. Sade impressiona, mas não ao extremo de apagar os vínculos com o outro mundo, o real, o que está lá fora...

Jeanne, do seu canto, ouve o rangido da chave. Trancaram-na de novo. Está prisioneira. Não se mexe durante o tempo que La Grange demora a chegar com um par de castiçais e uma bandeja com alimentos: um pãozinho, fatias de toucinho, figos secos e doces de açúcar e mel. Na bandeja há também uma pequena jarra de vinho tinto e guardanapos azuis.

La Grange se lança à tarefa de iluminar o quarto. Coloca uma das lamparinas sobre a mesa, entre as pistolas e o clister; a outra ele pendura num gancho da parede de onde pendem os chicotes. Não hesitou na hora de escolher os pontos onde deixar as lamparinas. Estava tudo previsto desde o momento em que ajudou seu patrão a decorar o quarto para aquela representação. A bandeja de comida ele a pôs no chão, bem diante da mulher.

– Come, mulher. Escuta o que digo. Enche o estômago hoje, que podes, e não tenhas medo. Meu amo não é nenhum assassino, para ele tudo é como uma encenação teatral. Deixa que ele o faça, aceita sua orientação e tudo sairá bem.

É o conselho de La Grange antes de fechar outra vez a porta.

Mas Jeanne não o segue. Não ousa provar nada da bandeja, por mais que os doces a seduzam. Mas desconfia. "E se quiserem me envenenar?"

A lamparina que o criado pendurou no gancho projeta a sombra sinistra dos chicotes. As paredes brancas do quarto se cobrem de contraluzes amarelas e sombras angustiantes. Jeanne não tem coragem suficiente para olhar para o ponto, no chão, onde se acham os dois crucifixos de marfim profanados pelo senhor marquês. Deseja com todas as forças ser libertada e fugir para o mais longe possível desse lugar.

Após um bom tempo, uma hora aproximadamente – mas Jeanne não o pode garantir, pois não tem como medir o tempo naquele quarto –, o marquês volta à cena de suas manias, com vestimenta idêntica, mas com um livrinho nas mãos. Sente-se renovado, já que ingeriu alguns alimentos e bebeu dois copos de vinho. Contempla com satisfação o efeito de estabilidade das lamparinas, mas se irrita ao comprovar que a prostituta não provou um só pedaço do que lhe foi oferecido.

– Não comeste nada! – comenta com aspereza.

Jeanne responde com voz debilitada:

– Desculpai-me, senhor, mas não estou com fome.

– Problema teu – diz ele, acomodando-se numa cadeira ao lado da mesa. – Se não queres comer, pior para ti. Os doces são deliciosos, feitos por uma das melhores confeiteiras de Paris, e não creio que venhas a ter muitas outras ocasiões para prová-los.

O marquês se aproxima da lamparina que está em cima da mesa e afasta uma das pistolas para colocar ali o livro que tem nas mãos.

– Este livro que eu trouxe é uma seleção de poemas escritos por um amigo, hábil com as palavras e as rimas. Os versos que poderás escutar com exclusividade não são as habituais louvações à vida, à natureza e ao amor. São fruto de uma mente lúcida que entende o mundo como um lugar onde o crime é a expressão soberba da natureza e da

amoralidade, sua lei. São versos magníficos que cantam os infortúnios de um mundo de virtude como transgressão da própria natureza. Presta atenção, Jeanne, e escuta-me...

O marquês começa a recitar. Ela recebe aquelas rimas com indiferença, embora não o demonstre. São versos que blasfemam, descrevem feitos indignos e celebram atos aberrantes como a sodomia. Pisoteiam a virtude religiosa e massacram a fé. Tudo isso, pensa Jeanne, é mais uma loucura. Mas se surpreende com a emoção, com a alma com que o leitor declama. Ela nada sabe de letras, mas se atreveria a afirmar que quem lê e quem escreveu são a mesma pessoa. De vez em quando, o senhor marquês ergue os olhos do papel e, com o olhar perdido, continua recitando, como se o soubesse de cor.

O ato literário se estende até o enfado da mulher. A única pessoa do quarto que saboreia os versos é o leitor, e, de repente, lhe ocorre perguntar o que ela achou.

– Hás de concordar comigo, Jeanne, que o autor destes versos é um gênio de uma lucidez superior à de qualquer outro autor que já pudeste ouvir – afirma o marquês, deixando o livro sobre a mesa.

– São estranhos, mas muito bonitos.

Isto, sim, o enfurece de verdade. A hipocrisia o deixa doente, e essa mulherzinha está fingindo para não perturbar seu deleite. Hipocrisia revestida de ignorância e astúcia barata. O marquês sente que o sangue lhe ferve nas veias e diz consigo mesmo que já foi suficientemente cortês com aquela rameira.

Levanta-se bruscamente e começa a desabotoar a calça.

– Vem, maldita, trata de ganhar de uma vez esses dois luíses. Tira a roupa!

Jeanne compreende que deu um passo em falso com sua fingida avaliação, porque o senhor é tomado de um ataque de cólera:

– Levanta-te e tira a roupa! Chegou a hora de fazeres teu trabalho. E trata de fazê-lo direito, ou desta vez atravesso tua garganta com a espada! – grita o marquês, fora de si.

Agora ela volta a sentir que o terror a paralisa. Nem quando o senhor pisoteava o crucifixo demonstrara uma ira semelhante. Levanta-se, buscando forças não sabe onde, e começa a se despir.

Ele a contempla com o pênis ereto. Um pênis grosso curvado para cima.

– Rápido, sua puta, isso é para hoje! – grita ele com a satisfação que lhe causa a percepção do medo da mulher.

Jeanne demorou alguns minutos para se despir completamente. As duas peças do vestido, o corpete, a calçola... Completamente nua, e de pé, treme como uma vara verde e mantém os braços cruzados diante dos seios pequeninos.

Você ficou sem fôlego! Magda tem um corpo sensacional, melhor do que você havia sonhado ao despi-la na imaginação. As formas arredondadas são mais cinzeladas que o previsto, e ela tem uma tatuagem na nádega direita que chega até o início da coluna, um desenho que você não teve tempo de identificar, pois ela se virou muito depressa.

Você a deseja, Javier? É mais gostosa do que imaginava, não? Mas a lourinha também o excita! Não treparia com as duas? Rá-rá-rá-rá, esse é o meu velho Javier! Olhe bem, aproveite! Contemple a mangueira ereta do divino marquês a ameaçá-la!

O senhor ficou se estimulando enquanto ela cobria com os braços a nudez do corpo.

– Vem aqui até a mesa e agacha-te!

A mulher avança com passos indecisos até a mesa onde o marquês a espera; quando fica ao seu alcance, ele a agarra pelo braço e a obriga a apoiar o tronco sobre a mesa.

– Abre bem as pernas – com um pontapé nas panturrilhas ele a força a separá-las *– e inclina-te bem. –* Com o braço direito empurra-lhe as costas de encontro à mesa. Quando acha que a mulher está na posição adequada, posiciona-se atrás dela. Roça-lhe o veludo do sexo com a mão e em seguida aplica-lhe dois tapas nas nádegas.

– Não te mexas ou darei um tiro na tua cabeça! – ele ameaça.

Jeanne, que se conformara a se deixar possuir naquela posição, estremece ao sentir a ponta do pênis do marquês acariciando o orifício de seu cu. "Ele quer me sodomizar! Este louco quer me sodomizar!"

Não pretende consentir. Nunca havia feito isso por trás, nem tem a intenção de fazê-lo contra a natureza, pois sabe que é um pecado imperdoável. Encorajada pela aversão, consegue se safar do seu senhor e o enfrenta:

– Não, no cu não, isso jamais, é contrário à natureza!

Os olhos do marquês estão esbugalhados. Ele estica o braço e pega uma das pistolas na mesa. Destrava o gatilho e encosta o cano da arma na testa da mulher.

– Podes escolher: ou eu meto no teu cu ou meto um tiro nessa tua cabeça e depois te enterro no mato.

Jeanne compreende que não tem alternativa senão aceitar a sodomia se quiser sair viva de situação tão inglória. O senhor está com os olhos injetados.

– Está bem, senhor marquês, está bem, mas sede cuidadoso, ninguém nunca me possuiu por trás – ela dá um suspiro desesperançado e aos poucos retorna à posição que o marquês lhe exigira.

Sem soltar a pistola, ele introduz o pênis no cu da mulher, totalmente indiferente aos seus berros de dor, e a sodomiza até o orgasmo.

Neste ponto, o narrador se detém alguns minutos e deixa os dois atores principais sozinhos, no meio do cenário. A cena é absolutamente real. Magda, curvada para frente, e o ator penetrando-a por trás. Com um impecável movimento de quadris, ela faz a grossa caceta entrar e sair de seu ânus, fingindo um desagrado nada convincente, até que, alcançado o clímax, o ator ejacula sobre a tatuagem da nádega direita.

Tenho a impressão de que também você melou a cueca, Javier! Ou quase! Está curtindo as novas sensações? Isto aqui é bem diferente do Bagdá ou de outros lugares onde havia presenciado sexo ao vivo. O relato de Sade, a atmosfera misteriosa, o tesão redobrado por conhecer alguns dos atores... não é fantástico?

Extasiado, você torna a ouvir a voz do narrador, que retomara seu lugar na cena:

Jeanne chora desconsoladamente de dor e raiva, enquanto o marquês esfrega a cara nas nádegas da mulher humilhada.

Depois de restabelecido do prazeroso castigo, ele se retira do quarto sem dar uma palavra, deixando a porta aberta.

Jeanne se recompõe, recolhe suas roupas do chão e começa a se vestir. Então, La Grange põe a cabeça na porta, com um sorriso sombrio no rosto.

– Fica tranquila! Meu patrão está satisfeito por hoje. Veste-te e te deixaremos ir. Mas antes quer se despedir de ti lá embaixo. Quando estiveres pronta, podes descer.

Jeanne tem tanta vontade de sair logo dali que se empenha em pôr a roupa o mais rapidamente possível.

Magda se veste depressa, ocultando seus encantos, enquanto você se pergunta se Alfred, aquele bom moço que escreve, merece uma mulher assim.

Assim? Não te entendo, Javier! A que está se referindo? "Uma puta, é isso o que ela é, uma puta incapaz de contar que na verdade é atriz pornô, sem essa de *realities* privados." Esta garota, Javier, sobrevive como pode. Já que nenhum diretor artístico é capaz de captar suas habilidades interpretativas, que ela realmente tem – reconheça, Javier –, precisa tomar outro caminho, algo tem de fazer para pagar o aluguel, certo? "E por que não trabalha em outra coisa?" Em quê, por exemplo? "Recepcionista, vendedora, sei lá..." Olhe aí de novo o Javier romântico! Não fode! Por que uma garota com este talento e este material deve terminar seus dias numa loja, mostrando vestido a mulheres gordas?! E ainda por cima tendo de usar seu dom de interpretar para fingir que a roupa lhes cai bem... Não fode, Javier! Aqui, Magda atuou como uma verdadeira atriz, fez o papel maravilhosamente bem, além do que, parece, não achou tão ruim assim a penetração do marquês!

Ela ignora os restos de sangue da penetração anal na calçola e a dor que lhe causou aquele ato indigno e sai, desalinhada, do quarto dos horrores. Ao descer os primeiros degraus, sente ainda mais a dor, mas não para, continua até o térreo, onde a iluminação é generosa.

O marquês está sentado à mesa e escreve com uma pena que, de vez em quando, molha no tinteiro. Tem uma lamparina ao lado. Não se vestiu totalmente e parece absorto na escrita.

– *Senta-te aqui um momento; o marquês logo estará contigo.*

É La Grange quem se dirige a ela, oferecendo-lhe assento numa cadeira próxima à mesa onde o marquês escreve e que ela recusa porque a dor só aumenta.

– *Não queres sentar-te?* – *insiste o criado.*

Jeanne, com o rosto banhado de lágrimas, morde o lábio inferior de tanta raiva. Como resposta, limita-se a balançar a cabeça negativamente.

– *Tudo bem!* – *diz La Grange.* – *Então fica aí de pé esperando...*

A espera se eterniza. O senhor escreve sem parar numa folha, alheio a ela e a tudo o mais. A jovem, então, se dá conta de que em cima da mesa há duas moedas de ouro, os dois luíses que lhe tinham sido oferecidos por seus serviços. Ela os maldiz em voz baixa. Maldiz aquele dinheiro e a bolsa da qual saíra. Agora já não sente pânico, nem medo, nem terror. Agora sente ira, raiva e dor. Por alguns instantes chega a cogitar em subir ao quarto sob algum pretexto, pegar uma das pistolas e dar um tiro na cabeça do infame senhor. Mas logo afasta essa ideia e tenta se acalmar, mesmo estando naquela casa sinistra à mercê dos dois homens.

Por fim o marquês lhe ordena com um gesto que se aproxime. Ela obedece, ainda que atormentada pelo sorriso cínico do sodomita sob a luz.

– Jeanne, espero e desejo que a lição que recebeste hoje seja bastante proveitosa – explica o marquês sem perder a pose. – Minha intenção era puramente educativa, de te fazer entender que a virtude não é o caminho para a prosperidade. Contudo, como não estou totalmente convencido de que a tenhas compreendido, redigi um documento particular de compromisso, entre nós dois, que assinarás antes de sair desta casa. Como eu sei, e tu o demonstraste, que és uma mulher de fé, me jurarás que no próximo domingo virás outra vez a esta casa. Pensei em irmos visitar a paróquia de Saint-Médard, não muito longe daqui, e comungarmos juntos. Não te preocupes, não fiquei louco, Jeanne. – *O marquês fez este último comentário após notar a expressão de incredulidade da mulher.* – Fingiremos comungar, mas não engoliremos as hóstias consagradas. Nós as guardaremos e, finalizada a eucaristia, regressaremos aqui com elas para celebrar uma liturgia privada. Já vou te adiantando que reservo um lugar privilegiado do teu corpo para uma delas...

Jeanne suporta como pode aqueles momentos. O senhor marquês é o demônio em pessoa. A tentação de pegar uma das pistolas e matá-lo assalta-a mais uma vez.

– Em segundo lugar – prossegue ele –, e isto também está escrito neste documento, não contarás a ninguém o que se passou nesta casa. A ninguém! E o que é ainda mais importante: não revelarás minha identidade. Se o fizesses, tua vida não valeria mais que a poeira que cobre esta mesa. Entendeste bem?

Jeanne emite um sim lacônico.
– Juras?
– Sim.
– Agora assina o documento.
O marquês lhe oferece a pena – que molhara previamente no tinteiro –, e Jeanne estampa, com caligrafia infantil, seu nome de batismo no local assinalado pelo marquês. Ao terminar, devolve a pena ao senhor, que olha zombeteiramente para a assinatura.
– Pega teus dois luíses e some daqui. Eu te espero no domingo que vem às dez. Se não vieres, irei te buscar e te matarei.
A jovem agarra com raiva as moedas, aperta-as com força no punho direito e se encaminha, sem se despedir, à saída, onde La Grange a aguarda com o portão aberto. De uma janela, o marquês observa com curiosidade a humilde jovem distanciando-se pelos arredores. Não confia plenamente no êxito de seu crime.

Afastando-se da casa, sem ousar olhar para trás, Jeanne maldiz aquele demônio vestido de nobre: "Algum dia pagarás muito caro tua loucura!" A débil luz de uma das casas a atrai. Precisa de ajuda, porque a dor aumentou e não se sente com ânimo para chegar sozinha a casa. Só então se vira para se convencer de que está fora do alcance do senhor marquês...

Acendem-se as luzes e você aplaude, seguindo o exemplo de seus companheiros. Após agradecer, os atores se retiram juntamente com o narrador da peruca branca pela porta que dá para o vestíbulo.

O cenário fica vazio, e o urinol reluz solenemente na parede. Até então, Javier, você não havia realmente atentado para a coincidência que há nesse fato. Refiro-me a que os mictórios parecem marcar suas etapas vitais. Com as réplicas de Duchamp, propriedade de Gabo, começou seu idílio com a riqueza. Com este urinol gigantesco, idêntico àqueles, talvez vá se iniciar seu caminho para a luxúria, porque, Javier, não disfarce, olhe a garota loura. Sim, sim, ela está lhe fazendo gestos obscenos, convidando-o para o sofá, de pernas abertas. Não hesite! Vamos! Há quanto tempo não está com uma mulher que não seja Sabrina? Seis anos? Eu diria que mais até. Se não me engano, a última vez que trepou com outra mulher foi em Siracusa, na tal famosa viagem em que Gabo lhe confessou estar apaixonado pela jovem monitora, prelúdio do seu afastamento dele. Chamava-se Milene e era siciliana por parte de mãe e irlandesa por parte de pai. Exibia no rosto a aridez morena da Sicília e na boca, de lábios pálidos e franzidos, o sentimento trágico da ilha. Do pai, você intuía apenas as sardas espalhadas pelo torso frágil. Um veludo angelical protegia-lhe o sexo, disfarçava-a de *virgine*, uma palavra que os sicilianos empregam com orgulho para matizar suas diferenças com a Itália. Ela reclamava seus lábios constantemente, enquanto a penetravas, e lhe murmurava doçuras em italiano.

Ela também, Milene, tinha magníficos dotes de interpretação. Por este motivo, como ficou sabendo depois, era a prostituta favorita do capo de Palermo...

— Vem cá, seu garanhão broxa!

Refestelada no sofá, Anna exibe uma posição totalmente impudica acariciando o sexo com a mão direita. Você continua de pau duro, excitado. Nota que Víctor, no outro sofá, gordo feito um barril, se masturba observando-a, enquanto Jota parece ausente de tudo, o copo nas mãos e um olhar raivoso e agressivo.

Ensandecido, você parte para cima dela tal como havia imaginado há pouco, sem dar uma palavra. Abre sua blusa, arrancando os botões, e enterra o rosto no meio de seus seios fartos. Não sente dor quando ela joga sua cabeça para trás agarrando-o pelos cabelos e lhe oferece a língua profanada por um piercing. Você não é capaz de sentir nada além do deleite de possuí-la por trás, tal como o fizera o marquês na encenação, sem nenhum tipo de preliminar, pois é evidente que ela gosta da sua impulsividade, do seu temperamento agressivo.

Você só se libera da pulsão após ejacular em sua nádega, depois de a paixão se ter disseminado sobre ela em forma de esperma. Então você sente que regressa, Javier, que vai recuperando a identidade, a cabeça, o controle...

– Nada mau para um garanhão broxa!

Ela o declara ainda agachada, passando a língua nos lábios, mas você não a leva muito a sério, porque não está bem. Quer escapar daquele antro, tem vergonha e pressa de restaurar sua imagem de homem sensato.

– Já acabou? Já? Não quer aproveitar que Víctor está no ponto? Apesar de gordo, ele tem um reto apertadinho e úmido! Ou quem sabe você prefere esperar Magda? – Anna o desafia, apontando para o sofá ao lado.

– Por hoje já é o bastante – responde você, enquanto se veste na maior pressa para sair logo dali.

Você se despede secamente. Anna lhe faz um desafio:

– Da próxima vez, vou lhe ensinar uma coisinha que o deixará encantado, garanhão!

Ela não consegue ouvi-lo, porque você diz entre dentes:

– Não haverá uma próxima vez.

E, abrindo totalmente a porta de vidros verdes opalinos, dá uma última olhadela irada para o urinol gigantesco e o crucifixo que ele contém.

Já do lado de fora, no vestíbulo, você respira, aliviado. Ali se acha unicamente o narrador – surpreende-o a ausência dos atores que haviam dividido o cenário com ele –, ainda com a peruca branca. Seu olhar lhe desagrada. Você pede seu celular – foi quase uma exigência –, mas ele, fumando um cigarro, pega-o com toda a calma.

– Gostou da representação, *monsieur*?

– Sim, nada mau.

– Folgo em sabê-lo. Na verdade, ficamos lisonjeados quando os convidados especiais apreciam nosso jogo. O jogo de Sade é uma forma de reviver o espírito do divino marquês e, ao mesmo tempo, de nos libertar da escravidão moral da consciência.

Você não tem a menor intenção de manter com ele uma discussão filosófica.

– Obrigado por tudo, mas poderia devolver meu Blackberry? Já é tarde e amanhã um dia muito difícil me aguarda.

O sujeito esboça um dos sorrisos mais odientos de que você tem lembrança. Com o aparelho na mão, evita comentar isso, dizer-lhe com todas as letras que é detentor de um dos sorrisos mais nojentos que você já viu na vida. Então, você não sabe como, ressoa em seu íntimo o sorriso insidioso de seu finado pai...

Você tinha somente 8 anos quando ele faleceu, vítima de um câncer de fígado, mas poderia desenhar com absoluta precisão a imagem de seu leito de morte. Foi um pai muito severo em termos de moral e costumes, impregnados de sal bíblico. Sua obsessão religiosa obedecia a uma educação paterna semelhante à que ele lhe inculcou durante os primeiros oito anos de vida. Ele também tinha um nome bíblico: Abel.

Sempre lhe impressionou a obstinada resignação com que ele encarou seu destino trágico. Em meio ao sofrimento, bendizia a Deus e exclamava piedosamente: "É vontade de Nosso Senhor conferir-me uma morte penosa como a dele", explicava às raras visitas que recebia. Lia a Bíblia para você todas as noites e explicava, emocionado, a força das trombetas de Deus derrubando as muralhas de Javier, passagem que o entusiasmava e razão de seu desgraçado nome. Porque Abel ainda vai. Mas Javier!... Javier é sacanagem! Já pensou se ele tivesse gostado da história de Matusalém?! Agora o chamariam de Matusalém!

A imagem de seu leito de morte, em casa, era tão triste! Ele se extinguia suportando nas mãos uma agonia dourada que havia pertencido ao pai. Tinha os traços afilados dos mortos, os olhos fundos, totalmente ausentes. Sua mãe, Montserrat, olhava para ele penalizada. E o padre, Jacint Verdú, tentava animá-la, alternando as frases feitas para tais ocasiões com algumas inéditas, de sua própria lavra.

Quando ele finalmente expirou, você lhe deu um beijo. Tinha um sorriso desenhado nos lábios, um sorriso que o incomodava havia algum tempo, desde que você teve uso da razão. O sorriso de seu pai disfarçava sua severidade. Era uma expressão postiça e comedida. Uma estratégia para que as palavras duras, as sentenças religiosas contundentes fossem mais bem recebidas. Mas você, Javier, descobriu o truque, e passou a escutar seu pai sem olhar para ele, embora fingindo fazê-lo, e sua doutrinação demonstrava crueldade. Apesar de tudo, era um bom homem, um bom pai a quem haviam adestrado para que não passasse essa impressão...

Você poderia jurar que viu um sorriso muito parecido com o de seu pai ao descer as escadas íngremes, envolto por uma escuridão inquietante.

Acha que ele teria orgulho de você se visse o que andou fazendo nesse lugar de má fama? Você afasta a pergunta e tenta pensar em algo mais reconfortante. Não lhe resta muito mais que Isaura.

Você chega à rua com a imagem de sua filha sentada num degrau do Palazzo Vecchio. Ela o observa com tristeza. Você gostaria de lhe dizer alguma coisa, mas não consegue, não tem coragem suficiente depois do que acaba de fazer.

"E se fingisse um sorriso?" Não se incomode, Javier! Você não tem por que se camuflar por trás de um sorriso para falar com ela. Você lhe ensinou muito pouco e procurou fazer com que ela é que se aproximasse de você quando tivesse algum problema. Isso ninguém pode tirar de você. Você não foi um pai asceta, nem apenas um pai tutor. Por que, então, se sente tão pouco à vontade, nesta noite esdrúxula, pensando nela?

Aceita um conselho? Deixe Isaura tranquila em seu sonho florentino e volte à realidade, Javier. Percebe o que acaba de viver? Está consciente disso?

"Claro, queria fazer algo diferente e o destino me conduziu a Sade." Não, não estou me referindo a isso, seu idiota! Vou refrescar sua memória: você sodomizou uma desconhecida, uma garota que o provocou desde que você chegou ao Donatien e...

"E o quê? Você mesmo disse, ela ficou me provocando desde o primeiro momento, ela procurou..." Cale a boca, por favor, e ouça-me! O que eu quero lhe explicar, Javier, não tem nada a ver com moral, quem acha que eu sou? O que quero que entenda é que você poderia ter se metido numa grande enrascada. Como foi que a comeu? Sem nenhuma proteção!

Você tem uma sensação de asfixia, apesar da brisa marinha que lhe renova os pulmões. "Como pude ser tão imbecil a ponto de manter uma relação sexual com uma desconhecida sem preservativo?!" Francamente! Não se dá conta do que isso poderia significar? No pior dos casos, a Aids.

Esta palavra lhe dá calafrios. Você tenta se acalmar. A garota parecia saudável e limpa. Você não notou nenhum vestígio de sangue quando limpou o pênis com o lenço.

Não se aflija, Javier! Talvez não seja nada. Mas e se for? E se, da maneira mais idiota, você passou a ser portador do vírus da Aids?

* * *

Sua cabeça é uma confusão só. Pensamentos desordenados a atravessam e você não consegue se acalmar. Não é para menos! Poderia ter mandado tudo para o inferno por culpa de um descuido inexplicável. Talvez porque já fizesse tempo demais que não estava com uma mulher que não fosse Sabrina...

Pare com isso! Logo Sabrina? Mas se ela dorme com o bonitão que interpretava o criado... E se ele a come sem proteção? Você sabe que Sabrina tem alergia a preservativos. Está vendo? Percebe, Javier? Não é tão grave assim! Você está aqui, angustiado, e poderia ser perfeitamente factível que estivesse infectado da Aids por obra e graça da sua esposa adúltera.

"E se porventura o amante de Sabrina estiver limpo?" Javier, Javier, Javier! Lembre-se do elogio que Anna fez a Josep: "A rola deste nosso amigo aqui! Isso sim é uma verdadeira obra de arte!" Entende agora? Não? Pois sigamos a lógica: se a loura disse isso, é porque também degustou a obra de arte, e se assim foi, é muito provável que não tenha exigido dele o uso de preservativo, como ocorreu com você hoje. Para arrematar, Javier: se A = B e B = C, então A = C, isto é, por relação transitiva, todos podem estar no mesmo balaio. Está vendo a confusão em que se meteu?!

Você chega à Rambla sem se dar conta do trajeto percorrido e sentindo-se obsoleto. Não se trata unicamente da questão do preservativo ou do pânico da Aids. É uma espécie de náusea depressiva. Não lhe faltam motivos. Você perdeu quase tudo na vida, tudo aquilo que havia conseguido à base de trabalho e esforço. Você visita um antro com estranhos frequentadores que cultuam Sade, fode por trás – sem tomar precauções – uma garota mais ordinária que uma moeda de dez centavos e acaba vagando feito um sonâmbulo, desorientado, às três e meia da manhã.

Você se olha de cima a baixo e não se reconhece. Não lhe importaria nem um pouco morrer aqui mesmo, neste preciso instante, fulminado pela lâmina afiada da foice da morte. Chega a desejar isso, implora que a maldita morte o ouça e interrompa por um instante suas idas e vindas para o agradar. Fecha os olhos e se dá conta de que chorou. Lágrimas salgadas e amargas. Lágrimas que secam no asfalto...

– Que coincidência, Javier! Que está fazendo aqui?

A voz soa a suas costas. O tom é muito familiar. É um timbre jovem que você ouviu faz muito pouco. Você demora para se virar, o tempo necessário para limpar o rosto sulcado de lágrimas com o mesmo lenço com que limpou o pênis, mas não consegue disfarçar o estado em que se encontra.

É Alfred, o companheiro escritor de Magda, que lhe estende a mão para apertá-la e em seguida pergunta:

– Aconteceu alguma coisa, Javier? Não está com bom aspecto!

A vida é um paradoxo. Você lhe disse a mesma coisa quando se encontraram no bar de tira-gostos. Naquela oportunidade, ele se escudou no fracasso editorial. Agora, horas depois, ele lhe devolve a mesma observação. E qual será sua desculpa, Javier?

– Nada grave, é que depois da reunião de negócios saímos para tomar umas e outras e acabei bebendo um pouco além da conta. Não contará à minha mulher, certo?

Bravo, Javier! Não perdeu a velha habilidade para mentir.

– Não, não, claro, prometo. Não se preocupe quanto a isso, eu mal a conheço.

O rapaz cruzou os dedos das mãos formando um gesto que lhe parece ridículo.

– Obrigado, Alfred. E você, ainda por estas bandas?

— Estou esperando a Magda. Marcamos aqui, na Rambla, esquina com a Rua Nou, entre três e meia e quatro. Ela trabalha aqui perto, sabia?

Você responde que não com a cabeça. Ah, e como sabe! Foi espectador privilegiado de sua sodomização em público. Você a admirou completamente nua e notou até a tatuagem que tem na nádega direita. Viu o suficiente para compreender que ela é uma putinha e ele, um pobre coitado, mas você tem de admitir que ficar com ela não o deixaria nem um pouco chateado. Com um misto de malícia e compaixão, você deixa escapar:

— Deveria pedir que o deixasse vê-la atuar um dia...

— Bem que eu gostaria, mas não é possível. Como já lhe disse, são encenações privadas e seletas, às quais só os convidados podem assistir. Enfim, o que vale é que ela está feliz porque pagam muito bem.

Você se contém para não perguntar se jamais lhe ocorreu pensar que essas encenações privadas podem ser uma espécie de prostituição, pois você não tem coragem de partir seu coração e também porque o conformismo do rapaz não lhe pareceu lá muito convincente.

— Olhe, Javier, lá vem a Magda com um colega, Josep. Os dois trabalham juntos e se tornaram muito amigos.

Você se vira e distingue a certa distância a silhueta dos dois subindo devagar a Rambla. "De onde estarão vindo?", pergunta-se. Bem que estranhou a saída precipitada de ambos do Donatien.

Será melhor que você suma, Javier! Seria muito comprometedor se o pegassem com Alfred, e mais ainda depois que você deu um nome falso. Por alguns instantes imagina que poderia ser bem interessante esse *ménage* a quatro, mas desiste da ideia. Você se apressa em se livrar de Alfred sob o pretexto de ver um táxi livre na calçada do lado de lá.

— Bem, nós nos vemos outra hora, Alfred. Vou aproveitar este táxi para voltar para casa. Saudações à sua companheira. E também aos seus pais, e boa sorte!

O rapaz se despede perplexo com a urgência com que você se livrou dele.

Do interior do táxi você presencia o encontro dos três. É impossível que Magda e Josep tenham se dado conta de que era você falando com Alfred, pois você foi embora quando os dois se achavam a uma distância considerável. Você fica pasmado com o tímido beijo com que o casal se cumprimenta e não menos com a atitude amistosa do bonitão que come a Sabrina.

Não entendo por que tanta estranheza, Javier! A vida é assim: um quebra-cabeça caprichoso e absurdo.

Você gosta do silêncio do edifício onde mora, sobretudo à noite. Você atravessa a área ajardinada e aprecia, fatigado, a folhagem dos cedros-do-líbano ocultos nos claros-escuros. Os poucos postes projetam sombras instáveis sob o amparo do céu, remelento de nuvens quase imperceptíveis na escuridão. A lua brinca de se esconder, mas você sabe que ela não se move. São as teias de nuvens, que viajam para o norte, o que lhe dão uma imagem brincalhona. Você se detém no caminho de pedras, comovido pela cena, e aguça os sentidos, afina as lembranças...

Quando seu gato, Parker, estava vivo, você ia com ele ao jardim comunitário e ficava observando como ele se encolhia no gramado, demonstrando seu instinto felino de caçador, perseguindo algum inseto. Você sente saudade do seu gato! Sente demais sua falta! Parker escutava seus queixumes enquanto você acariciava seu lombo e retribuía esfregando-se em você, como se compreendesse tudo.

Lembra-se, Javier, do primeiro dia em que Sabrina aterrissou em casa com Marilyn, a cadela poodle? Foi uma resposta conjugal à sua incômoda cumplicidade com Parker. A recém-chegada o rondou, provocou, e Parker, impassível, só se eriçou uma vez com uma resfolegada de advertência que fez recuar a fêmea insuportável. Ele também não a suportava, mas optou por ignorá-la. E o que me diz de Parker e Sabrina? O gato não permitia que sua mulher sequer o roçasse. Por causa disso, ela sempre se queixava dos pelos que sujavam os sofás. Parker a odiava. E isso fazia com que você o amasse ainda mais, sentindo-o mais cúmplice, uma alma gêmea...

* * *

Você abre a porta e o eflúvio do aromatizador de limão o assalta. Segue pelo corredor até o elevador e cumprimenta Davi e Laocoonte, as réplicas em mármore de duas esculturas míticas, a primeira de Michelangelo e a segunda, de três escultores de Rodes. Você se detém durante alguns segundos diante da segunda, deslumbrado pelo espasmo de dor e pelo grito sufocado do sacerdote, Laocoonte. "Que beleza mais sutil para representar a dor!"

Que tal, Javier, um par de urinóis de R. Mutt pendurados aqui, em lugar das duas esculturas? Por que não? Não seria adequado? Claro, já ia esquecendo, a maioria dos moradores é gente respeitável. Compartilham certo ar de clã. E não se trata unicamente das roupas de grife que vestem, procedentes das mesmas lojas, mas também do jeito de falar e do gestual. Quase todos ocupam cargos importantes, e alguns, inclusive, exalam certo cheiro de incenso religioso.

Ah, seu abestalhado! As aparências enganam! As aparências enganam? E por acaso você acredita que eles não pensam o mesmo de você? Para não ir muito longe, faz apenas algumas horas que você meteu no rabo de uma depravada, e pior: sem camisinha! Sim, sim, Javier, ele mesmo, o vizinho da cobertura 02, o elegante e refinado empresário do ramo imobiliário que todas as manhãs leva sua encantadora filhota àquele renomado colégio do Paseo de la Bonanova...

A lembrança do assunto do preservativo o deixa arrasado. Já dentro do elevador, você se olha no espelho, que lhe devolve a imagem de um desconhecido. Você nem sequer se dá conta de que a porta automática se abriu. Não fosse o aviso sonoro, você continuaria tentando descobrir quem é o cara do espelho. Quem será este imbecil que pode ter posto tudo a perder numa noite de loucura? Porque foi de fato uma delícia comer aquela putinha, mas e quanto à possibilidade de um contágio? Logo irá descobrindo, Javier, que o prazer e a dor não se misturam.

A casa está absolutamente muda. O silêncio reconfortante das cinco e tanto da manhã. Você tenta evitar qualquer ruído incriminador. Movimentos sigilosos. Tira a roupa no quarto de dormir e põe o pijama. Remancheia na cozinha, sentado num banquinho, com um copo de leite na mão, para retardar a entrada no quarto de dormir, onde sabe que encontrará Sabrina e sua cadelinha encolhida. O que dirá se ela, meio adormecida, perguntar que horas são estas de voltar para casa? Você ensaia uma das suas mentiras.

Sei, eu sei que você gostaria de lhe contar tudo, sem rodeios, que passou a noite com o sujeito com quem ela trepa. Você se divertiria relatando em detalhes, admitindo que ela não tem mau gosto, e perguntando-lhe se é verdadeira a avaliação de Anna: a piroca dele é mesmo uma verdadeira obra de arte?

Não o fará. Vou lhe dizer o que sucederá: você terminará seu leite, deixará o copo de boca para baixo no escorredor da pia, caminhará na ponta dos pés até o quarto, abrirá a porta com todo o cuidado e se deitará com mais cuidado ainda, se possível, primeiro sentando-se na cama, evitando afundar no colchão, acomodando as pernas e em seguida o tronco. Com um pouco de sorte, só Marilyn se dará conta da sua presença e se encolherá mais contra Sabrina, observando na escuridão com os olhinhos incomodados.

– Javier? Que horas são? – Sabrina acende a luz da mesinha de cabeceira e olha o relógio. – Como chega tão tarde?

"Um pouco de sorte? A sorte virou as costas para mim faz tempo!"

– Durma – você murmura –, amanhã eu lhe conto tudo, foi uma noite muito proveitosa.

Proveitosa? Essa é boa, Javier! Você se supera a cada dia. Proveitosa...

Sabrina está sonolenta. Com um resmungo, cobre a cabeça com o travesseiro e, tateando, apaga a luz do abajur.

De olhos abertos no escuro, você rememora a experiência vivida no Donatien, passando slides imaginários. Você se sente como uma múmia egípcia num sarcófago, rígido, evitando contato com uma mulher com quem continua a conviver por motivos meramente econômicos.

Pensa, então, no provérbio que o grande Gabo repetia com frequência: "Um sábio até pode sentar-se num formigueiro, mas somente um estúpido é capaz de ficar nele."

Acorde, Javier! Já passa do meio-dia e Sabrina saiu. Caminho livre!

Você abre os olhos lentamente. A luz do sol invade o quarto, uma luz intensa e ofensiva. Transcorrem alguns minutos até você se situar plenamente. Estica os ossos sobre os lençóis, levanta-se energicamente e, com a perícia de um explorador, vai verificar se está realmente sozinho em casa. Não se ouve nenhum barulho, fora o da máquina de lavar batendo.

Já lhe disse, está sozinho! Pode baixar a guarda, Javier!

Entre bocejos, segue até a cozinha, pega uma cápsula de café e a enfia na cafeteira. O copo que usou para beber o leite ontem à noite continua no escorredor, de boca para baixo, tal como você o deixou, bem como um copo longo com os vestígios da vitamina de frutas que Sabrina prepara toda manhã. Você sintoniza o rádio à espera do café, mas não o escuta, porque uma obsessão começou a roê-lo por dentro. Uma preocupação o está deixando especialmente inquieto.

Só um idiota é capaz de manter relações sem camisinha nestes tempos de promiscuidade banal. Como pôde cair nessa? Estava tão excitado, a atmosfera sádica era tão inebriante que você se deixou levar pelo instinto. Talvez, se não estivesse atravessando esta má fase, você tivesse se prevenido, mas logo se vê que você está farto da vida. Ou por acaso não se recorda, Javier, de quantas vezes, ultimamente, já implorou à dama negra da foice que viesse ceifar sua vida? E agora o angustia a possibilidade de alguma doença sexualmente transmissível tê-lo contagiado? É mesmo um tremendo babaca!

O primeiro gole do café lhe queima os lábios ressequidos. Você deixa a xícara repousando em cima da bancada e se senta, contemplando a nuvenzinha de fumaça que escapa da xícara driblando objetos invisíveis.

Pensa na incoerência que o assalta. Desejaria morrer, mas, quando o destino lhe oferece a oportunidade de fazê-lo com um contágio fatídico, você se inquieta.

Um exame! Preciso consultar um médico urgentemente e fazer exames! Mas a quem recorrer?

Você tem muitas opções, mas uma lhe parece a melhor: Eduard, seu amigo médico. É o pai de Alfred, o escritor corno, companheiro de Magda. Você reflete por um momento. Não será um tanto ou quanto escabroso misturar Eduard num assunto no qual, indiretamente, estão envolvidos seu filho e a companheira dele? Talvez sim, mas você sabe que ninguém melhor que ele será capaz de acolhê-lo e de entender o que aconteceu. Tampouco é necessário lhe contar tudo nos detalhes. E muito menos mencionar a magnífica interpretação de sua nora no Donatien.

Estimulado pela cafeína, você pega o celular – tropeçando no baú de madeira do século passado que há no vestíbulo – e procura na agenda o número dele. Liga...

– Alô?

– Eduard, é Javier. Como está?

– Javier! Mas que surpresa! Faz tempo que não nos vemos...

– É mesmo, desde o lançamento do livro do Alfred na Abacus.

– Isso. Como vão as coisas?

– Não muito bem.

Seu tom de voz fica mais grave:

– O que houve?

– Eu gostaria de uma consulta com você o quanto antes para contar-lhe pessoalmente.

– Certo. Que tal lá para o meio da semana que vem?

Você pigarreia.

– Não poderia ser ainda hoje?

– É tão grave assim?

– Pode ser.

Eduard se cala para se organizar.

– Passa no meu consultório logo no começo da tarde, às duas e meia. Minha primeira consulta está marcada para as três e meia. Está bom para você?

– Perfeito! Como vai Paula?

Ele demora a responder.

– Esta tarde conversaremos sobre tudo, está bem?

Surpreso com a evasiva, você concorda e desliga após as despedidas.

Pronto, Javier, já tomou as providências em relação ao possível contágio. Eduard o examinará, tirará algumas amostras de sangue e logo o informará dos resultados.

Satisfeito, você vai à geladeira pegar uma fruta. Pode escolher entre kiwis, bananas, melões, peras e melancia. Sabrina faz uma vitamina de manhã com todas essas frutas e depois não come mais nada até o meio-dia. Você escolhe uma banana.

A fruta fálica na mão sugere imagens do Donatien. Você tenta apagá-las, mas a frase de Anna a respeito da banana do sujeito que trepa com Sabrina o atravessa como um foguete.

"Uma verdadeira obra de arte?" Você dá uma mordida raivosa na banana e sorri como um adolescente. Olha para a fruta, amputada, e deixa escapar um malicioso "Agora já não é uma obra de arte". Mas não pode continuar amputando tranquilamente a banana, porque percebe a chegada de Sabrina.

Mas que droga de casualidade, não é mesmo, Javier? Logo agora que estava indo à forra da infidelidade fazendo um vodu dentifrício, ela aparece para estragar seu prazer!

Você se prepara para receber Sabrina. Como seria feliz sem ela! Não é isso o que pensa? Eu o compreendo, meu amigo, eu o compreendo. Não é fácil conviver com alguém a quem se odeia, mas as circunstâncias assim o exigem e, por ora, você não tem condições de iniciar um processo de divórcio que apenas agravaria sua já precária situação econômica.

Sentado diante da bancada, fica à espera, contando as pisadas de seus saltos altos no assoalho. Veio direto para a cozinha com uma sacola de compras em cada mão e a cadelinha atrás.

– Bom-dia, Javier! Chegou bem tarde ontem, não foi?

Ela veste uma calça de malha preta e uma camiseta da Pepa Bonett por fora, cortada na altura de um dedo abaixo do umbigo, exibindo o contorno dos quadris.

– Bom-dia, Sabrina!

Você não se mexe da cadeira. Tem na mão a banana comida pela metade. Ela nem o olha, dirige-se à geladeira para guardar as compras, enquanto Marilyn bebe água na tigela.

– Onde esteve?

Pergunta sem olhar para você, enquanto abre a embalagem de papelão e retira alguns iogurtes com bacilos.

– Fui jantar com uns investidores noruegueses. Depois eles queriam conhecer a noite de Barcelona, e eu fiquei levando os caras de lá para cá.

– Investidores noruegueses?

– É, foi o Niubó quem fez os contatos – diz você, referindo-se ao chefe do escritório de advocacia que trabalha na liquidação da sua empresa. – Existe a possibilidade de que estejam interessados em adquirir a imobiliária.

Sabrina o olha rapidamente e continua a arrumar os produtos.

– E por que uns noruegueses se interessariam por uma empresa falida?

– Eles têm interesse no trabalho de restauração de monumentos. E a Javier Builts (este é o nome comercial da sua empresa) foi vanguarda neste campo.

– E faliu! – acrescenta ela maldosamente.

A ofensa o estimula a dar outra mordida poderosa na banana. Ah, se ela soubesse que você está amputando o pênis do seu amante... Bravo, Javier! Uma dentada bem forte!

– Se eles acabarem decidindo comprar a sociedade, nos pouparão de muitos problemas!

O olhar que se segue ao seu comentário é ainda mais perverso e reprovador.

– *Nos* pouparão? Quer dizer "o" pouparão, certo?

Assim é Sabrina. Quando o barco afunda, ela lava as mãos. Abandonou-se à própria sorte e procurou um amante para dar suas trepadas.

E isso o surpreende, Javier? Não se lembra do que ela lhe confessou naquela noite no café da Ópera de Paris, depois de duas taças de champanhe – ela que nunca bebe, porque afirma que as enzimas do álcool engordam –, com os olhos brilhando? Pois eu me encarrego de lhe lembrar: "As mulheres buscam segurança num homem, mas esta nem sempre inclui a satisfação sexual." Deveria ter visto a sua cara, você, que achava que a fazia gozar como ninguém na cama! Ah, seu babaca! E não parou aí. Desinibida e com a língua solta, ela acrescentou: "Sempre me amarrei em garotões de cabelos escuros, bem altos e musculosos."

Como vê, ela mesma já o estava avisando. Mas você era um narcisista na crista da onda e achava que o mundo se curvava a seus pés. Não deu importância àquela confissão bêbada, menosprezando o *in vino veritas*. No dia seguinte já nem se lembrava do assunto, quando aquilo fora uma forma de abrir o jogo e de informá-lo, veladamente, de que ela suspirava por transar com alguém assim. Se não o fez antes, Javier, foi porque você a tinha nas mãos por conta dos Visas e da grana fácil. Porém, quando a corrente de ouro derreteu, a pombinha foi logo tratando de descascar a banana de um moreno alto e musculoso.

Sua última mordida é diretamente proporcional à ira que o invade. Talvez seja uma forma pueril de vingança, mas o que vale é que o fez sentir bem, não é mesmo?

– Javier, preciso de 500 euros para hoje à tarde.

Para pedir o dinheiro, ela o olhou de forma diferente, dir-se-ia que mais doce.

– Quinhentos euros? Pegue lá no cofre.

– Só há 300.

Ela se encosta à geladeira de braços cruzados.

Você demonstra surpresa por restar tão pouco. "Já torrou os 2 mil que deixei há três dias?", resmunga em voz baixa. Você a maldiz, mas será que vale a pena discutir a esta altura? Claro que não. Daqui a pouco tudo terá terminado, a empresa estará liquidada e seu casamento, idem. Sorte a sua que ela ignora a reserva de dinheiro sujo que você vem guardando para quando chegar a hora. Desconhece o cofre que você alugou, há já dois anos, em um banco com o qual você nunca trabalhou justamente para evitar possíveis pistas. Ela não sabe que você tem uma provisão em dinheiro vivo para o dia seguinte ao Juízo Final, sobretudo para que Isaura não sofra as consequências de tanto esbanjamento.

– Depois eu deixo na sua mesinha de cabeceira. Posso perguntar para quê?

Que pergunta mais imbecil! Você apostaria o braço direito que sua grana cobrirá os gastos de uma saída com o bonitão. Você tenta se controlar, porque está a ponto de lhe dizer que poderia desfrutar da banana do vendedor de roupas no miserável apartamentinho que ele aluga no Ensanche, e não em um hotel caro da cidade. Que, se o que ela necessita é de sexo, os dois poderiam se trancar no tugúrio de Josep e pedir comida chinesa. Que ela é uma maldita rameira, porque não só lhe bota chifres como, ainda por cima, os enfeita com o cinismo de custear seu prazer.

Sabrina balbucia; costuma fazer isso quando mente.

– Tenho de fazer umas comprinhas. Quero dar um presente de aniversário a Berta, e também quero ver alguma coisa para Isaura. Semana que vem ela faz 14 anos.

"Catorze anos! Já?!" Você tinha se esquecido do aniversário de sua filha, na terça-feira que vem... É praticamente uma mocinha. E você, Javier, um pobre-diabo...

Antes de ir ao consultório de Eduard, você resolve passar pelo bar e cafeteria aonde costuma ir beber para rever Toni.

Almoçou muito frugalmente, um sanduíche vegetariano, porque nada mais lhe apetecia nem sentia vontade de se sentar à mesa com Sabrina. Comeu de pé, e em seguida foi tomar banho. Fingiu trabalhar no escritório quando a única coisa que fazia era buscar informações sobre o marquês de Sade na Internet. Algumas passagens de *A filosofia na alcova* o deixaram impressionado. Decide comprar o livro.

Quando chegou sua hora de sair, viu que Sabrina estava no sofá vendo tevê, com Marilyn no colo. O seco *até logo* que você lhe deu precedeu o aviso final: "Deixei seu dinheiro em cima da mesinha de cabeceira."

A visita ao bar de Toni tem por objetivo esclarecer como ele conhecia o Donatien. Seu garçom preferido não se altera quando o vê entrar. Está preparando café para alguns clientes. Você se senta ao balcão, aguardando a vez. Após servir os fregueses, ele se encaminha em sua direção, lhe dá as secas boas-vindas costumeiras e pergunta o que vai tomar.

– Um Jeanne Testard! – pede você em tom malicioso.
Impassível, ele responde:
– Terá de me explicar o que é, Javier, porque não tenho isso na minha carta de bebidas.

– Qual é, Toni? Como pôde me mandar àquele antro?

Pela primeira vez, você asseguraria haver percebido um sutilíssimo gesto de contrariedade naquela fisionomia imperturbável.

– Para ser sincero, nunca estive nesse lugar.

– E então?

– Está bem, Javier: na manhã daquele dia em que você me pediu uma sugestão de um local diferente, um homem que eu nunca tinha visto sentou-se aí, neste balcão, pediu um Bloody Mary e puxou conversa. Você sabe muito bem como sou discreto com os clientes, mas aquele senhor disse que conhecia você e – neste ponto Toni se detém e faz um movimento de negação com a cabeça – molhou a minha mão para que lhe entregasse o cartão.

– Não o estou entendendo!

– O sujeito, que não me disse o nome, embora eu tenha perguntado, sabia que você ultimamente vem aqui todas as tardes. A verdade é que sabia muitas coisas a seu respeito. Ele me pagou 500 euros para lhe entregar o cartão. Tinha de ser eu... A coisa me pareceu tão fácil!

– Quinhentos euros?

– É, Javier, um terço do que ganho aqui em um mês... Entende?

– Claro, Toni. Eu também não hesitaria diante de uma proposta como essa. Mas e se, por algum motivo, ontem, quinta-feira, eu tivesse resolvido não vir?

– O sujeito que me deu o cartão disse que eu, assim que entregasse o cartão a você, ligasse para o número de celular que constava nele e dissesse apenas: "O peixe fisgou o anzol."

Você sente vontade de rir. Mas essa é muito boa, Javier! Foi tratado como um mísero peixe.

– Espero não tê-lo metido em nenhuma enrascada! O desconhecido me assegurou que se tratava apenas de uma brincadeira divertida, e como me dera mostras de conhecer você... – declara Toni, visivelmente aflito.

É a primeira vez que o vê perder a aura impassível. E por 500 euros... Uma confirmação de que tudo tem seu preço. Inclusive a imperturbabilidade de Toni.

Você evita responder: "Mas é claro que me meteu numa enrascada! Graças a você, comi o cu de uma depravada, e sem camisinha! Talvez a Aids, quem sabe!" Você reprime a resposta porque sabe que o rapaz não é o responsável final pela sua estupidez. Foi você quem cedeu ao instinto de sodomizar a garota.

– Mas me diz uma coisa, Toni, como era esse homem?
– Fisicamente?
– É.

Neste momento uma mulher sentada ao balcão o chama. Toni se desculpa e vai atendê-la. É uma executiva que trabalha ali perto e costuma ir tomar um café antes de seguir para o escritório. Vocês dois até conversaram algumas vezes. É feia, mas tem um senso de humor fantástico. Montserrat – é assim que ela se chama – paga a conta e, quando passa a seu lado, para e diz:

– Não dormiu bem, Javier? Parece cansado.
– É a crise, Montserrat, essa maldita crise que vai acabar cinzelando o rosto de todos nós. De todos, menos de você, é claro, que conserva intacto esse sorriso sedutor.

Ela esboça um gesto feminino de agradecimento e retribui:
– Obrigada pelo galanteio, Javier! Ainda restam homens de verdade, apesar da crise.

Você lhe dirige um sorriso falso. Simpatiza com ela, mas seu rosto é pouco favorecido. Você a olha afastando-se com seus saltos agulha, balançando a bunda em atitude provocante, certamente consciente de que quatro olhos masculinos estão cravados em seu traseiro.

– Então, o que vai beber, Javier?
– Um café com adoçante. Mas, antes, Toni, diga como era o sujeito que lhe deu o cartão.

Toni finge pensar.

— Idade avançada, estatura mediana, compleição atlética, óculos escuros, terno azul, camisa branca, cabelos claros e compridos, chapéu, bigode grisalho e fino...

Esses atributos físicos não o remetem a ninguém.

— Sabe quem é? – pergunta o garçom.

— Agora mesmo, não.

Você fica pensativo enquanto ele prepara o café. Não consegue identificar nenhum dos seus conhecidos no retrato-robô de Toni. Existe a possibilidade, Javier, de que o cara estivesse disfarçado. A descrição obedece a um perfil excessivamente pitoresco, e o único sujeito assim pitoresco que você conhece é o Gabo, mas ele é alto, magro e tem cabelos brancos como o falecido gorila Floco de Neve.

Você tomou o café intrigado com a identidade do misterioso desconhecido, e antes de se despedir definitivamente de Toni, lhe dá um aviso:

— Da próxima vez que alguém lhe entregar um cartão para mim e lhe molhar a mão, como você diz, vamos rachar!

Ele sorri rapidamente. Você também. Mas a partir daquele momento, Toni, o garçom eterno, o garçom modelo, perdeu sua aura.

Apesar da passagem pelo bar e cafeteria, você chega cedo à consulta marcada e Eduard ainda não está. Quando toca a campainha do porteiro eletrônico, ninguém atende. Resolve esperar sentado num banco da rua de Muntaner, perto do consultório, fazendo um esforço para tentar esclarecer a identidade do misterioso "homem".

Brilha um solzinho tímido e aconchegante. A sensação de bem-estar lhe dá sono, você daria uma boa cochilada, mas não pode dormir como um vagabundo em plena rua.

Não pode? Por que não? Agora já não é o grande agente esclarecido que tinha o mundo a seus pés. Está vendo aquele velho esfarrapado que empurra um carrinho de supermercado repleto de indigência? Você poderia acabar assim, Javier; portanto, não me venha com preconceitos fariseus, que você já perdeu a nobreza!

Você acompanha com um misto de horror e perplexidade o lento avanço do velho indigente, que se detém a cada lixeira para examinar seu interior, até que a figura altiva de Eduard – em claro contraste com a do pobre ancião – desvia sua atenção.

Eduard está procurando no molho de chaves a que abre a portaria. Você se apressa, antes que ele entre e a tranque, chamando-o pelo nome, mas ele não o ouve. Tenta novamente. Agora sim. Ele se vira e o vê chegar a passos largos. Apertam a mão um ao outro.

– Javier! Está esperando há muito tempo?

– Não. Como está?

– Resistindo! Vem, vamos subir, que aqui está calor.

Ele entra primeiro. As costas de Eduard são largas; o porte, atlético. Apesar dos cinquenta e muitos, ele se mantém em forma graças ao tênis e ao golfe. Segura a porta com as mãos e com um gesto o convida a entrar. Veste-se impecavelmente: terno Armani bege e sapatos de cadarço, de cor bordô. Exala uma fragrância de colônia Tabac que faz parte da marca da casa. Desde que o conhece, que ele se gaba de ser fiel a esse perfume.

– Javier, eu estou realmente curioso para saber por que precisa de mim com tanta urgência! – confessa, enquanto aperta o botão para chamar o elevador.

– Estou preocupado com uma coisa e necessito de um amigo médico.

Ele lhe dá uma olhada investigativa.

– Não está com mau aspecto, talvez os olhos denunciem certa falta de sono. Você tem dormido pouco?

– Acho melhor lhe contar tudo no consultório – diz você, entrando no espaçoso elevador.

Durante o brevíssimo percurso, você repassa o que pode e o que não pode ser contado. Mentirá, como de hábito, e silenciará sobre o encontro com Alfred, para omitir a cumplicidade de Magda no assunto do Donatien.

– Pronto, chegamos! E como está Sabrina? Linda como sempre?

Você disfarça o mal-estar que a pergunta enseja.

– Sim.

Ele sorri, deixando à mostra uma ortodontia de manual, e abre a porta da sala. Tudo está na penumbra, porque as persianas estão fechadas, mas você o segue com passos firmes até a mesa.

Eduard aciona o interruptor, que acende as lâmpadas embutidas do aposento, e o manda sentar-se numa das duas poltronas enquanto abre as lâminas das persianas.

— Fechamos para que o consultório não fique quente demais. Este andar é um forno, o sol bate o dia todo.

Quantas vezes você se sentou nessa mesma poltrona, ainda que muito poucas para consultar-se sobre algum problema de saúde. Passaram-se cinco anos desde sua última visita. Você veio após o diagnóstico de uma anemia num exame de rotina, que Eduard resolveu com complexos vitamínicos e uma dieta especial.

— Bem, sou todo ouvidos, Javier! – dispara ele da sua poltrona, que você constata ser um pouco mais alta que a do paciente, talvez para deixar manifesta uma espécie de autoridade.

— Ontem à noite eu saí para jantar com possíveis clientes da imobiliária. Depois de comermos, fomos tomar umas e outras. Bebi além da conta e conheci uma loura num bar. Não sei bem como, acabei indo para a casa dela e mantivemos relações sexuais. O pior é que não usei preservativo. E, como suponho que a garota seja promíscua, gostaria de verificar a possibilidade de ter contraído alguma doença venérea ou até Aids. Quanto mais não seja, para não contaminar Sabrina.

Bravo, Javier! Conciso, sintético, mentiroso e cínico. Da forma como andam as coisas, o contágio de Sabrina é o de menos, mas a justificativa até que caiu bem, primorosamente hipócrita perante seu amigo médico, homem de costumes saudáveis. Você nunca aprenderá a ser verdadeiramente sincero? Mas se fica de pau duro só de pensar, só de reviver o momento em que aquela vagabunda foi sua! O sexo é assim: instintivo, primitivo, irrefletido. Sexo é sexo. Não é amor, não é ternura, não é nhem-nhem-nhem. Leu isso nos fragmentos de *A filosofia na alcova* que encontrou na Internet. O *Leitmotiv* do marquês de Sade era este: encenar o triunfo do instinto remoto, amortalhado pelo andrajoso sudário de uma consciência artificiosa.

Eduard ficou absorto, observando-o fixamente. O olhar cinza-pérola se despe e as feições graves do seu rosto bronzeado desmentem o sorriso breve que os lábios desenham. Apoia os cotovelos na mesa, debruça-se e, com as mãos cruzadas e os polegares apontando para o céu, lhe pergunta:

– Era uma prostituta?

– Não, que eu saiba. Era uma garota liberal. Intuo, pela escassa informação de que disponho, que seja muito promíscua.

– As relações foram normais?

A pergunta o deixa desconcertado. Você sente certo pudor de confessar que a sodomizou, mas chega à conclusão de que é um detalhe de suma importância para o caso.

– Não exatamente, na verdade eu a penetrei por trás... Sodomia.

O último termo saiu cavernoso do peito, como se resistisse.

Os olhos de Eduard não disfarçam sua surpresa. Endireita a coluna, une as palmas das mãos em atitude de oração e apoia os dedos nos lábios, seccionando o rosto em duas partes. Sorri, para sua perplexidade, e mexe a cabeça baixando o queixo.

– Que belo sem-vergonha está me saindo, Javier! Claro que tinha de guardar segredo... Sodomia!

"Estará de gozação?" Por via das dúvidas, você não ousa acrescentar nada. Esperava uma reprimenda.

– Por trás é melhor, não é? O orifício é mais estreito, menos lubrificado, e o prazer se intensifica. Quando se está para ejacular, quando o pênis incha dentro daquele orifício apertadinho, aí então é que é... sublime, não é?

Agora sim você ficou totalmente constrangido. "O que Eduard está fazendo? Está me testando?"

– Para lhe ser sincero, foi a primeira vez na vida que eu fiz assim, contra a natureza.

Pronto! Tinha de aparecer o Javier asceta, o digno filho de seu pai. Contra a natureza! Contra a natureza? É exatamente o que ele lhe indaga:

– Contra a natureza? Fazia muito tempo que eu não ouvia essa expressão. Diga-me uma coisa, Javier: o que é e o que não é natural? Receio, meu amigo, que já tenhamos idade suficiente para relativizar determinadas coisas, não?

Você se sente intimidado. Não contava com a cumplicidade de um amigo que supunha um homem exemplar, sério e de costumes regrados.

– Você também já sodomizou alguém?

Percebe tarde demais o alcance da pergunta que acaba de formular. Como pode ser tão cretino? Como lhe ocorre perguntar ao médico confessor se ele também pecou? Você é o paciente, e ele o médico. Cabe a você confiar tudo a ele.

A pose séria de Eduard o deixa desconfiado.

– Mas é claro que eu já sodomizei mulheres. Senão, como iria saber que a estreiteza do ânus e sua escassa lubrificação intensificam o prazer? Isso, Javier, não se aprende nos livros de medicina!

Os dois ficam em silêncio, examinando-se mutuamente.

– Surpreso?

– Para dizer a verdade, sim – responde você, dando de ombros.

– Assim é a vida, Javier! Não se preocupe, os números mostram que só há nove por cento de probabilidade de contágio da Aids em um caso como este. Você fará um exame completo em um laboratório da minha confiança, e, quando eu tiver os resultados, lhe darei conhecimento. Vou anotar o endereço e o telefone do laboratório, e você levará um bilhete meu. Amanhã, sábado, fica aberto até o meio-dia. Quanto antes for, mais rápido teremos os resultados. Enquanto isso, evite a Sabrina, embora eu possa imaginar que deve ser bem difícil, hein?

Evitar a Sabrina? Se ele soubesse que faz dois meses que não estão juntos! Não será difícil evitá-la, porque é justamente ela que foge de você. Eduard ignora que Sabrina trepa com você porque não tem alternativa, porque ainda depende da sua grana. Ficam juntos quando você pede, mas ela o faz sem vontade. Entrega-se como uma boneca inflável e fecha os olhos, não os abre em momento algum enquanto dura o embate genital.

Antes, quando tudo ia bem, ela estimulava o clitóris enquanto você a penetrava – como muitas mulheres, Sabrina necessita da ajuda adicional do dedo para chegar ao orgasmo –, mas, desde que esse clima de tensão se instalou, ela simplesmente abre as pernas, passiva e entregue.

O toque de um celular, uma melodia clássica, enche a sala. Eduard, que escrevia a caneta o bilhete para o laboratório, procura no bolso do paletó, até encontrar um iPhone de última geração.

– Sim? – atende ele, olhando para você com um sorriso matreiro.

Quem ligou está contando alguma coisa que o faz mudar radicalmente de expressão. Eduard ouve com o olhar perdido e um misto de desalento e desconcerto desenhados no rosto.

– Onde está? Tudo bem! Calma, não se mexa, que estou indo para aí.

Desliga e suspira. Está abatido e transtornado. Algo se passa, disso não resta a menor dúvida. A ligação o deixou fora de sintonia.

– O que aconteceu? – pergunta você.

Com o olhar prévio à breve explicação, ele transmite a má notícia:

– Era Alfred. Está na casa da Magda, sua companheira. Diz que ela está morta em cima da cama. Parece que foi assassinada...

Não levaram muito tempo para sair. O tempo necessário para Eduard passar a mão na maleta e para que você o convencesse a levá-lo na sua picape, parada num estacionamento próximo. Foi fácil persuadi-lo. A outra opção seria pegar um táxi, porque ele sempre vai ao consultório de metrô e deixa o carro na garagem de casa, em Sant Cugat.

O trânsito flui bem a esta hora, uma espécie de compasso de espera entre a entrada e a saída dos colégios. Você conhece muito bem os arredores do prédio de Magda. Fica bem defronte ao Gargântua e Pantagruel, na rua de Aragó, um restaurante que você costumava frequentar, e muito perto da EADA, a Escola de Alta Direção e Administração, onde você lecionou gestão empresarial durante algum tempo.

Você respeita o silêncio do seu amigo. Ele está inquieto e nervoso, e você também se deixou contagiar por seu estado emocional. Ontem à noite, Javier, você esteve com Magda. Lembra-se do seu sorriso lascivo ao lhe servir o coquetel Jeanne Testard e sobretudo da expressão indisfarçável de prazer quando o marquês de Sade apócrifo a sodomizava.

"E se a morte dela tivesse algo a ver com tudo isso?"

Relaxe, rapaz! Não se deixe obcecar outra vez por suposições absurdas!

– Alfred estava aterrorizado. O que deve ter acontecido? Um assassinato? E quem haveria de querer matar uma jovem atriz?

A bateria de perguntas de Eduard contribui para preocupá-lo ainda mais. O mistério sádico que cerca o Donatien não pressagia nada de muito bom. Não acha que deveria contar a ele? Nestas circunstâncias, um verdadeiro amigo o faria. Mas não o faz. Já não se trata unicamente do pudor. Por trás do seu silêncio se esconde também o medo.

Você não abre a boca durante todo o trajeto. Escuta o que ele diz, comentários inverossímeis sobre a relação do filho com Magda que você recebe aparentemente impassível, mas interiormente agitado.

Chegaram! Você deixa o carro no estacionamento da esquina da escola, e saem apressados em direção ao destino. Seu coração se acelera ao subir as escadas íngremes. Resolveram não esperar o elevador, mesmo tendo de ir ao quarto andar. Mas a pressa não o impede de perceber o cheiro saturado que impera na escadaria, uma atmosfera pesada que parece aumentar a idade do edifício.

Eduard toca duas vezes a campainha. O rosto do rapaz, ao abrir, está totalmente desfigurado e os olhos, cheios de lágrimas.

– Onde está ela? – pergunta-lhe o pai sem preâmbulos.

– No quarto, no final do corredor, à esquerda.

Você o segue, mas Alfred permanece imobilizado na porta de entrada. O corredor é amplo, decorado com gravuras baratas. Você adivinha qual das duas portas leva ao quarto. Pela porta goteja uma luz avermelhada, como se os raios do sol se tingissem de sangue ao atravessar o cômodo. Seu coração bate cada vez mais enlouquecido. Eduard contém o ímpeto ao ver o interior do quarto. Atrás dele, você observa dolorosamente.

– Meu Deus! Quem foi capaz de fazer uma coisa dessa?!

A exclamação do seu amigo não é capaz de descrever a cena horripilante, que imediatamente lhe dá náuseas.

Você contempla estupefato enquanto ele se aproxima da beira da cama, se benze e balança a cabeça como se não quisesse acreditar no que está vendo. Tampouco você gostaria de acreditar, Javier. Gostaria de pensar que se trata de um desvario onírico, mas o suor frio que lhe empapa a camisa é demasiadamente real.

Eduard abre a maleta, calça luvas de borracha e toma o pulso da moça.

– Está morta?

"Morta? Como não estaria, se foi degolada?" A presença de Alfred a suas costas o incomoda. Você se chega para um lado, sem entrar inteiramente no quarto, com receio do que vê.

Eduard se afasta da cama e chama o filho.

– Depressa, ligue para o 112.

O rapaz, meio anestesiado, desaparece pelo corredor.

Você nunca poderia supor que se veria em semelhante situação. Assistiu a muitos filmes, leu muito romance *noir*, mas a realidade supera a ficção. Magda está de boca para cima sobre a cama. O sangue que lhe brotou do corte nítido no pescoço não tira o esplendor de seu corpo nu, que se conserva atraente. As pernas estão abertas, com os joelhos flexionados, e apoiadas sobre dois almofadões – combinando com a colcha –, exibindo o sexo. No orifício anal reluz um objeto que parece um vibrador. Está introduzido até o meio, como se quem preparou a cena quisesse que o espectador descobrisse facilmente sua presença. Tem os braços cruzados sobre os seios, ocultando os mamilos eretos, segurando um leque aberto, empapado do seu próprio sangue. A cabeça repousa sobre o travesseiro com os cabelos numa posição tal que lhe cobrem o rosto.

Você não tem coragem de continuar contemplando. Por quê? A garota está morta. Já não sente dor. Já não sente nada. A dama negra da foice a libertou de tudo. O que há sobre a cama é carniça. Acorde, Javier! Acorde e observe os detalhes importantes da cena. Que me diz da posição impudica e do vibrador no rabo? O que isso lhe sugere? E o leque entre os braços? Vamos, Javier, ponha para funcionar a massa encefálica! Faz apenas algumas horas que assistiu a estes dois elementos numa encenação. Ontem à noite, Magda era Jeanne Testard, a trabalhadora da fábrica de leques. E o marquês a sodomizava, colérico com as demonstrações virtuosas da ingênua garota. Este quadro... não é uma espécie de epílogo do que você presenciou no Donatien? Pense bem! Talvez a obra não pare por aqui.

O apartamento se encheu em questão de minutos. Uma avalancha de pessoas uniformizadas percorre o corredor para cima e para baixo. Você, Eduard e Alfred estão sentados nos sofás na sala de visitas. O local é austero, mas decorado com bom gosto. Pequenos detalhes, como as velas coloridas ou as figuras de madeira africanas, lhe conferem um toque todo particular.

Eduard está transtornado, mas Alfred, simplesmente não. De vez em quando irrompe em choro e enxuga as lágrimas com a manga da camisa azul.

Há pouco ele contou – na presença de um sargento dos Mossos* – que ele e Magda tinham ficado de sair para fazer compras. Alfred passara a manhã no arquivo da Coroa de Aragón, pesquisando para seu próximo romance, e comera alguma coisa num bar próximo. Estava combinado que ele chegaria às três e meia para saírem juntos, e, ao chegar, encontrou-a assim.

A realidade é que você está querendo ir embora. A atmosfera pesada da escadaria grudou no apartamento e o está sufocando.

Não acha que deveria falar com eles e contar o detalhe da sodomia e do leque de Jeanne Testard?

"Mas e se fosse apenas uma coincidência? E se Magda estivesse usando o leque para aliviar o calor?"

Javier, sua besta, acorda! E o vibrador no ânus também é uma coincidência?

---

* *Mossos d'Esquadra*: os agentes da corporação policial (civil) responsável pela segurança pública na Região Autônoma da Catalunha. [N. do T.]

"Talvez ela estivesse se masturbando quando o assassino chegou!"

Ah, poupe-me! Considera verossímil a posição em que deixaram o cadáver?

Um homem jovem com o uniforme dos Mossos d'Esquadra entra na sala de visitas acompanhado do sargento que ouvira o relato dos fatos e confirma que foram vocês três que a encontraram. Ele se apresenta. É o chefe da Brigada de Homicídios, fala muito depressa e com pouca clareza.

Precisa tomar a declaração individual completa de cada um e solicita que todos saiam do local, pois a polícia científica deve começar a trabalhar antes que chegue o juiz para fazer o levantamento do cadáver. Alfred pergunta se pode pegar o computador portátil, mas o inspetor nega. "O protocolo exige que não se toque em absolutamente nada da cena do crime", argumenta. Você estranha a atitude de Alfred: "Como pode pensar no computador, nessa circunstância?"

Vocês três o acompanham escadas abaixo, sob o olhar curioso dos vizinhos que saíram ao patamar da escada ante a presença de homens uniformizados.

Na rua também se formou um grupo de gente curiosa, em torno do círculo de segurança que os policiais delimitaram com faixas e homens. Vocês seguem o inspetor até um furgão estacionado.

– Começarei pelo senhor Alfred Borrell, que é a primeira pessoa que entrou no apartamento e encontrou o cadáver. Os demais aguardem sua vez. Quem quiser beber alguma coisa, ou precisar de algo, pode se dirigir ao agente Marrugat.

Você olha a triste sombra que Alfred projeta ao subir no furgão e sente pena dele. Magda o havia enganado, é verdade, mas ele a amava muito. "Melhor que não saiba nada do Donatien, nem das atuações dela!"

E o que me diz de você, Javier? Você sabe de coisas que poderiam esclarecer a morte da moça. Falará ou se calará? Gostaria de falar, eu sei, mas não o fará. De algum tempo para cá você não tem colhões para agarrar o touro pelos chifres. Arruinado, corno, mentiroso, cínico e agora encobridor. A situação o supera. Tudo o supera. O que você tem a perder? De que tem medo, se contar ao inspetor a incrível semelhança entre a cena do crime e a representação do Donatien? Sabrina já está perdida. Trata-se de Isaura, não é? *Touché!* Trata-se da sua filha. Não gostaria nem um pouco de que ela soubesse que o pai frequenta antros de perversão. Percebe, Javier, que a única coisa que conta atualmente para você é Isaura?

Eduard pediu água ao agente Marrugat e está bebendo. Ele lhe oferece a garrafa, mas você a recusa cordialmente. Não está com sede, nem calor, nem fome. Tem apenas vontade de ir para casa e pensar.

– Que situação, hein?
– Inacreditável – responde você.
– Lamento tê-lo metido nesta fria. Se soubesse, teria vindo sozinho, mas Alfred não me explicou direito o que iríamos encontrar. Se pelo menos tivesse sido mais explícito...
– Não se preocupe, Eduard, é uma situação absolutamente inverossímil.
– Eu me pergunto que espécie de pessoa consegue perpetrar um ato deste tipo. Pelo meu consultório já passaram centenas de lunáticos, mas nunca tratei de nenhum paciente que me parecesse capaz de cometer uma barbaridade como esta.

Você não acrescenta nada. Concorda. Tem de ser alguém muito doente para matar uma jovem a sangue-frio e montar com o cadáver uma cena tão macabra.

Você mesmo, Javier, chegou ao ponto de odiar Sabrina. Alguma vez pode ter passado pela sua cabeça a ideia de estrangulá-la durante o sono ou de envenená-la. Mas você não seria capaz de fazê-lo. O outro Javier, aquele que nós dois conhecemos, não o permitiria.

Alfred deixa o furgão cabisbaixo, com o rosto coberto de lágrimas. O inspetor faz um sinal para Eduard, que cruza com o filho e lhe dá um tapinha nas costas para tentar animá-lo. O rapaz se dirige a você, olha-o e começa a chorar.

Você não se sente à vontade. Não sabe o que dizer, nem como consolá-lo.

Deixe que chore! Assim liberará tensões emocionais.

De repente, Alfred diz:

– Quer saber de uma coisa, Javier? Ontem, ao chegar a casa depois que nos encontramos nas Ramblas, Magda e eu discutimos. Tudo por causa da representação. Não sei, mas é como se aquilo a tivesse transformado, como se fosse outra mulher após representar. Assumiu uma postura fria e distante, e ficou zangada porque perguntei o que estava acontecendo com ela. Então pedi que parasse com aquilo, e ela ficou uma fera. "Como vamos pagar o aluguel? Como sobreviveremos?", gritava. Esfregou na minha cara o meu fracasso literário e ficou zombando de mim até eu me sentir um inseto. Dormimos em quartos separados, mas esta manhã, antes de eu sair para o arquivo, ela me chamou. Estava nua na cama. Pediu que me aproximasse e a beijasse, implorando: "Perdão, Alfred, nada do que eu disse ontem à noite é verdade. Você é um homem bom e muito talentoso. E, quanto às representações como a de ontem, você tem toda razão. Vou parar com isso." Ficamos de ir às compras, queríamos instalar um aparelho de ar-condicionado em casa, e fui embora feliz. Era o homem mais feliz do mundo, Javier! Eu a amava muito! E quando cheguei... encontrei-a morta!

Quando você vê que Alfred recomeça a chorar, sua alma novamente se contrai. Você se sente um miserável e um covarde. Ontem mesmo ficou excitado com ela, a desejou. Ontem conheceu a Magda, cuja existência Alfred ignora e da qual nunca saberá: a fêmea que gozava enquanto era sodomizada e que atuava lascivamente. Você é mesmo um miserável e um covarde, Javier, além de um cínico voluptuoso; se quisesses, poderia lançar alguma luz sobre esta escuridão angustiante.

Finalmente você chega a casa. O aroma do lar o reconforta. O silêncio acolhedor o agrada. Não há ninguém. Sabrina saiu para fazer compras ou sabe-se lá para quê. Ela o trai sem cerimônia. O que não o incomoda em nada, porque, depois do que você acabou de presenciar, precisa ficar sozinho e assimilar os acontecimentos.

A primeira coisa que faz é ir ao bar. Pega a garrafa de Red label do Johnny – nome com que Gabo se referia ao uísque da marca Johnnie Walker – e o serve num copo baixo e largo. Ali mesmo, diante do bar, repete por mais duas vezes a operação, sedento de esquecimento, até que, animado pela bebida, se dirige ao banheiro.

Precisa de um banho, está se sentindo sujo. É como se o clima pesado do edifício da rua de Aragó onde Magda morava se tivesse grudado à sua pele e quisesse arrancá-la de você. Tira a roupa e a joga no cesto de roupa suja; entra no boxe. Ah, o bem-estar que a água lhe provoca! Uma boa chuveirada e um uisquinho, duas coisas sumamente importantes para você, ultimamente.

Debaixo do chuveiro, você recorda a expressão desconfiada do inspetor dos Mossos. Você não mentiu em momento nenhum. Na verdade, não tinha nada a esconder quanto à sua presença na cena do crime. Você se havia oferecido para acompanhar um amigo em uma situação extrema. A pergunta-chave foi se você conhecia a vítima. E você não mentiu. "Sim, era a companheira do filho de um bom amigo. Nós havíamos nos encontrado no lançamento do romance de seu companheiro, Alfred, que é escritor, na livraria Abacus." Mas não confessou tudo o que sabia a seu respeito. Silenciou uma informação possivelmente crucial para as investigações.

Sabe que omitir informação é também um delito, não sabe?

"Sim, eu sei! Mas será que não percebe que eu não podia contar? Poria em risco minha honorabilidade. Além do mais, já tenho problemas suficientes!"

Você sai do chuveiro e se enxuga com a toalha. Procura não pensar mais. Concentrado no que faz, pratica o exercício de deixar a mente em branco. Desodorante, água de colônia e fixador no cabelo, que você penteia para trás, olhando-se no espelho. Veste o roupão de seda chinesa e segue para a sala de jantar com a intenção de continuar conversando com Johnny.

Mal termina de servir outra dose, uma voz feminina, procedente do sofá, lhe causa um susto tremendo:

– Quer me dar um uísque, garanhão?

Ao se virar bruscamente, deixa cair da mão a garrafa, que se espatifa no chão. É Anna, a loura do cabelo espigado do Donatien.

– Que está fazendo aqui? Como entrou?

Está sentada de pernas cruzadas. Vestida de látex preto, seus lábios reluzem uma cor avermelhada elétrica.

– Vou chamar a polícia! – você ameaça, dirigindo-se ao telefone fixo.

A intimidação não foi bastante convincente. A garota nem se alterou.

– Não seja ridículo! – exclama, sorridente. – Direi que você me convidou para sua casa e que, de repente, ficou assim, desagradável. Não forcei nenhuma fechadura nem quebrei vidro algum. Entrei usando as chaves. – E ergue a mão direita para mostrar um chaveiro que você conhece muito bem.

Você se detém.

– Como conseguiu o chaveiro de Sabrina?

– Venha cá, garanhão, sente-se aqui comigo, que precisamos conversar. Sabe que fica muito atraente com esse roupão?

Tudo lhe parece uma loucura, mas você acaba cedendo e se senta na ponta de um sofá, frente a frente com Anna.

– Fique à vontade, não precisa se sentar assim na beirinha. Está em casa!

Furioso, você obedece e se acomoda melhor. Seu tom de voz é sereno e insolente ao mesmo tempo.

– Como conseguiu o chaveiro de Sabrina? – torna a perguntar.

– Ela está com o Josep, aquele bonitão que fazia La Grange na encenação, está lembrado? Estavam tão entretidos que foi muito fácil pegar emprestadas as chaves do bolso da Sabrina. Na verdade, Josep a manterá ocupada até bem mais tarde, ou seja, não temos pressa, garanhão, podemos ficar tranquilos.

A insolência da garota o irrita:

– O que quer? Grana? Qual o sentido de tudo isto?

– Só queremos brincar – diz com malícia.

– Brincar? De quê?

– De marquês de Sade.

– Está pirada! Não tenho a menor intenção de brincar de marquês de Sade ou de outra coisa qualquer, está me entendendo?

Ela se adiantou e, acariciando seu peito, pergunta:

– Foi tão ruim assim ontem à noite? Eu diria que gostou bastante de comer meu cuzinho...

Você fica exasperado, bufando diante dessa situação absurda:

– Escute, por favor, deixa as chaves em cima da mesa e vá embora, ou chamarei a polícia. Quem sabe você não pode esclarecer algo sobre a Magda?!

* * *

Acertou no alvo, Javier! O sorriso em seu rosto rapidamente se apagou.

– Ninguém o obrigou a ir ao Donatien. Fisgou o anzol, entrou no jogo e agora tem de continuar. Além do mais, mentiu para nós sobre seu nome. Miquel, pois sim! Você se chama Javier. Aliás, um nome muito, muito esquisito.

– Fisgar o anzol? Ah, sim, Toni, o garçom, me disse. Quem é o homem misterioso que deu o cartão a ele para me entregar?

– Não sei do que está falando!

– Chega! Não quero continuar com isto! Não tenho vontade de continuar jogando coisa alguma! Vou me esquecer de você, do Donatien, da porra do tal marquês e desse imbecil que trepa com minha mulher. De todos! E acabou a brincadeira, certo?

Ela faz acompanhar seu movimento negativo de cabeça com uns chiados suaves.

– Não é assim que a coisa funciona, garanhão. Depois que alguém entra no jogo, já não pode sair enquanto o marquês não o decidir. São as regras.

– Estou vendo que você é teimosa como uma mula. Pois muito bem, vou chamar a polícia, e explicaremos o que se passou no Donatien. De passagem, deixaremos no ar que possivelmente alguém do maldito jogo se divertiu montando um quadro macabro com a pobre da Magda.

A garota se levanta e parte decidida para cima de você. Senta-se no seu colo. Você o aceita com impassível perplexidade.

– Nós jamais faríamos uma coisa dessa com a Magda. O divino marquês não se excitava matando. Ele castigava suas vítimas, sodomizava, escandalizava, humilhava, fazia com que desfrutassem... mas não matava ninguém.

Ela aproxima os lábios dos seus.

– Continue jogando, garanhão, e não se arrependerá. Tenho muitas coisas excitantes para ensinar-lhe!

Ela o beija. Você sente o ardor dos lábios dela nos seus e, em contraste, o friozinho do piercing na língua.

— Está de pau duro! Estou sentindo aqui bem debaixo das minhas nádegas.

Você está ferrado, Javier! Não sabe o que acontece, mas não reage. Anna tem razão: está de pau duro.

A garota vai se levantando bem devagar, premeditadamente erótica, e sorri ao se afastar de você.

— Na terça-feira à noite nos encontraremos outra vez e recriaremos os eventos de Marselha, um novo jogo do divino marquês. Deixei em cima da mesa – estica o braço direito, apontando para a mesa de jantar – um envelope com todas as instruções. Já as lerá. Ligue para o celular que consta no cartão, mas só na própria terça e a partir das oito da noite. Agora vou indo, deixo-o sozinho. Antes de bater sua bronha, veja se recolhe os vidros do chão. Para não se cortar. Preciso voltar para recolocar as chaves na bolsa da sua mulher.

Ela lhe manda um beijo com a mão e pisca.

— Espere! Onde está Sabrina?

Ela sorri lascivamente.

— Além de garanhão, você é um enxerido. Ela e Josep estão muito bem instalados num hotel da cidade, a suas custas. Não se preocupe, sua Sabrina é uma cadelinha! Adivinhe qual a especialidade de Josep de que ela mais gosta?

— ...

— Que ele a penetre por trás! Devia ouvir seus gemidos de prazer.

Você fica afundado no sofá, vendo Anna desaparecer pela porta da frente e com o desgosto de saber que Sabrina gosta de sodomia.

Está vendo, Javier, o que andou perdendo? Ela nunca lhe pediu isso, nem você lhe ousou propor. Com você, Sabrina se limita a ser uma vagina receptiva e passiva. Enquanto isso, com o amante, entrega-se ao jogo erótico, totalmente desinibida.

Javier, por Deus! Você é idiota ou o quê? Uma desconhecida entra em sua casa sem avisar, com as chaves da sua mulher, o ameaça e o convida a dar prosseguimento a um estranho jogo que hipoteticamente causou a morte de uma jovem, e a única coisa que lhe ocorre é pensar na sua patética relação sexual com Sabrina?! Ficou mesmo louco! Será que não percebe onde se meteu? Javier, por favor, um pouco de sensatez! Ponha a cabeça no lugar, ainda que somente por Isaura.

"E o que tenho de fazer? Não compreende que este jogo é uma espécie de jaula?"

Jogo? Aqui não há jogo nenhum, Javier! Ou por acaso está tão doente que já não distingue um jogo de uma monstruosidade degenerada? Devo lembrar que há um cadáver no meio disso tudo, e, apesar dos desmentidos dessa puta, como é que o corpo sem vida de Magda continuava interpretando o jogo? Eu, em seu lugar, Javier, falaria com o inspetor do Esquadrão dos Mossos!

Faz um bom tempo que você observa o envelope deixado por Anna sobre a mesa, enquanto um dos seus eus o interpela e o aconselha. Você hesita. "Abro e leio?" Você resolve ler.

Muito bem, Javier! Não dê ouvidos a este estraga-prazeres puritano! Lembre-se do princípio da realidade de Freud: se está no jogo, é para jogar, e ponto final. Até onde? Até onde der. E você não tem mais nada a perder, está lembrado?

O envelope é branco, do tipo DIN A4, de fecho triangular. Está lacrado no vértice de abertura. No lacre, há um selo redondo com a inscrição DAF.

DAF? Onde foi que já viu isso antes? Você faz um esforço para recordar. Claro, claro, numa página de Sade na Internet, hoje mesmo de manhã, quando procurava informação sobre o marquês. Trata-se das iniciais do nome completo de Sade: Donatien Alphonse François.

Você abre cuidadosamente o envelope com o auxílio de uma faca, procurando preservar o selo. Dentro há um bloco de folhas costuradas por uma das extremidades e um cartão idêntico ao que Toni, o garçom, lhe deu, mas com um conteúdo diferente.

Neste aparece escrito: *"Marseille, rue Aubagne."* Embaixo, um número de telefone celular que, ao que lhe parece, coincide com o do outro cartão. Atrás, em caligrafia rebuscada, está o que sem dúvida é a senha: *"Les bombons de cantaride."*

Você procura no registro de ligações feitas do seu Black o número de celular correspondente ao cartão do Donatien. Não, não coincidem. São parecidos, mas são diferentes.

Anna mandou que você ligasse na própria terça-feira, a partir das oito. Mas a curiosidade o corrói. Você tecla o número. Ninguém atende.

É tudo uma loucura. É rocambolesco e desconcertante, mas você tem de admitir que o coquetel de sexo e perigo envolve um certo atrativo.

Você retorna à sala de jantar, apanha o bloco de folhas e se senta no sofá. Folheia-o durante algum tempo. Trata-se de uma espécie de relato similar ao que o sujeito de peruca branca empoada lera no Donatien enquanto os atores representavam. Você começa a leitura...

Um momento, Javier! Você tem consciência do que vai fazer? Se ler isso... estará dando prosseguimento ao jogo! Quer verdadeiramente continuar com esse desatino? Quer acabar mal? Bem, depois não diga que não o avisei!

Marselha, 27 de junho de 1772

Faltam quinze para as nove e na rue Aubagne reina o bulício próprio de uma manhã de sábado. O mar destila um perfume fresco que as barracas das vendedoras de pescado, que exibem em caixotes de madeira as peças capturadas, profanam com o fedor de peixe passado. O marquês de Sade – homem refinado e muito atento aos assuntos sensoriais – tapa a boca e o nariz com um lenço de renda perfumado. Apesar do atropelo que toma conta da rua, o gentil-homem não passa despercebido, devido à elegância de sua vestimenta. Todos o olham, e ele gosta de se exibir. A casaca cinza, de forro azul, contrasta agradavelmente com o rosa-claro da calça de seda. Protegido por um chapéu de aba larga que ostenta uma pena curta de pássaro, o marquês avança por essa rua de má fama de queixo erguido. Seu criado, Latour, olha-o como se fosse sua sombra. Latour não é excessivamente corpulento, mas a camisa de marujo de listras azuis que veste e suas maneiras rudes combinam bem com o ambiente da rue Aubagne.

A presença de Latour e o espadim afiado que Sade exibe no cinturão mostram-se suficientemente intimidadores para manter a distância ladrões e pilantras. Além disso, o marquês carrega um bastão de cabo dourado que ele ergue energicamente a cada passo.

O marquês para num ponto da rua onde o trânsito de pessoas é menos intenso e, voltando-se para Latour, comenta:

– Não me lembro exatamente do número.

— Dezessete, senhor marquês.

O senhor calcula a distância que falta para chegar à casa em questão e sorri satisfeito ao comprovar que está a apenas quatro passos. Faz calor e ele está cansado, porque na noite anterior jantara com alguns comediantes de Marselha que pensa em recrutar para suas representações teatrais no castelo de Lacoste.

Olha para os sapatos brancos de verniz e percebe, contrariado, que uma das fivelas douradas se descoseu e está prestes a cair.

Avisa-o Latour, e este imediatamente se agacha diante do marquês, deixa no chão uma espécie de baú pequeno e verifica o estado da fivela.

— Receio que possa de fato cair, porque está presa por um fio. Sugiro que me permita arrancá-la. Guardá-la-ei em meu bolso para que o mestre sapateiro do senhor marquês a conserte.

Sade pensa antes de consentir, pois o assunto lhe desagrada. Cada detalhe é importante para ele, incluindo os mais insignificantes, que se revelam indispensáveis à solenidade do ato como um todo. Como numa representação teatral, as partes compõem o todo. Finalmente, acaba concordando e contempla com expressão de contrariedade o sapato esquerdo sem a fivela dourada.

— Cuidado com o baú, Latour! Só me faltava que quebrasses a bomboneira de cristal que há aí dentro. Seu conteúdo é essencial para o que hoje nos ocupa.

O criado não sabe o que há dentro do baú. Também não sabe que as balas de anis da bomboneira contêm cantárida — o pó de um inseto carnívoro, o besouro a que se atribuem propriedades afrodisíacas. O marquês, que colaborou com a cozinheira do castelo de Lacoste na preparação dos confeitos, está impaciente para comprovar os efeitos da cantárida em algumas putas; quer averiguar se, efetivamente, as lendas cortesãs que correm são acertadas e se quem consome o afrodisíaco acaba perdendo a vontade e entregando-se a uma voluptuosidade irrefreável.

Você, Javier, já havia ouvido falar deste besouro como afrodisíaco. Foi numa das festas de Gabo, quando os dois observavam a sobrinha de Arquimedes Abreu, uma moça de 20 anos, um piteuzinho. Sobre ela pairava uma lenda infamante. Não se sabia de nenhuma relação sentimental nem erótica sua, e os poucos que com ela haviam mantido alguma intimidade asseguravam que era frígida. "Não fosse pelo afeto que o Arquimedes me inspira, adoraria embriagá-la com a cantárida", comentou Gabo. Você, então, lhe perguntou o que era a cantárida, e ele explicou que se tratava de um afrodisíaco obtido de um inseto. Era o segredo químico erótico de grandes conquistadores, como Casanova. "E funciona mesmo?", você quis saber. Ele sorriu, olhando por sobre os óculos retrô e com o queixo apontando para o peito. "Claro, mas nem se compara com a cocaína ou a mescalina!", sentenciou com convicção.

V ocê guarda a festa na memória e segue lendo...

Quando chegam ao número 17 bis, Latour chama a atenção do senhor marquês, que, distraído, já ia passando ao largo. Sade se detém e lança um rápido olhar para a fachada de uma casa de quatro andares que nada tem de especial, nem se diferencia das demais construções da rue Aubagne. A mediocridade o irrita. "Por que todas as casas têm de ser tão parecidas?", pergunta. Imediatamente percebe que, em uma das quatro janelas do segundo andar, uma mocinha sardenta e de cabelos presos num rabo de cavalo o observa com curiosidade.
Latour se dirige a seu senhor:
– É uma das meninas, chama-se Rose Coste.
– Então vamos lá!
O criado põe-se a caminho do andar de uma prostituta muito popular no bairro, chamada Mariette Borelly. É uma jovem da Provence que Latour visitara previamente para combinar, junto com outra mulher da mesma rua, Marianne Laverne, a distinta visita do senhor marquês.

O marquês fica surpreso com o asseio da escada. Após ver o aspecto lamentável da rua e da fachada da casa, imaginou que o interior manteria a mesma atmosfera fétida. Nada disso! A escadaria está limpa, fora varrida e regada.
Quando estão chegando ao patamar, a porta do apartamento se abre. Surge uma figura feminina de meia-idade trajando o avental das empregadas de cozinha, a senhorita Lamaire, assistente de Mariette

Borelly. Ela lhes dá as boas-vindas, fazendo uma reverência ensaiada ao marquês, e convida-os a segui-la até o salão, um aposento retangular, amplo e ventilado por duas grandes janelas.

Quatro garotas se levantam à chegada dos convidados, quatro mulheres muito diferentes tanto no aspecto físico quanto nos trajes, mas todas – pensa Sade – com jeito de prostituta.

Após uma breve reverência, elas vão se apresentando uma a uma. Mariette Borelly, a dona do lugar; Marianette Laugier, a mais atraente fisicamente; Rose Coste, a que olhava pela janela; e Marianne Laverne, a menos graciosa.

Cabe a Latour fazer as honras de apresentar seu patrão, que toca com o cabo dourado do bastão a aba do chapéu, num cumprimento nada comum para as garotas. Rose deixa escapar um sorrisinho.

Mariette ordena à criada Lamaire que deixe o aposento. O senhor marquês tira o chapéu e o espadim e os deixa sobre uma mesa, juntamente com o bastão. Recusa delicadamente o convite de Mariette para beber alguma coisa e pede a Latour que tire a bomboneira de dentro do baú e convoque as moças.

– São balas de anis, esmeradamente elaboradas na cozinha do meu castelo de Lacoste. Saboreai-as, por favor, com certeza nunca havereis provado nada tão delicioso.

Latour destampou a bomboneira com a borda dourada e foi oferecendo as iguarias a cada uma. Depois, tornou a devolvê-la, tampada, para dentro do baú.

O marquês vai aos poucos se animando. Põe a mão direita no bolso da casaca, pega umas moedas e com a palma da mão aberta mostra-as rapidamente às garotas. Em seguida cerra o punho para escondê-las.

– Vejamos quem adivinha: quantas moedas tenho na mão?

As garotas riem. A mais risonha é, sem dúvida, Rose Coste, que chupa uma bala com ar infantil. A mais séria é Marianne Laverne.

A brincadeira do marquês as deixa entusiasmadas. Todas pronunciam um número em voz alta. Quem acerta é Marianne, precisamente a menos graciosa das quatro. O marquês a cumprimenta em silêncio. A mais feia dará início ao jogo e as mais atraentes ficarão reservadas para a sobremesa.

– Ganhaste! Serás a primeira a me satisfazer – informa ele.

Marianne o toma pelo braço e o conduz até um quarto. Antes de entrar, o marquês reclama a presença de Latour, que ficara olhando, excitado, para as outras garotas.

Os três entram no quarto – austero, mas bem ventilado – e Sade solicita à moça que fique nua antes de pedir a Latour que faça o mesmo.

Marianne é ágil para despir-se. Sem roupa, até que não é tão feia. Tem os seios proeminentes e eretos, coroados por dois vastos mamilos. Seu sexo fica completamente oculto por uma mata de pelos castanhos.

Quando os dois já estão nus, Sade pede que se deitem. O criado está bastante excitado. Seu pênis é grosso, comprido e cheio de veias. O marquês vasculha o baú que o criado deixara no chão do quarto e tira outra vez a bomboneira de cristal. Oferece balas à garota.

– Chupa umas balinhas. Vão estimular seu prazer.

Marianne obedece e chupa e engole os confeitos enquanto Latour explora seus pelos pubianos. O marquês se senta numa ponta da cama e pede à garota que fique de boca para baixo. Então o marquês lhe chicoteia as nádegas, cada vez com mais força. Faz um gesto para que Latour se aproxime, com a mão livre, a esquerda, agarra o membro duro do criado e o masturba.

– Gosta, senhor marquês? Gosta que seu criado Lafleur o masturbe?

O comportamento de Sade deixou Marianne petrificada; ela observa de relance os movimentos de punho do senhor marquês masturbando o criado. Latour confirma com a cabeça, de olhos arregalados. Enquanto isso, com a mão direita, Sade continua batendo nas nádegas da garota, que, apesar da dor incipiente, tenta não se queixar. A ação se prolonga por alguns minutos. Marianne está perplexa, mas aguenta *firme*, *e Latour acompanha a masturbação do seu patrão com um movimento de nádegas, imerso no prazer.*

Você interrompe a leitura. Não lhe parece impactante, Javier? As encenações do marquês de Sade são de uma perversidade assombrosa. Não é de estranhar que um aristocrata com gostos tão desviados terminasse seus dias em um manicômio.

"Que jogo era esse? O que pretendia Sade ao masturbar seu criado enquanto o chamava de 'senhor marquês'? Por que se fazer passar por Lafleur, um criado imaginário? Para que essa mudança de papéis no leito de uma puta?"

Nenhuma resposta lhe ocorre. Talvez você não esteja preparado para entender.

Então, por que se conformou a continuar com este jogo? Por que não se recusou? Eu não vejo graça nesse comportamento do marquês. Drogar prostitutas, a bissexualidade... Será que, no fundo do seu inconsciente, não há algo nisso tudo que o atraia?

Sade para. Pega novamente a bomboneira e oferece mais balas à moça, que permanece sentada na cama, amedrontada pelo olhar ensandecido do senhor marquês e pelo pênis de seu criado prestes a explodir.

Marianne prova mais alguns confeitos, instada por Sade, até que finalmente se nega a comer mais, arguindo que "já chega, é o suficiente".

– Queres ganhar um luís de ouro, Marianne?

Ela faz que sim com a cabeça.

– Então terás de deixar que ele a penetre pelo cu. Ou quem sabe preferes que eu o faça?

– Por trás não, senhor, eu nunca admiti a sodomia a nenhum cliente! Qualquer outra coisa, mas no cu não!

O tom foi bastante convincente, e Sade não insiste.

– Nesse caso, terei de castigar tua virtude – avisa, tirando do baú um chicote de pergaminho com agulhas finas.

Marianne se espanta.

– Calma, não te preocupes. Não é para ti. Quero que assumas o chicote e que me castigues com ele.

Sade estende o braço para lhe oferecer o macabro instrumento. Ela hesita.

– Se não me bateres, eu o farei!

Com a mão trêmula, Marianne pega o chicote. Latour se estimula lentamente.

Sade baixa a calça de seda e, agachado, oferece a bunda à garota.

– Bate!

O primeiro golpe é tímido.

— Mais forte! – ordena o marquês.

O segundo é mais intenso, mas não o suficiente para cravar as agulhas dobradas nas nádegas do senhor.

— Mais!

O terceiro perde força. Marianne grita um "não consigo" e deixa cair o chicote no chão.

Sade endireita o corpo, visivelmente contrariado.

— Eu nunca entenderei essa moral! A virtude é assim tão embriagadora que a deixa incapaz de vingar tua desgraça na bunda de um nobre?!

Marianne não entendeu o que ele disse. Limita-se a repetir o "não consigo" abafado e trêmulo.

— Está bem, eu compreendo, certamente é por causa das agulhas do chicote. Vamos dar um jeito nisso. Chama a criada e pede que nos traga uma vassoura de urzes.

A garota obedece. A criada não leva nem um minuto para atendê-la.

O marquês a ajuda a pegar a vassoura de ponta-cabeça e a ensina a usá-la para bater nele.

— Compreendeste, Marianne? Coragem, que é só uma vassoura!

Sade se abaixa outra vez, exibindo a bunda, e começa a receber os golpes da garota. Sente que a dor lhe vai endurecendo o pênis e, excitado, a incentiva a bater com mais força.

Chega um ponto em que Marianne não aguenta mais. Já não consegue suportar aquela brutalidade. Sade está com as nádegas vermelhas e os olhos embriagados de prazer. Quando ela diz que está cansada, ele consente, tira a vassoura de suas mãos e a acalma:

— Tu te saíste muito bem! Podes ir beber um pouco d'água, se quiseres. Diz a uma das tuas colegas que venha.

Quem entra é Mariette, a contragosto. Com toda a certeza Marianne lhe fez um resumo de todo o ocorrido, de forma que a dona *do lupanar corre para um canto do quarto, ao lado da chaminé que o aquece nos duros invernos. Sade lhe oferece confeitos, mas a mulher só põe um na boca, claramente intimidada.*

Ele lhe diz que tire a roupa. É muito mais atraente que a primeira, mais esbelta e de pele mais fina. Sade lhe entrega a vassoura e explica, como fizera antes com Marianne, como utilizá-la.

Mariette obedece. Satisfaz o marquês, mas fica alarmada quando vê que, com a vassoura nas mãos, ele pede com ar ameaçador que ela agora é que se abaixe.

Louco de prazer e de olhos esbugalhados, Sade lhe desfere alguns golpes.

A garota aguenta estoicamente, mas depois contempla horrorizada a faca que o senhor tira do baú. Acalma-se quando constata que a arma não lhe é destinada, e acompanha atônita os números que Sade grava com ela no estuque da lareira. Quatro números de três algarismos. Mais tarde ele lhe explica, com um sorriso que parece de outro mundo, que são os golpes que recebeu.

Ordena que ela se deite no leito e, sem a menor delicadeza, a penetra pela frente enquanto, com a mão direita, masturba Latour, o espectador passivo – mas excitado – de todo o jogo. Mariette não é capaz de acreditar no que tem lugar em seguida. O senhor solicita ao criado que o sodomize enquanto está dentro dela. "Fazei-me seu, senhor marquês. O cu de vosso criado Lafleur é todo vosso!", grita.

Mariette não entende nada do que está se passando. É a primeira vez na vida que se vê em semelhante situação. Sem coragem para olhar o marquês nos olhos nem para contemplar como o criado o possui, limita-se a rezar em silêncio para que tudo aquilo acabe logo.

O gemido surdo de prazer de Latour lhe indica que o criado já ejaculou. O marquês tem os olhos vazios – finalmente ela ousou olhá-lo –, e ela logo o sente gozar dentro do seu sexo, aturdida pelo grito, quase mais de dor que de prazer, que ele soltou.

As gotas de suor do rosto do senhor caem sobre seus seios. Sade demora alguns segundos para sair de dentro dela, e quando o faz é com rudeza. A mesma rudeza que emprega para mandá-la embora e exigir que faça entrar a terceira.

O toque do celular o solicita. Você se levanta para atender a ligação e se apercebe de que se trata de um número não identificado. Você atende.

– Olá, garanhão. Já está lendo?

É Anna.

– O que quer agora?

– Alguma vez já trepou com mais de uma mulher?

– Você está doente! Essa história é uma escrotidão!

– Ah, é? E o que diz sua piroca? Ela também acha isso uma escrotidão?

Você olha para o pênis e constata, estupefato, que a barraca está armada.

– Ficou de pau duro, não é, garanhão?

– Deixe-me em paz! Não quero saber mais nada de você, nem desse seu asqueroso marquês de Sade!

– Não acredito! Você é um porco, igualzinho à sua mulher! Ah, se visse como ela se deliciava quando entrei furtivamente no quarto do hotel para deixar as chaves em sua bolsa... Enfim, eu o espero na terça. Temos uma grata surpresa para você!

Desligou. A doida desligou, e você se sente desolado e sujo.

Não deveria acabar com tudo isso, Javier? Não acha que está indo longe demais?

Você precisa beber alguma coisa. Vai até o bar. "Porra!" Acaba de pisar num caco de vidro com o pé descalço. Claro, já nem se lembrava mais da garrafa que se estilhaçara no chão. Mancando, chega ao sofá, arranca o caco e o deixa cair num cinzeiro. "Porra, que sangueira!" Ao menos o álcool do uísque desinfetará o corte, mas depois você pensa melhor e segue mancando até o banheiro para procurar o mertiolate na caixa de remédios. Logo encontra o frasco e, com o pé dentro do bidê, procede à desinfecção. Em seguida, dá um tapa no rolo de papel higiênico, equilibrando-se, e seca a ferida. "Que azar", você se lamenta. Ultimamente parece que o universo inteiro conspira contra você.

Justamente neste instante toca o telefone fixo. "Não pode ser aquela puta da Anna de novo!"

Não, Javier, não pode ser ela. Anna ligou para o seu celular, e o que está tocando é o fixo!

Você se apressa, pulando em uma perna só, para chegar a tempo ao aparelho.

– Alô?

– Oi, papai, como está?

É Isaura, sua filha. A que horas!

– Isaura, que alegria! Como vão as coisas?

– Bem. Aqui tudo está uma maravilha. Você tinha razão, Florença é mesmo demais!

– Que bom saber...

– Já visitamos duas vezes a galeria dos Uffizi e um monte de coisas, mas estou encantada realmente é com o Palazzo Vecchio!

– Eu sabia. Sabia que gostaria muito da Piazza dela Signoria.

– E você e mamãe? Como estão?

Isaura mudou o tom de voz nessa última pergunta. Apesar da juventude, tem plena consciência de que as coisas não vão bem entre os dois. A coitadinha sofre. Sofre em silêncio. Você sente, sente demais, mas não pode fazer muito mais do que já faz: fingir.

– Muito bem. Mamãe saiu, e eu estava trabalhando no escritório.

– Chego na segunda-feira, às oito e meia.

– Tenho de ir buscá-la no aeroporto?

– Tem.

– Certo, estarei lá.

– Até logo, papai. Dê um beijinho na mamãe por mim.

– Pode deixar, querida, e até terça!

Você fica de coração partido quando fala com ela e percebe que, com aquela voz doce, ela tenta consertar o casamento dos pais. É uma menina tão inteligente, e pediu-lhe expressa e deliberadamente que desse um beijinho em Sabrina por ela.

"Algum dia, quando você for mais velha, e quando eu puder, vou lhe explicar tudo direitinho", promete a si mesmo.

Muito bem, Javier, conte tudo a ela, até os detalhes! Sem se esquecer de nada, de nenhum pormenor, como, por exemplo, que o pai dela se casou com a mãe dela para se gabar, que a vida dele foi sempre uma banalidade só, que seu pai joga o jogo de Sade...

"Chega! Eu fui um bom pai. Amo minha filha, e você sabe muito bem disso. É a única coisa neste mundo que me mantém lúcido e vivo. Portanto, não me atormente com recriminações cínicas! Deixe-a em paz!"

Não fique assim, Javier. Eu estava apenas relembrando-lhe umas pequenas mesquinharias! Mas, ainda que você talvez seja um bom pai, de santo é que não tem nada. O que eu me pergunto é o seguinte: o que Isaura diria caso você lhe confessasse que está escondendo uma informação que pode ser crucial para esclarecer um assassinato? Teria orgulho de você?

Você está arrasado. A delicada voz de sua filha acalmou sua consciência. Está confuso. E cansado, muito cansado.

Um ruído bem familiar o deixa em alerta: o rangido da porta de casa ao se abrir e a batida ao se fechar. Você olha o relógio. Dez e meia. É Sabrina!
– Sou eu, Javier.
Sua mulher entra na sala de visitas e exclama:
– Mas o que aconteceu aqui?
Uma pergunta perfeitamente lógica, porque seu pé está sangrando e, perto do bar, há restos de uma garrafa de uísque quebrada no assoalho e o conteúdo derramado pelo chão.
– Não é nada – você se apressa a tranquilizá-la –, a garrafa escorregou das minhas mãos e, sem me dar conta, pisei num caco de vidro, que ficou cravado na sola do pé.
Ela contempla o panorama a uma boa distância. Seus cabelos estão levemente desalinhados, e você nota uma expressão de satisfação em seu rosto.
"Foderam bem você, hem?", você diz com seus botões.
– Deixe que já vou catar, não se preocupe – você se desculpa.
Ela o observa como se o estudasse, mas permanece em silêncio. Certamente deve achar que está pirado.

— Vou pegar a Marilyn lá embaixo, na casa do Joan. Se quiser, pode deixar que, quando voltar, dou um jeito nisso tudo.

— Não, Sabrina, não se preocupe, que já vou arrumar. Ah, antes que me esqueça, Isaura ligou!

— E como ela está?

— Muito bem, gostou muito da cidade. Está passando muito bem. Perguntou por você e mandou um beijo.

Faz-se um silêncio incômodo. Isaura é filha dos dois, a única coisa que os dois dividem com afeto.

— Vou lá, Javier, pegar a cadelinha.

Você olha para ela enquanto se afasta; você a odeia, mas é a mãe da sua filha. O que não é pouca coisa!

Ao ouvir a porta bater, é como se despertasse. Você recarrega as baterias e começa a se mexer. Primeiro é preciso esconder o relato do jogo de Sade, o cartão e o envelope no escritório. Em segundo lugar, você tem de fazer o curativo no pé. Terceiro, limpar a sujeira do chão do bar.

Viu a cara de satisfação da sua mulher, Javier? O vendedor de roupas fez um belo trabalho esta tarde! Eu me pergunto quantos orgasmos Sabrina terá tido. Quatro? Cinco? Mais, talvez? Estava bem satisfeita. E você? Você, Javier, dá pena!

Quando Sabrina regressa com Marilyn da casa de Joan, você já está com quase tudo arrumado. Desde que passou a trepar com o bonitão, ela costuma deixar a cadelinha com os porteiros. Os filhos de Joan adoram brincar com ela, e dessa maneira Sabrina pode ir aos seus encontros com as mãos livres. Seja como for, você não entende por que ela não quer deixá-la sozinha em casa, onde tem o cesto, o prato de comida, o sofá... Mas Sabrina se acostumou a deixá-la com o porteiro, um bom homem, que chegou até a se sentir ofendido quando você quis saber o preço desse servicinho extra. "Que é isso, Javier?! Não precisa me pagar nada. Faço com muito prazer. É uma cadela tão boazinha, e lá em casa todo mundo fica muito contente de poder estar com ela um pouquinho." Você se sentiu um monstro depois dessas palavras. "Como é que eu não vejo a menor graça nesse animal?", você se perguntou. A reação de Joan o fez refletir se realmente o problema com Marilyn não seria tão somente seu.

Vocês ficam juntos por um momento na sala de visitas. Sabrina tomou banho e está deitada no sofá, zapeando, com Marilyn em cima. Você se aproxima.

– Então, achou alguma coisa para Isaura?

– Não, acabei não comprando nada. Nem para Isaura, nem para Berta. Não encontrei nada que me agradasse...

"Maldita mentirosa! Descarada!" Mas você tem de reconhecer que ela está progredindo na arte da mentira. Cada vez gagueja menos!

– Amanhã de manhã vou sair de novo. Vamos ver se vejo em outras lojas algo que me agrade.

Você sorri e fica olhando para ela, pasmado. Não consegue evitar um estremecimento ao pensar que foi sodomizada e bolinada de todas as formas faz poucas horas.

Ela fica inquieta com seu ar apalermado.

Só para provocá-la, você modula a voz e deixa escapar:

— Faz tempo que não ficamos juntos. Já não sente vontade, Sabrina?

Ela lhe lança um olhar de contrariedade. Um olhar de raiva e até de nojo.

— Hoje não, Javier. Estou muito cansada. Passei o dia todo de lá pra cá. Estou exausta...

Você sorri. Mas desta vez sem pudor.

— Qual é a graça? – indaga ela, desconfiada.

— Nada, só estava aqui pensando como os homens e as mulheres são diferentes. Enquanto as mulheres conseguem passar meses sem ter relações sexuais, e não acontece nada, nós, homens, morremos entupidos de esperma se não transamos...

— Isso é exagero! Mas é verdade que nós, mulheres, não pensamos nisso o tempo inteiro, como os homens.

Bravo, Javier! Uma de suas atuações mais estelares! Muito bem! Deixou sua mulher desconcertada com este comentário sutil sobre os homens, as mulheres e o sexo. O que significa isto de as mulheres não sentirem tanta necessidade quanto os homens? Se ela mesma, Sabrina, transou com o vendedor de roupas pelo menos umas seis vezes só este mês... E agora tem a desfaçatez de fingir, quase piedosamente, que elas não ficam pensando sempre na mesma coisa... Tem de ser muito cara de pau!

Por que não lhe pergunta se ela gostaria que você a comesse por trás? Quanto quer apostar que se sairia com outra babaquice, do tipo "Entro em pânico só de pensar! Sabe o que está dizendo? Deve fazer um estrago insuportável!".

Com a desculpa de ter de responder a um e-mail importante, você parte para o escritório, se senta, liga o computador portátil e navega pelo Facebook. Visita as páginas de alguns amigos, mas logo desiste porque o bichinho do jogo de Sade está roendo seu inconsciente de forma sediciosa.

"Se ela pode ser safada e mentirosa, por que eu não vou poder jogar?"

Já era hora, Javier! Claro que pode jogar, eu até o aconselharia a fazê-lo! Anna lhe dá muito tesão, você gozou como nunca com ela. E olha que nem estava totalmente à vontade... Já imaginou como pode vir a ser se você se livrar de todos os preconceitos?! Pois então imagine!

Convencido, você tira de uma gaveta o punhado de folhas costuradas e retoma o relato dos eventos de Marselha do ponto onde havia interrompido a leitura. Ei-lo de volta ao jogo de Sade...

Rose Coste, a mais risonha das quatro, entra no quarto de cabeça baixa.

– Não me machuqueis, senhor marquês! Mariette e Marianne me contaram coisas horríveis a vosso respeito.

Sade faz um gesto para Latour, que obedece. Criado e patrão parecem comunicar-se mediante algum tipo de código.

– Tira a roupa sem medo. Como é a mais simpática e risonha das quatro, não haverá castigo para ti.

A garota tira a última peça, e o marquês lhe pede que se vire para que os dois possam admirá-la.

Tem a cintura excessivamente estreita e os seios demasiadamente pequenos para o gosto do senhor. A bunda, em compensação, é bem arrebitada e graciosa.

Sade a convida a se sentar na cama, ao lado de Latour, que dá início a uma série de carícias e beijos por todas as partes de seu corpo. O criado a prepara habilmente, a excita até que as partes íntimas da garota se lubrificam o suficiente para alojar seu membro grosso e venoso. Latour a está fodendo sob o olhar atento de Sade, que se estimula. Rose geme de prazer, gemidos que poderiam confundir-se com tímidas risadinhas. O jogo erótico se interrompe por capricho do marquês, que pede à moça que se deite de lado. Então, com o chicote de pergaminho, açoita-lhe as róseas nádegas.

– Não, por favor, vós prometestes que não me machucaríeis!

– Eu disse isso? Não me lembro... Não te mexas, que acabarei logo.

Latour se coloca ao alcance do senhor e lhe oferece o pênis. Faltam mãos ao marquês, porque com a direita chicoteia a garota, enquanto com a esquerda masturba o criado.

Os gemidos de Rose já não se parecem com os que dava antes: agora são de dor. O marquês contou em voz alta o número de chicotadas e, satisfeito, exclama:

– Pronto, já terminei contigo. Mas agora falta a última parte: deverás deixar que meu criado te penetre por trás.

– Não, eu não gosto!

– Isso quer dizer que já fizeste antes?

– Já, mas não gosto.

– Se deixares, eu lhe darei um luís extra.

Rose pensa. Um luís é muito dinheiro, e ela precisa dele.

– Está bem, mas devagarinho.

Sade pisca o olho para Latour. O criado se aproxima da garota, limpa os filetinhos de sangue de suas nádegas com a própria camisa e a acaricia como fizera ao iniciar o jogo. Com jeito, põe-na de quatro sobre a cama e, pouco a pouco, introduz o membro na estreita caverna da mulher, que não contêm as queixas de dor.

Sade se compraz com a cena, especialmente excitado com o gemido de prazer de Latour ao atingir o orgasmo.

Com o consentimento do marquês, Rose se veste depressa. Já não sorri. Nem sequer esboçou um mínimo sorriso quando o marquês lhe entregou o luís de ouro.

Você interrompe a leitura e enfia rapidamente o bloco sob uma pilha de documentos das suas propriedades em processo de penhora. Ouviu o rangido do assoalho sob os pés descalços de Sabrina, que não tarda a pôr a cabeça na porta do escritório.

– Vou me deitar, Javier. Boa-noite.

– Boa-noite, durma bem.

Mas é evidente que ela dormirá bem! Depois de tantas e tão acaloradas brincadeirinhas de cama, vai dormir feito uma pedra.

Sabrina se retira para o quarto, seguida da cadelinha de madame, e se alegra por ter agora a sala de visitas liberada para seu uso e usufruto.

Aguarda um tempo razoável e se encaminha para lá. Volta a visitar o bar, volta a dialogar com Johnny. Senta-se com o copo de uísque na mão e liga a televisão. Não há nada interessante na infinidade de canais que você sintoniza. Então se dá conta de que Sabrina largara a bolsa no sofá. Olha para ela com curiosidade, observando-a de longe, meio aberta, até que resolve investigar, depois que se assegura de estar realmente sozinho. Então revira seu conteúdo.

Para que isso, Javier? Por que fuçar a bolsa da sua mulher? O que espera encontrar?

Por mais que seja verdade que Sabrina já não o interessa, a curiosidade é mais forte.

Não há nada fora do comum, embora nunca deixe de lhe causar surpresa a quantidade de coisas que as mulheres precisam levar na bolsa.

Abre sua carteira de couro, um presente de aniversário de Isaura. A coleção de cartões Visa que você lhe proporcionou – agora com os limites bastante reduzidos – se mantém organizada; a foto dos pais, um casal marroquino que se instalou em Barcelona em meados dos anos 70 – o pai de Sabrina, Hassan, é um famoso médico aposentado; uma foto de Isaura de maiô, do ano passado; outra de você com ela num jantar com amigos, dez anos atrás – esta não se encontra à primeira vista –, e toda uma avalancha de cartões de restaurantes, nutricionistas, lojas etc. etc. etc.

Seu coração tem um sobressalto quando você abre um dos compartimentos internos e descobre um cartão. Estava bem escondido. Você o tira e o examina, trêmulo. É o mesmo que você guarda na gaveta do escritório. Idêntico ao que Anna lhe entregou, juntamente com o relato dos eventos de Marselha, dentro de um envelope, convidando para outro espetáculo do jogo de Sade na terça-feira que vem.

Estará enlouquecendo? Ou sonhando?

Não, Javier, é tudo bem real, pode acreditar. Este cartão contém as mesmas coisas que o seu: o mesmo texto, idêntico número de celular, a mesma senha escrita pela mesma mão...

Você recua, alarmado, e imediatamente volta a deixar tudo do jeito como encontrou.

"Sabrina também participa do jogo?", você se pergunta.

Mas é claro; do contrário, como explicar a presença deste cartão em sua bolsa?

Você toma outro gole enquanto pensa. E se foi o vendedor de roupas que a convidou? Parece o mais provável. Os dois têm um caso, compartilham fluidos, e o degenerado a introduz no jogo de que participa como ator. Por quê?

Não lhe ocorre nenhuma resposta. O que o preocupa é que ele, tendo sabido por intermédio de Anna que você foi convidado e com o maior cinismo do mundo, queira que se encontrem. O que pretendem?

Por mais que você se esforce, Javier, não conseguirá esclarecer nada. Com a informação de que dispõe, não há como chegar a nenhuma conclusão compreensível.

Você tem três opções. A primeira é esquecer-se do jogo, convencer-se de que ele nunca existiu e viver como se nada houvesse acontecido. A segunda, abrir o jogo com Sabrina, contar que achou o cartão em sua bolsa, admitir que é um intrometido e revelar tudo. Desde sua infidelidade com o vendedor de roupas, passando pelo Donatien e pela sodomia, até a cena macabra do crime de Magda. Tudo é tudo *mesmo*, Javier. A terceira, aceitar o desafio, prosseguir no jogo e comparecer ao encontro de terça-feira.

Você descarta de imediato a primeira opção. Deseja conhecer a lógica do que está se passando, esclarecer o mistério. O cartão de Sabrina é mais uma motivação.

A segunda possibilidade é arriscada demais. Como explicar a Sabrina que você contratou um detetive particular para segui-la durante duas semanas? Como contar a ela que você aceitou sua infidelidade ao longo de dois anos? Não pode argumentar que tolerou tudo por amor, evidentemente, mas muito menos poderá confessar que desta forma você tem uma estratégia para tirá-la da sua vida com o mínimo possível de custos. Talvez pudesse evitar a parte relacionada com sua infidelidade e focar no cartão. Mas como justificar que mexeu em sua bolsa? Uma mentira engenhosa! Por exemplo: estava à procura do endereço do restaurante onde vocês tinham ido com os pais dela no ano passado e imaginou que ela guardasse lá os cartões...

Muito bem, mas se a suposição é a de que você não conhece o jogo de Sade, como justificar que sabe para que serve o cartão? Terá de explicar como obteve esta informação. Contará a ela, então, como conseguiu os seus cartões? Falará de Anna? E do Donatien? Confessará a Sabrina que o cartão é parte de um jogo que você já joga?

Após dois goles de uísque, alguns minutos de reflexão. Termina por descartar também a segunda opção, pois, num instante de lucidez, percebe seu principal defeito, um defeito que tem a ver com a pergunta: Sabrina está a par do jogo? Imaginou, *a priori*, que sua mulher é uma vítima dos manipuladores do jogo, como você; mas e se assim não for? O fato de ela ter o cartão de convidada não implica necessariamente que não faça parte da trama...

Portanto, acaba aceitando a terceira opção. Parece, Javier, que você não tem outro remédio a não ser jogar!

* * *

Onze e meia da noite. Você vai até a varanda, de onde se vislumbra a área ajardinada e a Avenida de Pedralbes, um espetáculo solitário a esta hora. A luz da lua se derrama sobre o gramado e faz brilhar os milhares de gotas d'água provenientes dos aspersores, um tapete de pequeninas luzes que realça as sombras prateadas dos imensos cedros-do-líbano. A insólita esteira torna diminutas as luzes mortiças dos postes.

Contempla tudo com melancolia. Não sabe durante quanto tempo mais poderá continuar admirando esse panorama e procura gravá-lo nas retinas, para o caso de o processo de penhora atingir também a cobertura onde você mora.

Você já não tem controle das coisas, Javier! Já não é o Napoleão que impera no campo de batalha da vida. É como uma dessas luzes que enfeitam o gramado, efêmeras e dependentes dos caprichos de um astro.

Outro uísque para comemorar o espetáculo noturno e a quimera existencial. Você bem que gostaria de dormir, mas não consegue. Parou de tomar os soníferos – uma decisão motivada pelas complicações gástricas que lhe provocavam – e tem de se deitar ao lado de uma mulher que lhe repugna. Dois motivos suficientes para explicar por que ultimamente você costuma adiar o momento de ir para a cama.

Regressa ao escritório arrastando os pés e se senta à mesa. Conformado com a insônia, libera o relato de Sade de sob a papelada.

"Se é o meu destino o que está em jogo, o que posso fazer contra isso?"

Procura o ponto de leitura em que havia parado e retoma a narrativa...

O marquês não está totalmente satisfeito. A coisa não funcionou como pensava. Os confeitos não surtiram o efeito afrodisíaco que previa.

Nenhuma das três prostitutas dera mostras de uma especial excitação. A que mais ingeriu a droga, Marianne, não se distinguiu pela voluptuosidade. Isso o deixa desgostoso, pois havia preparado minuciosamente o plano. Não fora fácil obter o pó de cantárida e tinha sido necessário incomodar a cozinheira do castelo de Lacoste para lhe pedir que elaborasse os melhores confeitos de anis de que fosse capaz.

Latour, em compensação, está satisfeito. Servir ao seu senhor, ser seu fâmulo, confere-lhe todos os tipos de prazeres, tanto econômicos como genitais.

Marianette, a última das garotas, entra timidamente no quarto e se dirige ao marquês, que parece ausente:

— *Vós me chamastes, senhor?*

É de longe a mais atraente. Tem os olhos ligeiramente verdes e uma cabeleira sedosa e morena que esconde o pescoço níveo. A palidez do rosto realça a luminosidade do olhar e os lábios carnudos.

— *Não és marselhesa! Só na Provence há mulheres tão belas... De onde és?*

— *Nasci em Aix.*

— *Eu sabia! Eu sabia que eras provençal... Poderias tirar a roupa?*

Marianette tem um ar distinto, apesar de ser uma prostituta barata. Sade a acaricia enquanto se despe, cativado por sua beleza.

— *Eu soube do que fizestes com as outras meninas e não gostaria que o fizésseis também comigo. Minha pele é muito fininha, como podeis ver, e qualquer machucado, por menor que seja, demora a cicatrizar. Posso satisfazer-vos sem necessidade de açoites.*

Os olhos melosos da garota hipnotizaram o marquês durante alguns instantes, mas ele sabe que não pode afastar-se do plano previsto, do roteiro da obra.

– És muito bonita, mas eu tenho de açoitar-te 25 vezes. É preciso seguir o plano, Marianette. Mas prometo que praticamente não sentirás dor.

Marianette se acovarda quando vê o chicote de pergaminho sobre a colcha e as manchas de sangue. O temor a faz correr até a porta, mas Latour, atento, barra-lhe os passos.

Sade a subjuga pelo braço e lhe sussurra ao ouvido:

– Eu te dou tanto medo assim? Talvez ficasses mais animadinha se contasses com a companhia de uma das tuas colegas. Latour, por favor, vá buscar Marianne.

O fâmulo dá de ombros.

– Qual delas é essa?

– A primeira, a menos graciosa. E a que teve mais tempo para descansar.

Latour desaparece, e o marquês procura ganhar a confiança da moça.

– Estive várias vezes em Aix. Gosto do tom de cobre das vinhas no outono e dos tapetes de brotos de videira cobrindo o chão.

Latour entra acompanhado de Marianne, que parece agitada e nervosa. Veste apenas uma camisola comprida. Sade, finíssimo observador, nota o estado alterado da recém-chegada. "Ainda é possível que a cantárida funcione", pensa. Dirigindo-se à porta, fecha-a a chave e a guarda. Em seguida, caminha lentamente até o baú e pega a bomboneira de cristal.

— Comam mais balas, meninas! São deliciosas!

Marianne recusa:

— Já comi muitas, senhor marquês, não cabe nem mais uma...

Sade oferece a bomboneira a Marianette, que, não sem alguma hesitação, pega umas balas. Está tão nervosa que as deixa cair no chão.

O marquês devolve a bomboneira fechada ao baú e estica os braços.

— Comecemos! Marianne, levanta a camisola e deita-te na cama de boca para baixo. E tu, Marianette, posiciona-te na cabeceira da cama e fica bem atenta.

O senhor se move como um diretor de teatro num palco, distribuindo os papéis entre os atores, dispondo tudo em função de um roteiro que só ele conhece com precisão.

As garotas obedecem. O marquês se aproxima de Marianne, segura o chicote e esfrega o rosto na bunda da moça. Quando ergue a cabeça, Marianette é testemunha de seu ar de satisfação. Ato contínuo, açoita a garota algumas vezes com fúria, completamente fora de si, deixa cair o chicote no chão e a sodomiza.

Marianette não consegue suportar aquilo e corre até a janela, sob a qual se agacha aterrorizada.

Sade chama o criado e lhe solicita que faça o mesmo com ele. Latour não hesita em penetrá-lo. O movimento de nádegas dos dois é espasmódico.

O marquês chega ao clímax primeiro que o criado, mas guarda a posição até que este goze.

Marianette nunca vira nada igual. Jamais poderia imaginar uma cena como aquela. Agachada sob a janela, a garota conserva a esperança de que tudo tenha terminado com o orgasmo dos dois monstros.

Mas não é assim. Para Sade, a representação ainda não acabou.

— Vem aqui, Marianette, querida. Ainda não participaste do nosso jogo. Foste apenas uma espectadora privilegiada. Quero que faças uma felação no meu criado.

O próprio Latour fica petrificado, porque não faz nem dois minutos que ejaculou.

Marianne começa a chorar.

– Sê boazinha e obedece. Ou preferes ser chicoteada?

A garota se levanta e, tremendo, avança alguns passos. Quando chega perto do marquês, este a parabeniza:

– É assim que eu gosto. Que sejas obediente como a tua coleguinha.

Mas a garota, aterrorizada, lança-se em direção à porta e começa a bater com os punhos cerrados.

– Abram! Por favor, quero sair daqui!

Sade se enfeza. Insulta-a duramente e ameaça-a com o chicote. Em vão, pois a garota, grudada à porta, chora desconsoladamente.

O marquês cede. Latour lhe fez um gesto de "já é suficiente".

– Está bem, pega tua roupa e some! Esperem-me na sala. Logo estarei lá para remunerar todas pelos serviços.

Marianne abraça Marianette, e as duas desaparecem com a esperança de que aquele monstro evapore o mais rapidamente possível.

– Vai com elas! – ordena a Latour em tom não menos imperioso.

Quando fica sozinho no quarto, Sade se senta na cama e acaricia o lençol manchado de sangue. Lê a distância os algarismos que gravara na chaminé: 215, 179, 225, 240. Faz as contas em voz baixa e, ao chegar ao total, maldiz-se.

"Ninguém consegue entender o meu jogo, não são almas predispostas ao talento, somente à voluptuosidade banal", queixa-se com amargura.

Veste-se, visivelmente insatisfeito, e se encaminha para a sala. Estão todos lá, as quatro garotas, Latour e a empregada da casa. De queixo erguido e sem uma palavra, entrega a cada uma delas uma moeda de prata de 6 libras. A última imagem que o marquês guarda são os olhos esverdeados de Marianette chorando de medo. Lembram o verde-limo do tanque do seu castelo.

Por que um aristocrata como Sade sentia tanto prazer naqueles jogos?, você se pergunta. Sem ser um especialista no personagem, sua impressão é a de que, além da personalidade conturbada, o marquês, de algum modo, pretendia transformar a realidade com suas voluptuosas encenações. O fato de se fazer passar por um criado numa orgia e se deixar sodomizar pelo seu serviçal, ou ser açoitado por uma mulher de classe inferior, é altamente relevante para compreender que, em seu jogo, Sade altera a ordem social da época. Muito embora ele seja, ao mesmo tempo, o responsável pela cenografia, aquele que define o roteiro e quem decide as regras do jogo, não é surpreendente que um membro da nobreza, um senhor provençal de linhagem aristocrática se humilhe dessa maneira? Você pensa, então, no sadismo, a palavra cunhada em seu louvor e que encobre um mundo de obscenidades. A dominação, a dor, o látego, a humilhação... Você é um rematado ignorante, mas a palavra por si só lhe dá calafrios. Recorda haver lido em alguma revista de divulgação – não saberia precisar qual – que existem clientes da humilhação sádica que são homens importantes, pessoas habituadas ao exercício do poder. Desfrutam do sexo – explicava o articulista – escravizados e dominados por um homem ou por uma mulher; chamam-se "escravos" no jogo erótico. Submetem-se aos escárnios mais inverossímeis, como lamber os saltos agulha de sua "ama" ou receber uma cusparada no rosto ou no genital.

"Senhores" e "escravos", o jogo real da vida. Contudo, no sadismo, os papéis frequentemente se invertem. O senhor na vida real passa a ser o escravo no plano erótico, e, ao contrário, o escravo na vida real se torna o senhor no jogo. Não será que, assim como se afirma que, no homem, masculinidade e feminilidade convivem, assim também se dá o caso de coabitarem nele o escravo e o senhor?

Deixe essas conjecturas filosóficas para quem sabe disso, Javier! Por mais que se esforce, não conseguirá entendê-lo. Você não está nesta espécie de frequência libertina!

No entanto, você faz parte do jogo de Sade. Esteve no Donatien, é cúmplice silencioso e covarde do assassinato de Magda, e agora descobriu que sua mulher também está envolvida nessa vertigem de perversão. O cartão que você achou o confirma.

Com o coração apertado pela lembrança macabra do cadáver de Magda, você vai até o bar e se serve uma dose de uísque. Jura que será a última do dia. Estalando a língua, planeja o dia de amanhã. Irá ao laboratório de análises clínicas que Eduard recomendou, bem próximo do centro comercial da Illa Diagonal, e depois dará uma volta pelo shopping. Terça-feira que vem é o aniversário de Isaura, e você quer lhe dar uma lembrancinha, independentemente do que Sabrina compre para ela.

Isaura merece tudo. Como gostaria que ela nunca entrasse num poço de merda como este em que você se encontra! Como anseia que ela opte na vida pelo caminho do coração, e não pela ostentação banal e pela astenia sentimental!

Javier, Javier! Não vai querer agora que sua Isaura se aferre ao romantismo, ou vai? Deseja, realmente, fazer de sua própria filha uma decadente que acabe atolada na indigência?

"Não me aporrinhe, e deixe Isaura em paz! Não existe decadência maior que a que estou vivendo. Ah, antes não o tivesse escutado. Como seria bom se você e Gabo não houvessem cruzado o meu caminho... Talvez eu morasse num lugar mais humilde. Possivelmente não teria conhecido os louros do sucesso, mas agora estaria dormindo ao lado de uma mulher que amasse e não permaneceria aqui, com a alma em farrapos e bebendo feito uma esponja!"

Sabe de uma coisa, Javier? Você está se deixando seduzir pela nostalgia do fracasso!

"E você? Sabe de outra coisa? É um imbecil a quem eu nunca deveria ter dado atenção!"

A manhã está ensolarada e radiante, o excesso de luz chega a agredir. O céu se livrou das nuvens remelentas de ontem à tarde e exibe o manto azulado das grandes ocasiões.

Você olha para ele da varanda com o copo de leite gelado na mão. Apenas o burburinho humano da rua atrapalha o espetáculo. Em pé, de pijama, você se deixa seduzir pela esplêndida claridade.

O idílio com a natureza e a solidão dura muito pouco, porque Sabrina surge por trás de você, de roupão branco e uma toalha ao redor da cabeça.

– Que dia mais lindo, não é, Javier?

Faz pouco, quando você se levantou, ela estava debaixo do chuveiro. Você encheu o copo de leite na geladeira e foi para a varanda. Pressentia um dia radiante e gostaria de curti-lo a sós.

– É.

Ela se aproxima de você e apoia a mão em suas costas.

– Vou sair daqui a pouco para fazer compras. Pensei que pudéssemos almoçar juntos num japa.

Ela está se referindo a um restaurante japonês. Adora sushi.

– Estou com a manhã bastante ocupada. Tenho de fazer um exame e depois quero falar com o Niubó para esclarecer alguns pontos da liquidação da firma.

– Exame?

– Aquele de rotina, por causa da anemia.

– Então não vai poder almoçar comigo?

A ideia não o empolga, nem um pouco.

– Não estou bem certo. Se der, eu ligo, combinado?

– Combinado.

Sabrina desliza a mão por suas costas e se vai.

É angustiante ter de viver mentindo. E mais ainda mentir sob um céu azul tão esplendoroso e puro. Mas não há razão para que você se aflija. Ela também mente. Mentir para uma mentirosa é um pecado venial.

Meio atordoado pelo fulgor diurno, você segue até o banheiro, onde a atmosfera de vapor d'água e a fragrância dos cosméticos finos que Sabrina usa o restituem à realidade. Quando já está para fechar a porta do boxe, você ouve o toque do celular. Sai, nu, e se apressa a pegá-lo. Número desconhecido.

– Alô?

– Bom-dia, garanhão! Já acordado?

– Você outra vez?! Quer me deixar em paz?

– Não se altere. Serei breve.

– Que quer?

– Sabrina está em casa?

– Escute aqui, sua idiota, o que você tem com isso?

– Ah, não seja grosseiro. É assim que me paga pelos bons momentos que lhe proporcionei? Ande, diga-me, sua mulher está em casa ou não?

– Está. Por quê?

– Josep desapareceu. Não estamos conseguindo localizá-lo. Não atende o celular, não dormiu em casa, não foi trabalhar na loja... Em resumo, não sabemos onde está!

– E o que a Sabrina tem a ver com tudo isso?

Anna solta uma gargalhada insolente.

– Nada. Ontem os dois passaram a tarde juntos, brincando de médico e enfermeira, e eu só queria ter certeza de que ele não escapuliu para algum lugar com a piranha da sua mulher.

– Ei, o que é isso? Um pouco mais de respeito!

– Perfeitamente, garanhão. De agora em diante só a chamarei de santa Sabrina.

Você não a suporta! Anna é grosseira, indecente, desagradável...

– Sabrina chegou às dez e meia e não saiu mais daqui.

– Obrigada, garanhão. Isso é tudo o que eu queria saber. Até terça que vem na rue Aubagne de Marsella!

Nem lhe deu tempo de dizer que a entupiria de balas de cantárida até ela estourar. Apesar do habitual tom insolente e sarcástico, você ficou com a impressão de que o timbre de voz de Anna transmitia certa preocupação. A realidade é que não lhe importa que o maldito vendedor de roupas haja desaparecido.

Você cruza com Sabrina no corredor. Ela está vestida, com Marilyn entre os pés.

– Quem era? – pergunta, esboçando um gesto de estranheza ao notar sua nudez.

– Niubó.

– Ah. Bem, estou saindo. Você vai me ligar para dizer se vai ou não almoçar comigo, não é?

– Isso.

Você volta ao banheiro e entra no chuveiro, decidido a purificar o corpo com a água clorada da cidade. Por alguns instantes, fica pensando no sentido da ligação de Anna. Se ela telefonou é porque considerou totalmente estranha a ausência do bonitão e queria confirmar que o motivo não era uma prorrogação adicional com Sabrina. Um punhado de ideias absurdas passa fugazmente pela sua cabeça. "Será que não o assassinaram tal como fizeram com Magda? E se ele é o assassino – você ainda conserva bem viva a imagem dos dois subindo a Rambla – e decidiu fugir?" O sabonete lhe escapa das mãos ao pensar nisso, e você tenta afastar da mente essas tolices. Não obstante, um pressentimento confuso, impossível de sufocar, espreita-o.

O sábado começou animador, com um espetáculo solar e um céu pacífico de um azul fulgurante. Mas a lei de Murphy parece inapelável, e, se algo pode dar errado, acaba dando errado. Primeiro, a ligação de Anna. Depois, essa bendita enfermeira inepta...

Você acaba de sair do laboratório, irritado. De todos os laboratórios da cidade, de todos os exames previstos para o dia, a probabilidade de topar com uma enfermeira incompetente deveria ser, digamos, de dez por cento no máximo. Pois não é que exatamente a você, Javier, foi caber aquele estropício?! Ela teve de espetá-lo quatro vezes para pegar a veia, mas isso não é o pior. A mulher extraviou as amostras de sangue; deixou-as com outras que não estavam identificadas e foi preciso repetir o procedimento. Por sorte, um enfermeiro experiente e hábil se encarregou da coisa, e você nem sentiu a picada.

Você segue pela Diagonal em direção ao centro comercial da Illa com o braço esquerdo dolorido e o olhar latente da estúpida enfermeira.
Já dentro do shopping, resolve ir à FNAC e comprar *A filosofia na alcova*, de Sade. Desce pela escada rolante e se encaminha diretamente a um dos pontos de atendimento da livraria. Aguarda que o funcionário termine de atender a uma cliente. Como a coisa parece que vai longe – a senhora é de idade avançada e solicita títulos certamente fora de catálogo –, você decide procurar por ordem alfabética nas estantes

de literatura estrangeira. Começa pelo S de Sade e estranha não encontrar nada, nem um único título do autor.

Por que a surpresa, Javier? Acha que as pessoas sensatas podem se interessar por esse aristocrata devasso?

Contrariado, você olha em torno buscando ajuda de algum outro empregado, pois a velha senil e gorda ainda não zarpou do ponto de atendimento ao cliente. De repente, seu olhar se detém, estupefato, e você se pergunta se não estará sonhando.

"É ela? É isso mesmo?"

Uma imensa euforia o invade ao ouvir outra vez aquela voz delicada após vinte e tantos anos.

Blanca, a garota a quem você nunca ousou confessar seu amor, acha-se a pouco menos de três metros, falando com uma atendente que carrega um carrinho cheio de livros para reposição.

Você a observa por um bom tempo. Ela conserva seus encantos, apesar dos anos. Você fica feliz ao ver que mantém os cabelos compridos e ondulados, os mesmos que balançava ao dançar no Zona. Você se aproxima disfarçadamente, fingindo procurar nas estantes próximas, e escuta a conversa. Blanca pede um romance de cujo título não se recorda, mas menciona a temática e a autora, Espido Freire. A atendente não sabe responder e a remete ao ponto de atendimento fixo.

Você a segue até lá, emocionado como um adolescente. Ela exala um perfume adocicado da Chloé, uma colônia de que você gosta muito. Atrás dela, você fica esperando que se vire para surpreendê-la. Mas ela não o faz. Você aguarda pacientemente a vez enquanto se deixa levar pela emoção do encontro. "Vire-se", você implora mentalmente, "vire-se, Blanca, sou eu, Javier", você repete em silêncio, apelando para uma força mental a que não costuma dar crédito.

Seus poderes extrassensoriais não estão suficientemente desenvolvidos. Blanca não se vira, e, por fim, não lhe resta senão abordá-la. Você bate de leve em suas costas e diz-lhe:

– Perdão, senhorita, permite-me sugerir-lhe uma leitura?

Seu gesto inicial de contrariedade se transforma imediatamente numa expressão de alegria:

– Javier! Há quantos anos! Como está?

Ela se adianta para lhe dar dois beijos, e você se sente invadido pela eletricidade de seu corpo.

– Muito bem! E você está igualzinha, não mudou nada...

– Não é verdade!

– Que bom encontrá-la! Como vai a vida?

Bem nessa hora, a senhora senil e gorda se retira, e o empregado, com ar de alívio, pergunta o que estão procurando.

– Vá, faça a sua consulta. Depois conversamos – você lhe sugere, visivelmente excitado.

Enquanto Blanca explica ao atendente o mesmo que à sua colega, você se põe a admirá-la. Não tem os quadris espetaculares de Sabrina, nem ostenta uma beleza tão exuberante, mas é muito atraente. Um encanto mais sutil, ao qual cai muito bem seu estilo de se vestir. Calça jeans justa, blusa e mocassins brancos e um cinto largo de couro também branco. Discreta em matéria de joias e maquiagem, Blanca se vira, encantada, com um sorriso radiante. O empregado procura no computador.

– Continua com o mesmo olhar incisivo.

– Incisivo? – você repete, surpreso.

– É.

Você esboça um gesto de espanto, e ela se volta novamente para o empregado, que reclamou sua atenção.

"Meu olhar é incisivo?", você se questiona. Toma isso como um elogio. Está feliz por tê-la por perto. Por tê-la encontrado.

Blanca teve sorte: o rapaz identificou o romance. Informa que resta um exemplar e vai pegá-lo.

– Não imagina como fico feliz por vê-la de novo – confessa você. – Tem tempo para tomarmos um café e conversarmos um pouquinho?

– Claro, claro. Eu também estou querendo saber de você.

Tudo o que há de necessitado em você, Javier, desfalece à sua presença. Uma sensação de felicidade o invade e expulsa com força o desassossego dos últimos dias.

Os mesmos olhos, a mesma boca, os mesmos dentes... Você a beijaria aqui mesmo, não é verdade? Fundiria seus lábios nos dela para compensar a indecisão juvenil.

Mas faz tempo que a sorte lhe deu as costas, Javier, e a lei de Murphy segue sua sombra como um carrapato invisível.

Com a quantidade de shoppings e os milhares de lojas que existem na cidade, ela tinha de vir comprar justamente aqui! Sabrina!

De rabo de olho, instintivamente, você nota a presença dela examinando as novidades editoriais. Você a amaldiçoa em voz baixa, sacudido pela preocupação de como conseguir evitá-la.

– Blanca, preciso ir ao banheiro. Agora – murmura para ela, sorridente, sem perder Sabrina de vista. – Podemos nos encontrar na cafeteria defronte ao Andreu? Está bem para você?

– Está bem, Javier.

– Até já.

Você evita Sabrina dando uma grande volta para sair da FNAC. Entra no banheiro, lava as mãos e se olha no espelho, consternado. "Vamos, porra, ajude-me! O que devo fazer?"

Ah, agora recorre a mim, não é? Para mim sempre sobra o trabalho sujo. Por que não pede ao Javier afrescalhado, o nostálgico? Eu gostaria de ver o que ele faria para ajudá-lo. Apostaria o braço esquerdo como lhe aconselharia um café de paz e fraternidade entre os três. Que lindo! Mas você, Javier, não quer isso. Gosta dela. Deseja ficar sozinho com ela. Cortaria um dedo para beijá-la.

"Está bem, já sei disso tudo, não me ponha nervoso e ajude-me!"

Está bem, relaxe e preste atenção. Que horas são?

"Quinze para uma."

Ligue daqui para a Sabrina e marque no seu restaurante japonês preferido daqui a vinte minutos, como ela queria. Assim ela terá pressa em ir embora do shopping e você terá o terreno livre.

"Tenho de admitir: você é um filho da puta bem criativo!"

Não puxe o meu saco e trate logo de ligar. Quanto antes o fizer, mais cedo ela irá embora.

"Mas não terei tempo para ir almoçar com ela. Na verdade, tinha pensado em convidar Blanca."

Não tem problema, seu babaca! Depois que ela sair, você dá um tempo razoável e então telefona novamente para justificar seu bolo com alguma outra mentira!

"Genial! Bem pensado! Confesso que, às vezes, você me dá medo, com toda essa lucidez perversa."

Então, meu amigo, não me peça conselhos!

Uma voz feminina o interrompe. Você olha pelo espelho, está bem atrás de você. A dona da voz é uma auxiliar de limpeza, uniformizada com um guarda-pó branco com listras azuis bem finas todo abotoado. Ela empurra um carrinho com os esfregões e as vassouras virados para cima.

– O senhor está passando bem? – pergunta com ar de perplexidade e um sotaque andaluz bastante acentuado. – Está falando sozinho na frente do espelho.

– Perfeitamente, senhora. Nunca me senti melhor.

Você ligou dali mesmo para sua mulher, marcando no Shunka, o japonês preferido de Sabrina. A servente o observa com curiosidade, e você não se incomoda em lhe dar um sorriso com todos os dentes. Em seguida, tranca-se num dos reservados e senta-se no vaso fazendo hora para não cruzar com ela.

O encontro fortuito com Blanca o deixou animado, injetou-lhe esperança e renovou suas fantasias. Você se vê passear por Florença de mãos dadas com ela, parando em cada lugar mágico. Beijam-se a toda hora, e você repete constantemente que ela sempre esteve em seu coração, que não pode imaginar quantas vezes se recriminou por não haver declarado o quanto gostava dela. O rio Arno murmura palavras delicadas, e as esculturas da Loggia della Signoria se põem em movimento quando os dois passam à sua frente...

Alguém bate à porta com os nós dos dedos. É a auxiliar da limpeza.
— Desculpe, o senhor está bem?
Que chatice! Já é a segunda vez que essa mulher pergunta isso. Será que não tem mais nada a fazer?
— Sim, minha senhora, fantasticamente bem, só estou... Já vou sair!
— É que eu preciso limpar todos os reservados, entende? Na verdade, só falta este em que o senhor está faz meia hora.

Será que hoje é seu dia de topar com todas as mulheres insolentes da cidade? Para disfarçar, você dá a descarga para que ela ouça a água correr.

Abre a porta. A mulher da limpeza está ali, com o carrinho e uma expressão contrariada.

– Pronto, senhora, é todo seu! – provoca-a você, fazendo-lhe a reverência típica dos toureiros.

Seria capaz de jurar que ela o xingou em voz baixa, mas passa por você com indiferença.

Você torna a se olhar no espelho, e só então segue em direção à cafeteria defronte da loja de frios Andreu. Examina uma possível presença de Sabrina em meio à multidão que circula pelo shopping. É difícil que se encontrem, Javier. Você ficou trancado no banheiro quase meia hora, imaginando a viagem romântica a Florença que sempre se prometeu, e Sabrina deve estar num táxi a caminho do restaurante japonês.

Blanca o espera sentada, de pernas cruzadas. Você a cobriria de beijos. Está folheando o romance de Espido Freire que acabara de comprar.

– Aqui me tem!

– Já estava achando que tinha me dado outro bolo, como o daquela tarde em San Juan, está lembrado?

Como não? Os dois sozinhos, numa espécie de encontro romântico, numa varanda do Passeio de Gràcia. Tinha ido jogar futebol de salão. Depois da partida, os amigos o levaram para tomar cerveja e lhe deram um porre. Blanca ficou esperando uma hora e depois foi para casa. Você acabou não indo...

– Ah, se eu pudesse voltar no tempo, algumas horas antes daquele encontro!

Aquilo saiu do fundo da sua alma, e você a deixou perturbada ao expressar seu desejo impossível em voz alta.

Os dois riem ao mesmo tempo e repetem a mesma frase:

– É, eu sei; fiquei uma hora esperando! Você é um intratável.

Olham-se com carinho enquanto riem. É curioso: apesar do tempo transcorrido, dir-se-ia que a cumplicidade entre ambos se mantém intacta.

– Por que não nos sentamos ali no Andreu e comemos uma torrada de presunto ibérico e tomamos uma taça de vinho para lembrar os bons tempos?

Ela gostou da ideia. Seus olhos brilham.

– Está bem, mas primeiro tenho de pagar o chá.

– Não, deixe. Vá pegando um lugar lá para nós. Eu a convido.

Blanca se levanta e vai, sorridente, procurar uma mesa no Andreu enquanto você chama uma das garçonetes para pagar seu chá-verde.

Não leva nem dois minutos para aterrissar num canto do balcão oblongo onde ela guardou um banquinho alto para você.

– Como está sua vida, Blanca?

Ela ergue o pescoço e olha para o teto, suspirando.

– Terminei filologia clássica e me casei com um editor vinte anos mais velho, Eudald. Morávamos em Madri, porque ele trabalhava lá. Era o editor de dois escritores de renome. Não tivemos filhos, embora o desejássemos, mas isso não nos preocupou. Nós nos amávamos... Há uns três anos recebeu o diagnóstico de uma pancreatite. Quinze dias depois ele se ia deste mundo.

Ela falou com tamanha tristeza que você ficou impressionado.

– Demorei a superar – prossegue. – Felizmente ele me deixou uma boa herança e não tenho com que me preocupar no aspecto econômico. Moro num apartamento enorme na Castellana, grande demais para uma mulher sozinha, dois gatos e uma caturrita. Sou revisora de textos na editora em que ele trabalhava, saio para tomar café com as amigas e de vez em quando vou ao cinema. Vim passar uns dias aqui em Barcelona, na casa dos meus pais, para cuidar da minha mãe, que foi operada de catarata.

Agora está explicado por que, em tantos anos, os dois nunca se encontraram na Ciudad Condal.

– E você, Javier? Que fez do seu imenso talento?

Forma-se um nó em sua garganta. Não sabe por onde começar. Mas toma coragem e despeja:

– Então... eu terminei arquitetura, trabalhei dois anos em um escritório e, estimulado pelo boom imobiliário, montei uma empresa. Graças a Gabo Fonseca, fui conseguindo um monte de projetos milionários, e tudo se tornou uma vertigem...

Ela o interrompe:

– Está se referindo ao senhor Gabriel Fonseca, o investidor argentino e colecionador de arte moderna?

– Isso, o dos mictórios e outras excentricidades. Você o conhece?

– Não pessoalmente, mas temos uma amiga comum, Patrícia Duran, uma galerista.

– Faz tempo que não sei dele. Nosso relacionamento não terminou lá muito bem...

– Eu sei, pela Pat, que ele mora em Madri, em La Moraleja. É casado com uma moça muito jovem que conheceu numa academia, e até tiveram uma menina.

A professorinha de academia trinta anos mais nova! Quer dizer então que Gabo, finalmente, apostou todas as fichas no amor, aquele filho da puta! Maldito sacana! Ele, o servo de Asmodeus, o recrutador de almas para o tabernáculo da luxúria. Que comprou a sua e quem sabe quantas outras... Pelo que diz Blanca, rompeu o contrato infernal, enquanto suas vítimas, você entre elas, ardem atormentadas pelos próprios pecados.

– Eu me alegro de que ele esteja feliz – diz você meio a contragosto.

– O que aconteceu?

– Nossas relações ficaram tensas numa viagem a Siracusa, na Sicília. Surgiram desavenças pessoais e financeiras. Eu havia direcionado grande parte do capital da minha empresa, a Javier Builts, para a restauração artística arquitetônica, pela qual ele não tinha a menor simpatia. Menosprezava a arte clássica. Considerava arte, unicamente, a produção posterior aos *ready mades*. No último dia, durante um jantar com um homem muito importante de Palermo – você omite que se tratava de um dos capos da Camorra –, jogou por terra, conscientemente, milhões de euros com seu cinismo e sua asfixiante ambiguidade. A Javier Builts perdeu a oportunidade de restaurar alguns dos monumentos mais importantes da ilha. Eu o mandei àquele lugar, e, desde então, perdemos a parceria comercial e a amizade, se é que esta alguma vez existiu.

Blanca permanece em silêncio. Vocês param de conversar um instante para fazer os pedidos, e você aprova o vinho que ela escolhe, demonstrando ser entendida no assunto.

– O vinho nunca mente. Não consegue disfarçar seu aroma nem seu sabor. É sempre honesto – comenta ela.

– Pensa em ficar aqui muitos dias?

– Vamos com calma, Javier. Primeiro termine sua sinopse vital.

Não mudou nada. Sempre gostou de estar no comando.

– Eu me casei com Sabrina, uma aprendiz de modelo de origem marroquina que conheci numa festa de Gabo; temos uma filha, Isaura, um doce de menina, e pouco mais.

– Ou seja, está feliz...

Não sabe o que responder. Faz muitos anos que não se veem, mas Blanca captou na hora sua hesitação. Os dois se conhecem bem melhor do que parece.

Chegam as taças de vinho e logo as torradas com o presunto. Blanca cheira o vinho e o prova com um ar de satisfação que a torna muito interessante. Bem diferente de Sabrina, a quem jamais ocorreria afirmar que "o vinho nunca mente". Não distingue um Bordeaux de um vinho da casa...

O que você não daria para voltar no tempo! Agora, possivelmente, estaria aqui mesmo com Blanca e poderia beijá-la.

Vocês conversam animadamente e recordam dezenas de histórias. Uma aura especial vai se formando ao sabor dos relatos. Aura que uma ligação para o seu celular se encarrega de desfazer.

Você está tão feliz e absorto no encontro que se esqueceu de ligar para Sabrina, e agora é ela que telefona para pedir explicações. Você a imagina sentada no balcão dos sushis, de pernas e braços cruzados e com ar de impaciência.

– Não vai atender? – pergunta ela.

– Não. Não é importante. Depois eu ligo para esse imbecil.

– Quer saber de uma coisa, Javier? Suas orelhas continuam ficando vermelhas quando você mente.

Só Blanca conhecia o segredo para desmascarar suas habilidades mentirosas: as orelhas vermelhas!

Quando ela observou isso pela primeira vez, vinte anos atrás, você riu e a desafiou. Fizeram o teste do polígrafo, mas sem fios, sensores e outros instrumentos. Ela formulava uma pergunta, e você tinha de responder. Com os olhos cravados em suas orelhas, ia adivinhando se você estava ou não mentindo. Você ficou atônito com sua quantidade de acertos.

Hoje, as orelhas seguem denunciando-o.

– Esqueci que não posso mentir para você!

– E, se o fizer, tem de tapar as orelhas.

Ela sorri com ar cúmplice, mas logo assume um tom circunspecto.

– Se posso ser sincera com um velho amigo, tenho a impressão de que não é feliz, Javier. Aquele seu sorriso perene se apagou. Seus olhos já não brilham como antes.

Pausa para digerir a franqueza.

– A ligação que eu não atendi era de Sabrina, minha mulher. O certo é que nossa relação está indo a pique. Estamos juntos, mas nosso casamento é... uma merda!

– Para que isso? Não é necessário que me fale dessas coisas, se não quiser. – A frase foi acompanhada de um gesto de mão bastante expressivo.

– Não, pelo contrário, já não tem nenhuma importância. A questão é que só continuamos juntos por motivos econômicos.

Você pigarreia para limpar a voz.

— Estou com meu patrimônio quase todo embargado, dependendo de uma execução judicial, e não posso me separar dela enquanto tudo não acabe.

— É muito triste, Javier!

— É mesmo. É um inferno ter de viver fingindo com alguém por quem só se sente ódio.

O rosto de Blanca registra seu desencanto. Sua luz se apagou. Você suspira:

— Não dei sorte! É simples assim, Blanca, sorte! Eu me casei com ela para causar inveja e admiração, é uma mulher com um físico espetacular, mas... pouca coisa mais.

Blanca parece meio incomodada.

— Não pode falar assim da mãe da sua filha. Há pouco você disse que é um doce de menina. Encare a coisa por este lado: graças a ela você tem uma filha a quem ama.

— Eu sei! É uma menina maravilhosa!

Ela toma um gole de vinho, e você a acompanha.

— Já eu tive muita sorte com Eudald. Era vinte anos mais velho, mas me deu carinho e amor. Não era bonito nem feio, mas tinha uma doçura!... Eu me sentia segura a seu lado, me sentia muito bem, Javier.

— Deu sorte, Blanca.

— Não, Javier, não é mera questão de sorte. Nós temos aquilo que pensamos, que alimentamos dentro do coração. Eu queria viver com um homem que me amasse e me aceitasse como eu sou; que fosse prudente e sensato, que apreciasse os pequenos detalhes da vida, que são tudo... Quando era jovem, eu me apaixonei por um rapaz que nem sequer olhava para mim. Era boa pessoa, mas ambicioso demais, e extremamente inquieto. Ele me atraía muito, tanto que cheguei a pensar nele muitas vezes ao longo desses anos. Terá se casado? Terá filhos? Onde trabalha? Onde mora? Eu me fazia essas perguntas e muitas outras, até que repetia para mim mesma: esqueça, com certeza ele é feliz, merece ser.

– Está se referindo a Joan Brull, o bonitão da faculdade?

Blanca solta um leve suspiro, deixa o olhar se perder por cima do balcão e ergue a cabeça para lhe responder:

– Não importa, isso já faz muitos anos. Mas o seu problema é este, Javier: ainda vive com a ânsia do fascínio e da conquista. Por que, se não fosse por isso, o teria chamado de "o bonitão da faculdade"? Era um narcisista insuportável.

– Não sei, todas as garotas viviam atrás dele...

Ela o interrompe:

– Chega de passado! Quantos anos tem sua filha?

– Treze. Faz 14 na terça-feira.

– Anos difíceis de adolescência o aguardam...

– Se ela não mudar, vai levar numa boa. É tão doce e pura! Só vendo como sofre com a relação deteriorada que tenho com Sabrina.

– Fica muito difícil dar conselhos numa situação dessas, mas acho que você deve procurar evitar a todo custo que ela sofra. A menina não tem culpa alguma do que se passa entre você e sua mulher.

Um enorme silêncio se instala. Os dois se olham. Você seria capaz de jurar que os olhos dela estão cheios de compaixão, e não suporta que se compadeçam de você, nem mesmo Blanca.

– Como conheceu Eudald?

– Eu trabalhava como revisora para o grupo Hannus, aqui em Barcelona. Ele era o trepidante editor de dois autores de best-sellers. No jantar anual em Madri, fomos apresentados. Conversamos um pouco durante os aperitivos, e, quando terminou o jantar, ele me convidou para tomar alguma coisa. E desde então fomos ficando... e acabamos juntos.

– Sabe que ainda mantenho o hábito de ler? Quando entrei na FNAC, minha intenção era comprar um romance de Sade.

– Sade? O marquês de Sade?

– É.

– Era um dos clássicos de cabeceira de Eudald. Briguei muitas vezes com ele: como um homem prudente e sensato podia ler aquelas atrocidades perversas? E ele sempre me respondia que Sade era um grande escritor, vítima dos excessos. "Sua pena, Blanca, é uma das melhores da literatura clássica", afirmava categoricamente.

– Li muito pouca coisa dele. *Justine*, quando muito novo, nos tempos do Zona. E agora, por motivos que não vêm ao caso, o personagem e o escritor andam me interessando. Queria comprar *A filosofia na alcova*.

– Meu falecido marido considerava que a melhor obra de Sade era justamente esta, e quase me obrigou a lê-la, mas não passei da página 40. O cinismo e a perversão de Dolmancé e de madame Saint-Ange me ofendiam.

Você pensa, em silêncio, nos relatos de Jeanne Testard e no dos eventos de Marselha. Rememora as encenações voluptuosas do marquês e como o vem perseguindo a sombra daquele libertino, transposto para um jogo no qual você desejaria jamais haver entrado.

E se explicasse tudo a ela? Não ousou confiar-lhe seu fracasso conjugal? Por que não despeja logo sobre ela a bílis do jogo de Sade?

Não, isso não. Está tão feliz por tê-la encontrado de novo, e, não sabe muito bem por quê, seu coração diz que o encontro não foi casual. O jogo de Sade poderia estragar tudo...

– Quantos dias pretende ficar?

– Não sei. Minha mãe já está bem melhor. Possivelmente até sexta-feira.

– Não imagina o quanto me alegra tê-la visto.

– Desta vez não está mentindo, Javier. As orelhas não ficaram vermelhas.

Depois da conversa com Blanca, você vê a vida de outra maneira. Um sopro de ar fresco para aliviar os dias de esterilidade na alma.

Você a acompanhou até seu carro, um Seat Ibiza branco, parado no estacionamento da Illa, um andar abaixo de onde estava o seu Cayenne. Ela lhe deu o número do celular, e você prometeu que quando fosse a Madri ligaria para ela. Blanca se mostrou muito feliz diante dessa promessa. Ainda bem que não perguntou se você estava querendo flertar com ela, pois teria de ter tapado as orelhas.

Você conserva nos lábios a doçura do beijo na bochecha de despedida e a fragrância da colônia Chloé associada ao delicado aroma de sua pele.

"Está vendo, Javier? Está vendo como você é um romântico? Com uma mulher como Blanca, tudo teria sido diferente, você teria escolhido o caminho do coração e...

"E o que me diz de Isaura? Minha filha não existiria. Talvez gerássemos outros filhos maravilhosos, mas não Isaura."

É verdade, meu amigo. Ou talvez não tivesse podido ter filhos, é bom lembrar que Blanca não teve descendentes com o falecido marido. Fico feliz por você ser capaz de encarar os fatos por esse ângulo. Também é o caminho do coração.

Você sobe ao piso onde se acha seu carro com uma estranha sensação de felicidade. O encontro com Blanca e o amor incondicional por sua filha o reconfortam, afugentam as duras vicissitudes em que você mergulhou: a ruína econômica, um casamento destroçado, o jogo de Sade e o assassinato de Magda.

Você aciona o comando a distância para abrir o Cayenne. O piscar de luzes o ajuda a localizá-lo. Abre a porta e se senta ao volante. Ainda não ligou o motor quando a porta do carona se abre e ela, como um raio, se acomoda.

– Olá, garanhão.

– Ah, essa não! Que está fazendo aqui? Faça o favor de sair do meu carro agora!

– Não estou para brincadeira! Saia logo deste estacionamento, que tenho uma coisa para lhe dizer – ordena Anna, secamente.

– Olhe aqui, já lhe falei que não quero saber mais nada do jogo de Sade.

Ela está de malha preta, bem colada no corpo. A maquiagem combina com a ousadia do traje. Sombras lhe realçam os olhos azuis.

– Então vou lhe dizer: tenho a impressão de que isso não vai ser assim tão fácil, porque parece que alguém está querendo envolvê-lo além da conta, e como!

– O que está querendo dizer?

– Vamos, saia logo daqui.

"Por quê?", você se pergunta. Por que, quando pensava ter descoberto o oásis em pleno deserto, ele se revelou uma miragem?

– Aonde vamos?

– Aribau, 234.

Seu estômago revira. É o endereço da Javier Builts.

– Ao meu escritório? O que vamos fazer lá?

– Não sabe?

Anna faz a pergunta num tom de cantiga infantil, que o deixa alarmado. Esta garota é totalmente imprevisível.

– Não!

Ela o observa.

– Então já verá!

Você guarda silêncio. Ela não se mostra tão tranquila e cínica como de hábito, você diria que está inquieta, e tudo isso o assusta. Você não pressente nada de bom. Desde que foi ao Donatien, que uma avalancha de despropósitos desaba sobre sua cabeça. Enchendo-se de coragem, você rompe a trégua:

– Esta manhã fui a um laboratório fazer um exame.

Ela esboça um gesto de curiosidade.

– Nós transamos sem tomar precauções, e quero me assegurar de que não estou contagiado...

Você devolveu o sorriso vulgar e zombeteiro ao seu rosto desalmado.

– Não vejo graça nenhuma nisso – garante você com uma ponta de menosprezo.

– O garanhão aí está com medo de ter contraído alguma infecção, é? Aids, talvez?

– Claro.

A gargalhada é desagradável e ofensiva. Você a estrangularia, Javier, a estrangularia com muito gosto. Amaldiçoa o dia em que pôs os pés no Donatien.

– Não se preocupe, meia-bomba, eu estou limpa!

– Sei! É isso o que diz a todo mundo que a come?

– Posso fumar?

– Não!

– Obrigada.

Sem se importar, Anna acende um cigarro.

Bem que gostaria de arrancá-lo dos lábios dela, mas você se contém. Abre a janela, conformado com ter de suportar a fumaça. Para cúmulo, Sabrina está ligando. É o que informa a telinha do Blackberry. Você hesita. "Atendo ou não?" Tem de fazê-lo. Apesar da presença de Anna, precisa atender. O bolo no japa deu a ela motivos suficientes para atiçar o fogo da pira em que ambos ardem.

Você atende sem ligar o viva-voz, intimidado pela presença de Anna.

– Alô?

– Até que enfim! Liguei há pouco. Onde está?

– Desculpe, Sabrina. Estou saindo do escritório do Niubó.

Você olha de soslaio para sua acompanhante, que se diverte com a mentira.

– E não podia responder? Estou esperando você há uma hora...

– Estávamos tão mergulhados nos negócios que... Ia lhe ligar agora.

– Ainda estou no Shunka. Está vindo?

– Não, não vai dar. Niubó me pediu uns dados, umas informações de que precisa com urgência na segunda-feira. Estou indo agora mesmo ao escritório para tratar disso. Não tenho tempo a perder.

"Merda!" Você morde a língua. Que cagada! Onde já se viu dizer que almoçar com ela é uma perda de tempo?!

Anna, divertindo-se com a situação, alia-se ao diabo para tornar as coisas ainda mais difíceis e começa a apalpar lascivamente suas partes.

Com uma das mãos no volante e a outra segurando o telefone, você não consegue detê-la.

– Está certo, Javier, não perca seu tempo. Depois nos vemos.

Desligou sem que você pudesse consertar a bobagem, deixando-o com a mordacidade de suas palavras no ouvido. Se as coisas já não iam bem com Sabrina, isso só servirá para piorá-las ainda mais.

– Fique quieta, porra!

Desta vez você mostrou a ela sua faceta mais irada. Após largar o celular, segurou seu pulso e o apertou com toda a força de que foi capaz.

– Uauuu! Este é o meu garanhão! – exclama ela, sem se intimidar.

No entanto, você pelo menos conseguiu que ela afastasse a mão e se dedicasse totalmente ao cigarro.

O trânsito reduzido de um sábado sossegado e um céu radiante refletem sua maré de azar. Você enche os pulmões de coragem e fumaça, disposto a suportar qualquer coisa que venha daquela má companhia.

– Só uma coisinha: – diz você em tom sereno – por que eu?

Você a fez vacilar. Ela não disfarçou logo o sorriso.

– Por um capricho do divino marquês.

Um capricho do divino marquês? A resposta de Anna é tão ambígua e etérea que só dificulta o seu caminho, um caminho incerto e carente de respostas. Você precisa delas, claro, gostaria muito de saber o que e quem está por trás de um jogo que começa a perturbá-lo. Arrisca, embora seja certo que não tirará nada a limpo:

– Sem essa, Anna, o marquês de Sade está comendo capim pela raiz há muito tempo. Quem é o cérebro desta barbaridade?

– Os grandes personagens nunca morrem, vivem para sempre. Os cristãos chamam isso de ressurreição. Os pagãos usam diferentes termos: homenagem, memorial... A palavra escolhida é o de menos! O que vale é a mensagem, o legado. É ele que sobrevive com as almas que apanha.

– É a primeira vez que a ouço falar assim.

– Assim como?

– Com certa solenidade. Até agora só a tinha ouvido dizer bobagens.

– Nossa, muito obrigada!

– De nada, mas, por favor, poderia ser mais explícita e dizer o que é que eu estou fazendo nesse jogo? Acho que mereço isso.

– É espertinho, garanhão, fica aí me adulando com essa história de solenidade para tentar me amolecer... Quase conseguiu. O jogo é o jogo, e ponto. Não sei muito mais que você.

– "Diga a verdade de vez em quando para que acreditem quando mentir."

– Bela frase!

– Não é minha. É de Jean Renard.

– Então tome esta: "Todos os vícios, quando estão na moda, viram virtudes."

– É do seu marquês?

– Não, de outro francês, Molière.

Você sorri pela primeira vez. É preciso admitir que ela não é tão estupidamente banal como aparenta.

– A que se dedica?

– Além de andar de cama em cama?

– Fora isso. Como ganha a vida?

– Sou enfermeira.

– Não!

– Surpreso?

– Sim.

Ela acende outro cigarro, e você a recrimina:

– Então não deveria fumar!

– Dar o exemplo etc. e tal, não é?

– É.

– Gosto de viver no limite. Por isso estou no jogo.

– Saberia me dizer por que Sabrina tem um cartão para terça-feira?

– Faz parte do argumento.

– Que argumento?

– Do jogo de Sade, do roteiro previsto pelo divino marquês.

Bem que eu disse, Javier: não tirará nada a limpo.

– Faz tempo que Sabrina está no jogo?

– Há quanto tempo ela está com Josep?

Você hesita.

– Dois anos?

– Você é que sabe.

– Foi ele que a envolveu nisso?

– Talvez.

– E quem é o cara que deu o cartão ao Toni, o garçom?

– Isso só o divino marquês poderia lhe responder.

Você desiste. Anna é esperta e inteligente, mais do que aparentava.

– Pode ao menos me dizer o que vamos fazer no meu escritório?
Ela demora a responder.
– Prefiro que você mesmo descubra.

Você torna a baixar o vidro. A fumaça se acumula e fica difícil respirar.

A estranha garota o olha sem dizer nada, soltando baforadas que logo se transformam em aros de nuvens. Ela se diverte modelando a fumaça com os lábios.

– Que está olhando? – pergunta você, incomodado.
– Você, garanhão. Você me atrai.

A resposta não o desagradou totalmente. Anna é atraente e muito sexy.

Ela termina o cigarro e emporcalha outra vez o cinzeiro. Na guimba que amassa fica a marca do batom.

Ela solta o cinto de segurança e se debruça, roçando com a boca aberta seu genital por cima da calça.

– Está louca, Anna? Não faça isso!
– Alguma vez lhe deram uma boa mamada enquanto dirigia?
– Para, por favor, não quero. Podemos sofrer um acidente!

É em vão. Ela afrouxa seu cinto de couro, baixa o zíper da braguilha, e você sente o calor de sua língua em seu pênis ereto.

Você suspira. Isso não é correto, Javier! Ainda tem bem presente o encontro com Blanca. Ainda conserva seu perfume e o brilho do seu olhar.

Uma última advertência:
– Se não parar agora mesmo, eu freio e a ponho para fora do carro a porrada.

Ela continua, impassível. Você tenta esfriar a excitação, mas não consegue. Sucumbe à quentura de sua boca, às carícias de sua língua. Deixa-se levar pela voluptuosidade do jogo e pelo prazer do risco...

Em que espécie de monstro você está se transformando, Javier? Há pouco vislumbrava o caminho do coração traçado pela mão de Blanca, e agora vaga pelo tabernáculo da luxúria, rendido à perícia bucal de Anna. Como se deixou arrebatar pelo súcubo do vício?

O mais inquietante de tudo é que você não tem coragem suficiente para expulsá-lo da sua vida. E isso lhe parece estranho? Pois eu lhe digo que não é. Há muitos anos você fez um pacto. Ostentação, orgulho, aparência, banalidade, riqueza, mentira, imanentismo, soberba, fachada... Há muito tempo vem cultuando o bezerro de ouro para mudar assim, da noite para o dia. Está tão preso a esta droga que nem o ar puro de Blanca nem o amor incondicional que Isaura lhe inspira são capazes de livrá-lo dele, pelo menos neste momento.

Você a avisa pouco antes de ejacular, mas ela não para e recolhe na boca sua explosão de prazer.

Você se sente aturdido e cansado. Cansado de sucumbir perante Asmodeus como qualquer viciado de última categoria.

– Gostou, garanhão?

Você afasta os olhos de seu olhar insolente. Ela o venceu outra vez.

– Tem um lenço?

– No porta-luvas há lenços de papel – diz você, arrasado.

É altamente improvável que de algum carro alguém tenha percebido a cena patética. Seu Cayenne é alto e não parou em nenhum sinal durante o breve tempo que durou a felação.

Anna se limpa com perícia e suavidade. Deixa tudo tal como estava, mas no que lhe diz respeito... Você está decepcionado com você mesmo, Javier.

– Por que faz isso? – pergunta.

– O quê? Chupar seu pau?

– Tudo isso, Anna, em geral. Por que a obscenidade lhe dá tanta satisfação?

O comentário provoca nela outra gargalhada, que cai sobre você como um balde de água fria. Finalmente, Anna entra no seu jogo:

– E desde quando o prazer é obsceno?

– O que acaba de fazer é, Anna.

– Você continua aprisionado aos grilhões da hipocrisia. O que há de obsceno em proporcionar prazer a um semelhante? Porque é evidente que você gostou.

Você hesita por um instante.

– É que há maneiras e maneiras. Não quero ofendê-la, mas qualquer homem a quem eu contasse o que você acaba de fazer diria que você é uma puta.

– Se você tivesse me forçado, me obrigado, então seria outra coisa. Mas eu o chupei porque me deu vontade. Você me dá tesão, Javier, e já lhe disse que vivo no limite das aparências, a satisfação dos excessos instintivos. Se isso implica ter de passar por puta, o que se há de fazer? Não lhe cobrei nada pelo serviço. Eu gosto, e ponto.

– Como Sade, não é?

– Sim, senhor, tal como preconizava o divino marquês. Se ao passar pela árvore do bem e do mal eu vejo uma maçã madura, eu a colho e a como.

– Não podemos viver no limite, seríamos animais!

– Eu vivo.

– Seria o fim da humanidade, todo mundo fazendo o que bem entendesse, sem nenhum tipo de moralidade.

— Eis a pedra angular de tudo: a moralidade. Quem determina o que é moral ou não? A Igreja? O governo? Os bancos? Os maçons? Os hare krishna? Quem pode determinar com lógica, autoridade e coerência o que é moral e o que não é?

— Não sei. Existe uma espécie de ética natural.

— Claro, ia me esquecendo do clássico argumento da natureza. Você acha ético que um lobo destroce entre os caninos um frágil coelhinho que bebe num riacho?

Você engole em seco. Ela o está apertando. E prossegue:

— Acha ética esta construção social chamada casamento? Não passa, afinal, de uma espécie de celibato. Sexo, sim, mas sempre com a mesma pessoa, do sexo oposto e com pudor. É como se lhe dissessem: rapaz, de agora em diante, e todos os dias da sua vida, você comerá feijão com uma colherzinha de prata!

— Não é exatamente a mesma coisa. Quando alguém ama de verdade a parceira, ou o parceiro, imagino que não precise de nenhuma outra pessoa para desfrutar do sexo.

Anna coça o rosto, esboçando um gesto de incredulidade.

— Olhe só quem fala: o especialista em amor conjugal!

Você resmunga.

— E você? O que sabe de casamento?

Ela acende outro cigarro sem se preocupar com você.

— É impossível que um sujeito como você ame uma imbecil como a Sabrina.

Você freia bruscamente ao perceber que o sinal para pedestres está verde. Um casal de anciãos, de mãos dadas, atravessa a faixa. A cena é tocante.

— Como você tem tanta certeza disso? O que sabe do meu casamento?

— Ora, vamos, garanhão, não se zangue! A julgar pelo que Josep conta, Sabrina é uma banalidade só. As únicas coisas que ela tem naquela cabeça são os Vuittons, os brilhantes de Dubai e carros como este. Além do mais, é uma preguiçosa. Você, em contrapartida, vive travando uma luta interna entre o bem e o mal. Na sua alma se percebe profundidade.

– Você não tem direito de julgar a minha mulher.

Ela balança a cabeça e solta um aro de fumaça.

– No fundo, Javier, você sabe que é verdade. Não se esforce tanto para fingir. Deixe a hipocrisia para os escravos da moral.

– Escravos da moral? Agora é Nietzsche, não?

– Está vendo? Você é um sujeito inteligente e culto, garanhão. Um homem que se casou com uma boboca só para se mostrar... Eu apostaria um jantar que Sabrina nunca terminou de ler um só livro na vida!

Doeu tanto ouvir a verdade da boca daquela pervertida que você não sabe o que responder.

O sinal abre e você arranca. Atormentado pela perspicácia e pela inteligência de Anna, permanece calado apenas acompanhando de rabo de olho suas habilidades com o cigarro.

– Alguém quer pôr você na cadeia – deixa ela escapar em tom de aparente sinceridade. – Mas, nem sei por quê, eu gosto de você. Botaria minha mão no fogo, porque sei que não é o responsável.

– De que está falando?

– Daquilo que num instante você verá com os próprios olhos.

– E o que é que eu vou ver?

– Um assassinato, garanhão; só que desta vez parece que leva a sua marca.

– Como é?

– Josep, o cara que trepa com a Sabrina, está morto no seu escritório.

"O vendedor da loja de roupas morto no meu escritório? Esta garota está delirando!" Como é possível? Ninguém tem as chaves da Javier Builts, a não ser você, Fina, a confiável mulher da limpeza, e Estanis, seu abnegado contador e braço direito, que começou com você quando você mal ganhava para pagar o aluguel.

– Está de sacanagem!

– Bem que eu gostaria, mas é verdade, Javier. Encontramos Josep morto no seu escritório.

– Impossível! Somente duas pessoas além de mim têm as chaves.

– Achamos que puseram o cadáver lá dentro pelo pátio. Havia uma janela aberta. Jota entrou por ela e o encontrou morto em cima da mesa.

– Um momento! Está me dizendo que entraram no meu escritório sem permissão?

– Claro. Não conseguíamos localizar Josep em parte alguma. Procuramos em todos os lugares que ele frequenta, e nada. Eu me certifiquei de que não estivesse com Sabrina. Então, Jota teve um estalo. É um cara especial. "E se déssemos uma olhada no escritório do meia-bomba?", sugeriu. Nada tínhamos a perder. Eu sei, eu sei que pode parecer inverossímil, mas Jota não é deste mundo. É um visionário. Fomos ao seu escritório, tentamos entrar. Ele mesmo descobriu que a janela do arquivo que dá para o pátio estava aberta e se espremeu todo para entrar por ela. Sorte que sua sala é no primeiro andar! Ficamos esperando por ele, ansiosos. Quando saiu, tinha a morte no rosto, o fim do nosso colega. "Ele está aqui, morto, e tudo parece indicar que foi aquele escroto do meia-bomba", disse ele, irado. Eu não engoli essa. Não acreditava, e continuo não acreditando, que um sujeito como você fosse capaz disso. Com a ajuda dos companheiros, entrei no escritório e vi com meus próprios olhos: está morto, um único corte lhe seccionou a garganta, está estirado na mesa com um bilhete pendurado no pescoço.

– Bilhete?

– É, um bilhete que diz: "Por se meter com a minha mulher."

Um nó na garganta o impede de engolir a saliva.

– É uma brincadeira, não é?

– Não, Javier, estou falando muito sério.

Assim já é demais. Uma coisa é viver uma aventura sodomita de uma noite e outra, muito diferente é todo este barulho que está se fazendo em torno do jogo de Sade. Dois assassinatos seguidos, um deles no seu próprio escritório, com um bilhete que o incrimina e que não foi você que escreveu.

– Não estou entendendo nada! Isso é incrível! – murmura você em tom de fadiga e incredulidade.

Anna não responde. Está imersa nos próprios pensamentos.

– Não está achando que fui eu, está? – pergunta você, inquieto com seu silêncio.

– Já lhe disse que não, mas você está metido numa baita enrascada...

Era o que faltava: ser culpado por um crime que não cometeu! Se sua vida já não era suficientemente complicada, agora é o apocalipse.

– Avisaram a polícia?

– Não. Jota e Víctor estão nos esperando. Você abrirá o escritório, e então veremos o que podemos fazer.

Falta pouco para chegar. Já estão na altura do número 170. Uma quadra depois fica o estacionamento onde você aluga uma vaga.

Você não acredita no que está ocorrendo. Em apenas dois dias, e desde que pisou no Donatien, foram só problemas e absurdos. Se isso faz parte do jogo de Sade, então é um entretenimento que ultrapassa todos os limites. Dois cadáveres sobre o tabuleiro e um sem-número de incógnitas por resolver.

Não lhe passou despercebido o olhar de surpresa de Manel, o segurança do estacionamento, ao vê-lo passar pela guarita em companhia de Anna. A garota chama a atenção e desperta suspeitas.

Quando chegam ao edifício, Jota e Víctor se unem aos dois na portaria. Pelo visto estavam observando de algum lugar ali perto. Jota lhe acerta o rim esquerdo com um soco seco e disfarçado. Machucou.

– Você é um grande filho da puta, seu meia-bomba! – ameaça-o, mostrando os dentes. – Se foi você, é bom que trate de ir fazendo as malas, porque vou lhe arrancar o couro!

Você se vira, colérico, mas não consegue reagir à agressão pelas costas, porque Anna, interpondo-se, avisa:

– Calma, rapazes! Não podemos afirmar com certeza se é ele o responsável.

Você sobe as escadas e volta a experimentar as mesmas náuseas de quando viu o cadáver de Magda em cima da cama.

Sua mão direita treme ao segurar a chave diante da fechadura da porta que exibe uma placa com o nome comercial da sua falida empresa, a Javier Builts S. A. Olha para trás antes de introduzir a chave. Víctor resfolega como um porco devido ao esforço de subir escadas, Anna sorri impudicamente, e Jota o olha de cara feia. Que bela companhia! Duas voltas na fechadura de segurança e você abre a porta, com medo do que encontrará.

A sala está inundada pela luz do sol, amortecida pelas vidraças translúcidas que a tingem de uma cor violácea. A porta do escritório, no fundo do aposento, está fechada. Você reduz o passo sem perder de vista, por sobre o ombro, a comitiva que o segue.

Segura a maçaneta de aço com o coração na mão, sensação idêntica à que experimentou antes de entrar no Donatien, mas desta vez acrescida de horror.

Fecha os olhos pouco antes de abrir e respira fundo. Abre a porta primeiro e os olhos depois...

Não há nada sobre a mesa do escritório, exceto o de costume: a luz, o peso de papel egípcio em formato de escaravelho, o copo de cristal de Murano que acomoda sua coleção de esferográficas e canetas-tinteiro, a pasta de couro fino... Não há cadáver algum!

Você se vira para Anna e os rapazes, que continuam atrás de você. Todos sorriem com ar infantil, como se estivessem se divertindo com seu desconcerto.

– Mentira? Era tudo mentira? Aqui não há nenhum morto. Desta vez – você ameaça Anna com o dedo direito em riste – você passou dos limites! Não vejo a menor graça!

Quanto mais você se irrita, mais eles riem.

– Estou farto de toda esta babaquice. Parecem um bando de idiotas; nunca mais quero vê-los a menos de dois quilômetros de onde eu estiver, entendido?

Não pôde seguir demonstrando seu aborrecimento, porque uma voz procedente do passado, com um sotaque argentino carregado e melódico, ressoa na sala:

– Não brigue com os meninos, Javier, sou eu o responsável por esta pegadinha.

Alvoroçado, você transpõe a porta atrás do dono da voz, e o descobre sentado a uma das três confortáveis cadeiras da mesa redonda de reuniões.

Com as pernas finas e compridas cruzadas, vestido de cinza-pérola e após um movimento de mãos mais próprio de um mágico, ele lhe dá as boas-vindas:

– Não está contente por me ver, meu amigo?

Gabriel Fonseca Mendes, Gabo para os íntimos, empurrou a cadeira e se levantou. Um metro e oitenta e tantos realçado pelo corte impecável do terno cinza-pérola da Brioni. Ele o abraça com força.

– Relaxe, Javier! Está muito tenso.

Não é de estranhar. Está vivendo um pesadelo e, de repente, após dias de ausência, o homem que comprou sua alma reaparece.

– Acabo de ter notícias suas – diz você, ainda desconcertado.

– É mesmo?

– Um encontro casual com uma amiga que mora em Madri. Ela me contou que você mora em La Moraleja com aquela professora de academia...

– Susanna! É verdade, estou com ela e muito feliz. O mundo é grande, mas vejo que a curiosidade o apequena.

Os dois ficam se olhando por um momento. Gabo não diz, mas pensa que você envelheceu, que os problemas por que passa – e que em parte ele ignora – não só cobriram suas têmporas de branco, mas também fizeram seus olhos perderem o brilho. Você, por sua vez, o acha o mesmo de sempre.

Por instantes, a luz violácea e o inesperado do encontro o fazem sentir-se como o Javier daquela festa em que você descobriu os urinóis artísticos. A presença de Anna, que rompe o silêncio fazendo uma pergunta a Gabo, devolve-o à realidade:

– Deixamos os dois sozinhos?

– Não, Anna, fique conosco. Esses dois aí – ordena, apontando os rapazes – podem sair. E obrigado, são ótimos atores!

Jota e Víctor recebem o elogio com satisfação e se despedem. Gabo faz um gesto afetuoso em direção à nuca de Jota.

Quando a batida da porta revela que os três estão sozinhos na sala, Gabo convida você e Anna a se sentarem à mesa de reunião.

– Precisamos conversar, Javier.

Anna é a primeira a se acomodar, o que ela faz com o jeito provocante que a caracteriza. Não lhe agrada ver que Gabo espera que você também se acomode: afinal, por mais que se trate do homem que o enriqueceu, você está em seu escritório e o papel de anfitrião lhe caberia.

– Lamento ter-lhe feito vir dessa maneira, Javier, mas a situação está escapando ao nosso controle – começa Gabo, com um movimento elegante. – Estamos com um problema muito sério no jogo, um imprevisto que ocasionou uma morte, um elemento desconhecido que foge ao roteiro previsto.

– Quando fala do jogo – interrompe você –, está se referindo ao jogo de Sade, certo?

– Isso – confirma ele com um movimento delicado das sobrancelhas.

– Então é você que está por trás dessa barbaridade?! Eu devia ter imaginado... Agora entendo a presença daquele urinol imenso no Donatien.

– Não se culpe, meu amigo, fazia muito tempo que estávamos separados fisicamente, mas não fui eu quem decidiu instalar o urinol no Donatien. É um presente de quem me convidou a jogar: o senhor marquês de Sade.

– Mas... não é você o marquês?

– Cada coisa a seu tempo, Javier. Deixe que lhe explique.

Seu tom de voz sereno disfarça o incômodo que lhe causa sua interrupção e sua impaciência. Gabo não tolera a impaciência. Pigarreia e, com um gesto solene, recomeça:

– Há duas semanas eu recebi uma ligação de um livreiro dos *quais* de Paris de quem costumo comprar livros raros. Ele me disse que tinha em seu poder uma carta escrita por Sade, do seu período recluso na Bastilha. Perguntou se me interessava. "Claro! Quem pode dizer não à pena do libertino mais famoso de todos os tempos?", respondi. Peguei um avião no dia seguinte e nos encontramos em seu covil de raridades. Pierre, assim se chama o livreiro, mostrou-me um envelope fechado e lacrado, que lhe fora entregue por um fornecedor de sua inteira confiança, T. Não abri o envelope nem vi a carta de Sade. As instruções de T. eram muito claras e precisas: fazer chegar a você a notícia da carta e não abrir o envelope sob nenhum pretexto. Caso o fizesse, minha vida correria perigo; se me limitasse a ser o emissário, como estou fazendo agora, receberia uma quantia considerável. E, se não demonstrasse interesse, então devia devolvê-la a ele. O mais surpreendente de tudo é que a suposta carta de Sade não me custaria um centavo, e isso, meu amigo, é algo que um homem de negócios como eu não é capaz de compreender. De início supus que se tratasse de uma brincadeira, mas isso não seria típico de Pierre, que não me faria viajar até Paris para nada. "O que pode perder, Gabriel?", eu me perguntei. Então aceitei. Pierre me fez assinar uma espécie de comprovante de entrega em cujo cabeçalho figurava, com uma caligrafia elaborada: *"Le jeu de Sade"*, e me entregou o envelope e um selo embrulhado num plástico, o mesmo, depois de examinado, que fora usado para fechar a carta. Por mais que eu o sondasse sutilmente durante o café que se seguiu à entrega, Pierre não acrescentou mais nada a respeito do assunto. E, para ser sincero, acho que o livreiro se limitou a cumprir o que lhe tinham ordenado. Voltei para casa empolgado com a aquisição e, no meu escritório, abri o envelope rompendo o lacre. Dentro estava a carta, cuidadosamente dobrada. Apostaria o braço direito que é autêntica. Sade era, acima de tudo, um diretor teatral. A própria vida, suas voluptuosidades e excessos são uma representação teatral com a finalidade de minar a falsa virtude ascética. Exibicionismo imoral educativo! Mas ele tinha uma mania enigmática e curiosa pelos números. As cifras estão presentes em seus escritos, cartas e montagens literárias. *Os 120 dias de Sodoma* são um exemplo: um banqueiro, um bispo, um juiz, quatro velhas contadoras de histórias, oito sodomitas, oito donos de haréns, oito mulheres, as histórias devem ser relatadas a grupos de 150 pessoas... Este livro mesmo foi escrito meticulosamente em 37 dias durante sua reclusão na Bastilha, na mesma época em que redigiu a carta que está em meu poder, num rolo de papel de 12 metros de comprimento por 10 centímetros de largura que o próprio marquês confeccionou colando folhas e mais folhas de papel.

Você torna a interrompê-lo:

– No texto dos eventos de Marselha que Anna me deu também se menciona que ele contava e anotava as chicotadas que dava nas prostitutas, e que gravou o número com auxílio de uma faca na lareira do quarto.

Anna sorri lascivamente.

– Estou vendo que fez o dever de casa!

O comentário não agradou a Gabo, que lhe lançou um olhar severo, convidando-a a se calar e escutar.

– De fato, há muitos outros exemplos da obsessão do marquês pelos números, se me for permitido concluir. – E aqui Gabo se mostrou contidamente autoritário, olhando para ambos. – Na carta que guardo comigo, ele constrói um jogo em que os participantes serão exatamente nove pessoas. O jogo consiste em recriar com essas nove pessoas duas de suas fantasias eróticas. Um dos nove participantes era Magda. E todos sabem o que aconteceu com ela. Nós não somos responsáveis por sua morte. Pretendemos dar continuidade aos desígnios do marquês na carta, mas alguma coisa não correu bem, Magda morreu e seu assassinato nos deixou em apuros.

* * *

Por que você haveria de acreditar em Gabo, Javier? Sabe perfeitamente como ele é: "Um ambíguo asfixiante", um mentiroso de marca maior...

— Não sei, não estou entendendo nada, sinceramente. Poderia ser mais explícito? Por que nove pessoas? Por que eu? Por que você? Por que Anna? Por que Magda? Isso não tem pé nem cabeça.

Gabo sorri de leve. Com o dedo ajeita os óculos retrô no nariz afilado e suspira:

— Javier, o homem das perguntas! Não mudou nada. Será sempre um iluminista, habituado às certezas. Apesar de tudo o que aconteceu, será que ainda não aprendeu que a vida é cheia de incertezas?

— É justamente por isso que gostaria de ter detalhes mais concretos do jogo.

Gabo balançou a cabeça como a confirmar "não tem jeito". Ele levanta-se e olha pela janela, dando-lhe as costas. Imóvel, hipnotizado pela luz violácea que se infiltra pela janela, ele pergunta:

— Nunca ouviu falar nos tabernáculos do inferno?

— Já.

— E dos súcubos que os dirigem?

— Já. — Aqui você evita acrescentar que o considera um servidor de Asmodeus, o demônio da luxúria.

Ele faz uma longa pausa que lhe permite relembrar a quantidade de vezes que, ultimamente, você se arrependeu de haver vendido a alma a ele.

Finalmente, Gabo se vira. Em seu rosto, banhado pela tonalidade violácea da luz, aparece um ricto de perversidade até então inédito.

— O inferno existe, Javier, e você já tem um lugar privilegiado nele.

Ele não tinha por que encenar isso de forma tão teatral. Você já sabe que estava condenado ao inferno. Na verdade, está ardendo nele há anos. Sua vida é uma merda, e somente Isaura e o encontro casual com Blanca mantêm viva uma pequena chama de esperança.

– Sim, Gabo, eu sei que foi você o intermediário da minha alma com os demônios.

Ele sorri.

– Bem que eu o avisei quando nos conhecemos: "Jamais se apaixone por uma mulher assim, jovem. Mais vale ficar viciado em colecionar mictórios!" Mas você só queria se exibir, a soberba o consumia, você transpirava presunção, e Sabrina lhe caía como uma luva.

– Eu o odiei uma centena de vezes ultimamente, Gabo. E agora que perdi tudo... Tome cuidado!

Ele se senta com o sorriso colado no rosto e o desafia:

– Isso é uma ameaça, Javier?

– Não, é ressentimento!

O ambiente fica tenso. Anna, observadora privilegiada e muda, acende um cigarro.

– Não fume aqui! – diz você, de mau humor.

Ela olha para Gabo, buscando cumplicidade, e, contrariada, apaga com os dedos o cigarro recém-aceso enquanto ele afrouxa o nó da gravata.

– Vamos ao que interessa, Javier, e esqueçamos o passado. Que tal retornarmos ao jogo de Sade?

Você concorda, com o calor do ódio queimando-lhe o esôfago.

– Os nove participantes do jogo foram escolhidos minuciosamente. Sete deles representam os sete pecados capitais. O marquês deixa isso bem claro na carta: cada qual deve encarnar um dos sete pecados capitais que dão lugar aos sete tabernáculos. Sete pecados, sete demônios. Anna, você me ajuda?

– É claro, Gabriel: Lúcifer, a soberba; Mamon, a avareza; Asmodeus, a luxúria; Satanás, a ira; Belzebu, a gula; Leviatã, a inveja; e Belfegor, a preguiça.

– Muito bem, obrigado. Como vê, Javier, Anna é uma garota muito esperta, embora eu suponha que a esta altura você já sabe bem disso – deixa ele escapar com cinismo. – Ela representa a luxúria. Não imagina a que extremos chega sua voluptuosidade irrefreável! Jota, o rapaz das tatuagens no pescoço, é a ira. Trata-se de um jovem especial, colérico e tenso. Tomara que você nunca precise comprovar...

Já o comprovou! Seu rim esquerdo ainda está dolorido pelo soco seco que ele lhe deu enquanto o ameaçava durante a pantomima de agora há pouco.

– A infeliz da Magda – prossegue Gabo – encarnava a avareza. Não é fácil falar assim de um defunto, mas ela se pautava unicamente pela grana. Enfim, que Belzebu a tenha! Víctor é a gula em pessoa. Não conheço ninguém que aprecie tanto os prazeres da mesa como ele. Que fique bem longe com seu vício! Chegamos a Josep, o amante da Sabrina. Ele é a expressão máxima da inveja.

O gesto de estranheza que você esboça faz com que ele se detenha. O sujeito que come a sua mulher, invejoso?

– Isso o surpreende, não é mesmo? Pois é assim que são as coisas! Josep é um homem ciumento e invejoso. Acha que ele trepa com Sabrina porque ela é muito gostosa, não é? Se fosse possível dissecar seus sentimentos, você comprovaria que o corpão de Sabrina não é o único motivo. Ele é um vendedor de uma loja de roupas que sobrevive a duras penas e sabe que o marido da amante é um sujeito endinheirado. Inveja seu status e se deleita afrontando-o com a infidelidade da sua mulher. Na realidade, e Anna poderá me corrigir caso eu esteja equivocado, todas as presas de Josep têm marido rico e bem situado. Resumindo, o prazer de seus adultérios é duplo: genital e moral. O segundo, quase mais prazeroso que o primeiro. Estou enganado, Anna?

– Não, Gabriel.

– E agora a preguiça. Quem melhor do que a encantadora Sabrina para representá-la? Conhece alguém mais indolente e banal, Javier?

Agora ele o ofendeu, apesar do baixo conceito que você tem dela. Dói-lhe ouvir dos lábios de quem os apresentou o tom de menosprezo com que a rotulou.

– E eu, o que faço nesse jogo? O que ou a quem represento?

– Vamos devagar, Javier, acalme-se e faça as contas. Eu citei seis dos sete pecados capitais. Falta um. Gostaria de arriscar?

– Perdi a conta. Diga logo!

– Assim você me desaponta, Javier. Eu sei que o jogo pode lhe parecer inverossímil e bizarro, como os mictórios, não é?

– Você o disse...

– Então é bom ficar atento porque o jogo está sendo jogado e você, irremediavelmente, já faz parte dele.

Seu olhar cruza com o de Anna, e você se pergunta a razão de toda essa esquizofrenia.

Chega, Javier! Expulse esse dois do seu escritório, vá logo contar tudo ao inspetor dos Mossos e acabe de vez com essa inquietude!

"Não posso."

Por quê? Claro que pode, basta levantar-se da cadeira e ir imediatamente denunciar o ocorrido. É simples assim.

"Isso eu sei, mas não consigo fazer. Desejo saber o que está ocorrendo, o que há por trás desta perversão."

– Muito bem, qual dos pecados me cabe? – pergunta você com incredulidade.

– É muito fácil, meu amigo: é o supervisor de Lúcifer, o súcubo da soberba.

— Perfeito, Gabo! Neste ponto você tem toda a razão. Eu sou mesmo soberbo e orgulhoso. Estou enfiado na merda até o pescoço e ainda mantenho o ar altivo. Pela primeira vez, desde o nosso encontro, tenho de lhe dar os parabéns.

Gabo parece satisfeito com seu comentário, que ele recebe com um riso discreto.

— Já mencionei que o marquês de Sade, em sua carta, incluí mais dois personagens no jogo, num total de nove. O nono é sua própria reencarnação, um libertino refinado, um preceptor imoral de pedigree e status elevado.

— Acho que este papel lhe cai como uma luva.

— Pois aí é que você se engana, meu amigo! Eu o considerava mais perspicaz e observador. Não se deu conta no Donatien de que o marquês era quase vinte centímetros mais baixo que eu? Não, Javier, nesta partida do jogo não sou eu o marquês.

Não lhe é difícil recordar a cena em que o marquês apócrifo montava em Magda por trás, e, com efeito, ele não corresponde à figura esguia e esbelta de Gabo.

— Então, quem é?

— Por designação explícita do verdadeiro Sade, a identidade de sua reencarnação permanecerá desconhecida no curso do jogo.

— Mas você sabe, não é?

— Ainda que possa parecer kafkiano, não!

— Ora, Gabo, não engulo essa.

Ele volta a se levantar. A sombra projetada por sua silhueta sobre a mesa branca de reunião o faz estremecer. Ele retorna à janela e desta vez deixa que o olhar se perca. É como se saboreasse o banquete inverossímil para o qual você está convidado. Sem se virar, ele explica:

— A carta de Sade circula há muito tempo. Pouco antes de os revolucionários franceses controlarem a Bastilha, prisão que era símbolo do poder real francês, alguns prisioneiros de certo relevo foram transferidos. Este é o caso de Sade, que foi levado para o manicômio de Charenton. Os 15 volumes que o marquês havia escrito durante o período de reclusão, bem como o rolo de *Os 120 dias de Sodoma*, viram-se ameaçados pela revolta. Dos 15 volumes, três quartos se extraviaram, como também o rolo. O marquês escreveu que, quando descobrira a perda de sua obra, verteria "lágrimas de sangue". Mas a questão é que o rolo não se perdeu, alguém o guardou num buraco feito na parede da cela. Não se sabe se foi o próprio marquês ou algum dos primeiros invasores, com a intenção de resgatá-lo em outro momento, ou um dos guardas... Seja como for, o rolo foi recuperado uma vez encerrada a efervescência revolucionária, indo parar nas mãos de uma família aristocrática de Paris, que, por três gerações, o manteve guardado em segredo. Qual não foi a surpresa do primeiro nobre que teve o rolo diante dos olhos quando viu, ao desenrolá-lo, que em seu interior havia uma carta do marquês! A carta do "jogo de Sade". O jogo do divino marquês consiste em perpetuar a encenação da libertinagem. Quando alguém a adquire, vê-se obrigado a seguir as instruções e organizar o jogo, escolhendo os participantes entre seus conhecidos. A partir desse momento, ele é o marquês, sua reencarnação, e tem por missão escolher as oito pessoas que o acompanharão, iniciar o jogo e depois se desfazer da carta com uma exigência: ela deve cair nas mãos de algum conhecido de índole libertina e status privilegiado.

— Quer dizer que não foi você que escolheu nossos papéis?

Ele se volta para responder, estalando os dedos:

— Exatamente! Foi o atual marquês, o proprietário anterior da carta, que, paradoxalmente, quis que ela chegasse a mim. Eu serei o marquês do jogo que há de seguir-se ao que está se desenrolando agora.

Embora, neste caso, o atual marquês tenha atuado de forma bem estranha, pois me atribuiu um papel no jogo atual e está me designando como seu sucessor.

— Ou seja, você está jogando atualmente?

— Claro! Sou o oitavo personagem.

— E quem é você?

— Os sete demônios dos sete tabernáculos são observados por outro súcubo, um demônio superior e mítico, Baphomet, que encarna os sete pecados capitais simultaneamente. Este, meu amigo, sou eu.

Não havia dúvida de que se tratava de um filho da mãe de um desequilibrado excêntrico. Mas o que surpreende é o refinamento da trama que ele urdiu. Você não se convence da veracidade da carta, do jogo criado pelo verdadeiro Sade, ainda que tenha de admitir que, após o que leu, uma maquinação desse tipo seria própria da mente delirante do divino marquês.

— Bravo, Gabo! Mais uma das suas invencionices bizarras. Folgo em saber que continua sendo o maldito safado de sempre, que a professorinha de academia não conseguiu transformá-lo nem um pouco.

— Está enganado! Susanna é o meu vínculo com a salvação, e me entreguei a ele de corpo e alma, mas a carta do jogo de Sade leva a uma maldição que recairá sobre seu proprietário caso não siga suas instruções. E você sabe como levo a sério esse tipo de coisas.

Você sente o ímpeto de expulsá-los do escritório e mandar às favas o maldito jogo. Crispado e deprimido, não consegue evitar uma explosão de sinceridade:

— Chega! Não aguento mais! Querem saber de uma coisa? Não engulo as maldições! Perdi tudo por causa da minha soberba. Gostaria muito de voltar atrás para retificar, mas sei que é impossível. Há momentos em que desejo morrer e peço à morte um golpe seco de sua foice afiada, sem sofrimento. Estou acabado, já não posso continuar jogando!

Você não se dá conta, mas seus olhos estão afogados em lágrimas.

– Agora é tarde, Javier. Está metido de cabeça no jogo desde que aceitou o convite para o Donatien, a partir do momento em que o marquês decidiu que você iria jogar. E isso nada nem ninguém pode mudar, nem mesmo suas lágrimas.

O relógio digital de mesa que você comprou em Tóquio emite um zumbido que indica o início de uma nova hora. Como ele está de frente para o usuário da mesa de trabalho, você não pode ver que hora marca. Olha para o pulso esquerdo. Seis. Perdeu a noção do tempo. O jogo de Sade interferiu em seu relógio biológico. O olhar grave de Gabo comunicando a inexorabilidade do jogo o motivou. Está disposto a enfrentar o desafio.

Que história é essa de "estou acabado", Javier? Deixe de frescura e encare a realidade...

– Vamos recapitular, se me permite – propõe a Gabo, levantando-se para esticar as pernas entorpecidas. – Um sujeito, a que denominaremos X, adquire por vontade alheia uma carta escrita pelo marquês de Sade, o próprio, na Bastilha. Uma carta que descreve um jogo e contém uma maldição. Nove personagens, sete dos quais encarnam os sete pecados capitais e seus respectivos tabernáculos do inferno. Quanto aos outros dois, um deles, o tal X, é a reencarnação espiritual do marquês, enquanto o outro, o supervisor dos sete súcubos, representa a todos simultaneamente. Estou indo bem?

– Eu não teria resumido melhor – elogia-o Gabo, piscando o olho para Anna.

– O marquês apócrifo, o dono anterior da carta, estipulou que você fosse o próximo amo. Portanto, você, Gabo, jogará duas vezes. No jogo atual, como Baphomet, e no jogo futuro, como o marquês. É isso?

– Exatamente!

Você detém-se para pensar. A trama não é simples.

– Mas você revelou o conteúdo do jogo a alguns dos participantes, certo?

– Isso não infringe as regras. O essencial do jogo é que os participantes ignorem o tempo todo a identidade do marquês apócrifo e preservem a vigência de sua libertinagem. Nesta versão concreta do jogo, e dada minha dupla condição de participante e de futuro marquês, eu lhe revelei o conteúdo, especialmente em consideração ao trágico incidente com Magda. De qualquer forma, Anna e você conhecem os meandros do jogo e não serão convidados para a próxima partida.

– E você, como próximo marquês, como revela aos futuros jogadores quem é quem e a quem cada um representa?

Gabo aplaude com ironia:

– Bravo, Javier, muito perspicaz! O clássico recurso de reproduzir no futuro as dúvidas do presente, para solucioná-las. A isso, Anna – ele a olha por cima dos óculos retrô –, se dá o nome de "projetar".

– Você vai responder à minha pergunta? – insiste você, com ar de enfado.

– Claro, meu amigo. Jogarei esta partida, mas paralelamente já tenho de ir pensando na próxima e também no meu sucessor ou proprietário da carta. É o que vou fazer assim que acabar o que está se desenrolando agora. Por isso também estou envolvido com o que irá começar a seguir. Escolherei entre os meus conhecidos os personagens que mais se enquadrem nos sete pecados capitais e possivelmente lhes farei chegar um convite.

– Para o Donatien? – você o interrompe.

– O Donatien não existe, é apenas um envoltório para recriar a história de Jeanne Testard e iniciar o jogo.

– Mas eu estive lá, é um lugar ambientado...

Gabo não o deixa terminar:

– Não existe, Javier! Se você fosse lá agora, não encontraria nada, a não ser a decadência. É uma montagem do senhor marquês.

Você expressa com um gesto seu desconcerto.

— O jogo requer a representação, por parte dos protagonistas escolhidos, de duas encenações voluptuosas incluídas nos *120 dias de Sodoma*, o texto do famoso rolo da Bastilha, o tal dos episódios reais concupiscentes da própria vida de Sade. Pode parecer pretensioso, mas o marquês estava convencido de seu gênio e de sua imortalidade. Antevia que os olhos do mundo se fixariam em seus excessos exibicionistas por todo o sempre. O próprio jogo que ele instaura é uma prova deste convencimento e desta vontade perpetuadora. O atual marquês, pelo que sabemos por ora, escolheu a humilhação de Jeanne Testard, episódio real da vida de Sade recentemente descoberto, e os eventos de Marselha que foram divulgados na época e pelos quais ele foi acusado de ministrar um afrodisíaco a algumas prostitutas. Quando eu for substituir o atual marquês, também deverei selecionar dois episódios e pensar na maneira de encená-los. Já lhe adianto que minhas preferências tendem para o texto escrito no rolo. *Os 120 dias de Sodoma* são uma obra-prima da filosofia libertina. Em todo caso, o grande desafio do diretor, do marquês da vez, é preservar o espírito exibicionista e imoral do divino marquês. Em poucas palavras: mantê-lo vivo.

Você tem de reconhecer que a trama é engenhosa, pois o jogo não para nunca, sempre circula enquanto a carta mudar de dono, um libertino que dificilmente se negará a encená-lo. Some-se a isso, para piorar as coisas, a ameaça de uma maldição enigmática.

— Deve ser uma maldição muito grave para intimidar seu proprietário!

— E é, creia em mim! — assegura ele, bem sério.

— Pode ser mais explícito?

— Não. Faz parte do conteúdo da carta que só seu proprietário deve conhecê-lo.

— Há outro detalhe que não se encaixa. Eu entrei graças a um garçom, Toni. Um personagem misterioso lhe entregou o cartão do

Donatien para que ele me desse. Desconheço a identidade deste personagem e tampouco sei como os demais entraram. Você os conhecia?

Com um gesto, Gabo pede a Anna que explique.

– Eu só conhecia Gabriel e Josep. Há alguns dias recebi um convite em forma de cartão para comparecer a um encontro de *swingers* num local bem conhecido.

– Perdão – a interrompe –, *swingers*?

– Mas claro, garanhão, ia me esquecendo de que é um ignorante nessas coisas. *Swingers* são casais ou pessoas que se encontram com o propósito de manter relações sexuais livres entre si. Entendeu?

– Sei, orgias.

– Mais ou menos – diz ela. – Bem, onde é que eu estava? Ah, sim, o convite... O cartão é parecido com o do Donatien, mas com endereço e sem senhas. Eu conhecia o lugar. Fica na parte alta, onde têm lugar trocas de casais, festas de *swingers*, enfim, essas coisas todas. O gerente é o cara de peruca branca empoada, o que fazia o narrador no relato de Jeanne Testard, acho que se chama Albert. Meio xucro, mas muito discreto. Adequado para a tarefa. Eu lembro que isso foi uma semana antes do episódio do Donatien. Gabo, Jota, Víctor, Magda, Josep e eu nos encontramos lá. Com Josep eu já havia participado de outro encontro erótico, justamente naquele mesmo lugar, embora não tenhamos trocado palavra durante a orgia, ele apenas me demonstrou suas habilidades... Gabriel – aqui ela sorri, olhando-o maliciosamente – conhece cada parte do meu corpo melhor que ninguém há muito tempo. Albert nos recebeu, serviu bebidas e pediu que aguardássemos a chegada do anfitrião, a pessoa que nos havia convidado. Ao fim de uma hora de espera, de conversas e cumplicidades, sem sexo – aqui ela o olhou furtivamente –, apareceu um homem elegantemente vestido em traje de época, com uma máscara escondendo o rosto, e explicou que desejava rememorar o espírito do mais libertino de todos os homens: o marquês de Sade. O papo dele nos divertiu. Explicou algumas passagens do marquês e, entre outras, contou-nos a de Jeanne Testard. Disse que estava montando um jogo, o jogo de Sade, e que contava conosco para uma grande encenação à qual se juntariam mais algumas pessoas na semana seguinte em um lugar improvisado, chamado Donatien, em homenagem a Sade. Finalmente, ele nos advertiu que fôssemos discretos. Encerramos a festa com uma orgia. O marquês não participou, foi embora antes que a coisa pegasse fogo. Alguns dias depois, chegou o convite para o Donatien; alguém empurrou o cartão com a senha por baixo da minha porta e... O restante você já sabe.

– Mas o jogo não se desenrolou corretamente! Nem você, Gabo, nem Sabrina estiveram no Donatien!

Gabo esfrega o joelho por cima da calça com as mãos cruzadas.

– Eu estava sim, só que você não podia me ver. Admito que, quando o vi entrar, meu coração deu um salto. Estava sentado numa cadeira em um quarto contíguo de onde podia acompanhar tudo graças a dois buracos na parede, disfarçados por uma espécie de tecido que depois, ao final do espetáculo, descobri ser uma tapeçaria que representava um retrato de Sade. Os buracos eram seus olhos.

– E como é que não nos encontramos com ninguém na entrada?

– Fomos agendados para horas diferentes, de modo a evitar que nos encontrássemos. Eles, os que já se conheciam do local de *swing*, chegaram ao Donatien às 11, enquanto eu estava marcado para as onze e meia...

– E eu para a meia-noite – você se apressa a acrescentar. Muito espertinhos! Mas e Sabrina?

Gabo pigarreia enquanto examina as lentes dos óculos com o braço esticado.

– Este é um dos pontos obscuros daquela noite do Donatien. Mas estou convencido de que ela também participou. Em dado momento do relato de Jeanne Testard, pouco antes de o marquês sodomizar a moça interpretada por Magda, uma mulher envolta numa capa preta de veludo e de máscara entrou no tal quarto onde eu estava sozinho. Não disse nada, levou um dedo aos lábios, extraordinariamente sensuais, para indicar que eu guardasse silêncio, e se agachou à minha frente. Baixou meu zíper e me fez uma felação enquanto eu assistia ao espetáculo. Depois de ejacular e quando ela se levantou para sair, eu a segurei pelo braço, mas a mulher repetiu o gesto de silêncio e cautela. "Quem é você?", eu lhe perguntei, surpreso pela perícia demonstrada. Ela então abriu por alguns segundos a capa para exibir seu corpo esplêndido, coberto tão somente por uma lingerie preta. Tenho certeza, Javier, de que aquela dama da capa preta era Sabrina, sua mulher.

Tanta concupiscência o aflige. Você não está entre aqueles que têm o chacra mais importante no genital. Nunca foi o que um vade-mécum de patologias classificaria como viciado em sexo. Sua droga é a soberba; por este preciso motivo é que está agora participando de um jogo ensandecido e inverossímil. E é também por este motivo que se vê obrigado a engolir revelações como a de que Sabrina caiu de boca em Gabo.

– Não pode ser ela! – exclama você. – Quando cheguei em casa, Sabrina estava dormindo com a cadelinha, acordou e quis saber onde eu estivera...

– E se ela estivesse ali na cama havia somente alguns minutos? – intervém Anna. – E se tivesse chegado pouco antes de você?

O que ela diz faz sentido, Javier. Você levou um bom tempo para voltar para casa.

Você tenta conter uma enxurrada de sentimentos. Já havia aceitado a infidelidade da sua mulher com o vendedor bonitão, mas agora precisa admitir que ela se presta às voluptuosidades do jogo, totalmente entregue aos *Siddhis* inferiores.

Siddhis inferiores? Agora me vem você com essas baboseiras teosóficas, Javier? E você? O que está acontecendo com você? Repara no cisco no olho alheio e não vê a viga que está no seu? Devo lembrar-lhe que você permitiu que Anna lhe fizesse uma felação enquanto dirigia. Isso é assim tão diferente do que Sabrina fez no jogo?

* * *

A voz de Gabo o resgata do debate interno...

– O que devíamos analisar, meu amigo, é a morte de Magda.

– E o que quer descobrir?

– Você teve acesso à cena que o assassino montou. Consta que reproduzia o relato de Jeanne Testard.

– É verdade, sim. Fiquei gelado ao vê-la com o leque sobre os seios e com o vibrador enfiado no cu.

– Fale-nos sobre o companheiro de Magda, Alfred. É muito amigo do pai dele, não é verdade?

– Alfred é escritor, um pobre-diabo que viveu à sombra de um elefante, que é Eduard, seu pai. O rapaz não sabia nada do jogo, Magda o enganava...

– Você tem certeza de que ele não sabia de nada? – interrompe-o Gabo.

– Tenho, pelo menos foi o que deduzi.

Gabo se levanta e vai até sua mesa de trabalho, como se mastigasse sua última frase. Ergue o peso de papel egípcio, o escaravelho sagrado que move o disco solar, e o examina.

– Eu sempre me perguntei – comenta, admirando o objeto – como um simples escaravelho podia ter suscitado tamanha veneração numa sociedade tão refinada como a egípcia. Um inseto feio que frequenta os excrementos transformado no deus Khepri. É curioso, não?

– Aonde quer chegar, Gabo? – pergunta você em tom de cansaço para evitar uma cascata de reflexões sobre o escaravelho com uma única finalidade: contar algo do caso em pauta. Este hábito de Gabo é tão argentino quanto o churrasco.

– Que nada é o que parece.

Você esboça uma cara de incompreensão. Esperava concretude, mas nem tanta...

– E se o escritor estava a par do papel voluptuoso de Magda no jogo e resolveu se vingar dela?

– Custa-me aceitar isso. Ninguém, fora os participantes, sabe em que consiste o jogo, você mesmo o disse. E, em segundo lugar, não considero o garoto capaz de cometer uma atrocidade como aquela.

– Pense um pouco, garanhão – Anna o interrompe. – O jogo vem se desenrolando constantemente. Quem nos garante que ele não participou de alguma partida anterior? Isso lhe teria permitido descobrir tudo...

– Poderia até ter sido um marquês! – insinua Gabo.

Eles podem ter razão. A dinâmica do jogo de Sade poderia perfeitamente levar a situações estranhas, como um membro de um casal jogar em determinado momento e, após algum tempo, dar vez ao(à) companheiro(a). O plano de jogo do marquês foi bem interessante porque, além de se perpetuar, permitia que alguém pudesse jogar até mais de uma vez ao longo da vida.

– Insisto que não o considero capaz. Parece muito mais factível que o assassino fosse, por exemplo, Jota. Ele não é a encarnação da ira e da violência? Havia muito disso na figura macabra do cadáver.

– Mas pode descartá-lo! – assegura-lhe Anna com um suspiro. – Jota esteve comigo até a tarde do dia seguinte. Saímos juntos do Donatien para o loft dele, e lhe garanto que se manteve bastante ocupado.

– Parabéns! Um prêmio para a promiscuidade. – Você faz um gesto estúpido de felicitações na direção dela. – E por que não Víctor, ou Josep?

– Javier! – Gabo chama a sua atenção. – Temos motivos para crer que foi Alfred quem assassinou Magda.

– Então vá direto ao ponto e vomite tudo de uma vez!

– O rapaz é viciado em sadomasoquismo.

Alfred viciado em sadomasoquismo?! Aquele escritor esquálido e tímido chegado a uma perversão sadomasoquista? Custa crer.

– Ah, essa não! Então eu sou a rainha da Inglaterra! – exclama você com ar de incredulidade.

– Não estou brincando, Javier. O assassinato de um dos meus súcubos me preocupa. Eu sou Baphomet, está lembrado? O supervisor de todos.

– Olhando por esse lado...

– Alfred pratica sexo sadomasoquista. Gosta de se fazer de senhor nas noitadas eróticas, é agressivo e bruto.

– E como sabe disso?

– Nós o temos seguido desde a notícia do assassinato de Magda – explica Anna. – Você é capaz de adivinhar como ele afogou as mágoas ontem à noite, quando o corpo da própria companheira ainda estava quente no caixão?

– Diga!

– Pois é, ele subiu ao terceiro andar de um edifício da rua Pelai, às oito e meia, e saiu às quinze para as onze. Eu mesma toquei a campainha da porta de onde ele havia saído e fui atendida por uma prostituta búlgara. Consegui entrar, apesar de não ter visita marcada, e com o auxílio de algum dinheiro descobri que o visitante que acabara de sair, Alfred, era cliente habitual. "Ele gosta de me chicotear, de me sodomizar, de cuspir na minha cara e falar indecências. É um caso muito especial porque é extremamente educado e tímido, mas se transforma completamente quando entramos na Caverna dos Senhores", ela me contou. A Caverna dos Senhores é o quarto onde acontece o jogo. Ivanka, é o nome da moça, me mostrou o tal quarto sem que eu precisasse pedir, como se quisesse despertar meu apetite, certamente estimulada pela minha aparência. O cenário era de fazer qualquer pessoa se borrar de medo. Escorriam crueldade e dor por todos os lados, como se fosse uma câmara de tortura da Inquisição, tal qual nos filmes. Já experimentei e pratiquei muita coisa nesse mundo do sexo, garanhão, mas jamais tinha visto um lugar tão tétrico e sinistro.

– Nós lhe daremos o endereço, e você mesmo poderá comprovar – acrescenta Gabo ao notar sua perplexidade.

Você nunca imaginaria algo parecido de Alfred. Mas assim é a vida, Javier. O jogo confuso da ilusão e da realidade, da aparência e da verdade, do que é ainda que não pareça.

Esta revelação, se verdadeira, muda tudo. Se o rapaz encenava a crueldade em um apartamento com uma prostituta, se era capaz de alimentar o jogo, apesar de ser uma ficção, por que não poderia cortar o fio de prata que separa a ilusão da realidade, sedento de dominação?

Sua cabeça é um fervedouro de pensamentos contraditórios. Recorda que Alfred lhe confessara que os dois haviam discutido naquela mesma noite do Donatien, ao chegar a casa...

– Queria lhe pedir que tentasse descobrir mais alguma coisa, aproveitando que você tem acesso a ele por intermédio do pai – propõe-lhe Gabo.

– Não sei o que poderei fazer.

– O que for possível para esclarecer este assunto.

Você sente o turbilhão do mal-estar no estômago, e o ar fica pesado. Precisa sair desse escritório e respirar ar puro. Faz muito tempo que os três estão trancados aí, obcecados pelo jogo de Sade.

– Terminou? – pergunta você, decidido a dar por encerrado o inesperado encontro.

Gabo o olha, intrigado. Pensa que há algo novo em você, uma espécie de desencanto mórbido. Isso o surpreende. É normal. Ele desconhece a dimensão dos seus problemas atuais. Ainda não experimentou os caninos do fracasso, a angústia de perder tudo.

– A propósito... – Acaba de lhe ocorrer neste momento. – Como entraram aqui?

Anna sorri.

– O que esta maravilhosa atriz disse? – intervém Gabo.

– Que entraram pela janela do pátio.

Os dois se entreolham e sorriem.

– Você me conhece, Javier. Consegue me ver escalando uma janela como um delinquente de meia-tigela? – pergunta com ar incrédulo.

– Precisamente!

– Foi a Fina.

Fina? Mas claro, Javier! Como não? A moça da limpeza. Trabalhou na mansão de Gabo durante seis anos, depois que a empregada da vida inteira dos Fonseca, Caridad, se aposentou. A ex-mulher de Gabriel, Muriel, cansou-se de uma hora para outra de Fina e mandou-a embora. Estava acostumada com Caridad e jamais gostou da nova empregada. Então Gabo, numa de suas raríssimas demonstrações de humanidade, recomendou-a a você. Sabrina já havia contratado Mercedes para o serviço doméstico, mas, como a simpatia da humilde mulher lhe agradava, você propôs a ela que se encarregasse da limpeza da Javier Builts. Desde então já se passaram 17 anos, Javier. Dezessete! *Tempus fugit!*

– Por favor – ele se apressa a acrescentar –, não se zangue com ela. Eu empreguei toda a minha arte de mentir para convencê-la a me dar as chaves.

– E o que inventou desta vez?

– Que queríamos enfeitar seu escritório para comemorar nosso reencontro e preparar uma festa surpresa para você.

É fácil imaginar Gabo seduzindo Fina com seus movimentos e sua voz melíflua com entonação de tango.

Você deve admitir que se trata de um sedutor. Esta é a chave do seu triunfo: a sedução. Nem todo mundo possui esse dom. É uma arte inata. Há pessoas que, por mais que tentem, por mais que contratem um *coach* para ensiná-las a fazê-lo, nunca aprenderão a seduzir, enquanto outras são capazes de convencê-lo só com um olhar.

– E agora? – pergunta você aos dois, depois de digerido o jogo e toda a sua extravagância.

– Agora é continuar jogando – responde Gabo –, até o final.

– Que final?

– O que o próprio destino do jogo nos oferece.

Gabo retornou à sua vida, se é que alguma vez saíra realmente dela. O jogo de Sade o traz de volta agora, quando você já considerava que lhe havia entregado a alma na mansão dos mictórios e depois esquecido.

Você reflete sobre a história do jogo, a instauração de um ritual interpretativo imoral por parte do libertino dos libertinos, o marquês de Sade, quando esteve preso na Bastilha. Tratava-se de um aristocrata tão depravado, mas de tal modo avançado para sua época, que conseguiu evitar a afiada carícia de *madame guillotine*, seduzindo os comitês revolucionários do povo. Uma ralé andrajosa e de dentes amarelados sedenta de sangue por todos os séculos de infortúnios passados à sombra de uma aristocracia sem escrúpulos.

O jogo de Sade o absorve enquanto você dirige rumo a casa. Uma infinidade de interrogações o assalta: "Quantas gerações já terão jogado o jogo? Por quantas mãos terá passado a carta escrita pelo marquês e quantos olhos a leram?" Pergunta quem iniciou o rocambolesco jogo e quando. Pergunta quantos dos seus conhecidos, quantas das pessoas ao seu redor podem haver participado dele sem que você desconfiasse.

Escureceu. São quase dez horas. As ruas da zona de Pedralbes estão vazias. Apenas grupinhos de jovens que saem para comemorar a noite de sábado rompem o silêncio do repouso noturno.

Você observa, meio apalermado, a abertura automática do portão da garagem. Está ensimesmado na torrente de informações que o messias dos mictórios lhe proporcionou. Mas a iminente proximidade do lar reaviva em você o espírito amargo de um casamento destruído, a insatisfação e a tensão de uma convivência insuportável.

É, Javier, esta é a triste realidade: você entrará em casa e deparará com Sabrina jogada no sofá, o paradigma da preguiça, com o controle remoto na mão e Marilyn aconchegada sobre a barriga. Dará um pequeno show por tê-la deixado plantada no japa, mais para lhe encher o saco que por qualquer outra coisa. Seja como for, uma vez que existe uma montanha de gelo entre ambos, o showzinho se diluirá rapidamente em um ricto de mal-estar e queixas rotineiras.

Que diabos! Por acaso um encontro com Blanca não vale a birra de Sabrina? Ah, Javier, se você tivesse seguido o caminho do coração! Se tivesse optado por esse caminho, estaria agora ansioso por abrir a porta, ir à cozinha e agarrar Blanca pela cintura, Blanca, que estaria preparando o jantar com uma taça de vinho ao lado e duas velas acesas. Você tomaria um gole e a beijaria; os lábios úmidos e sua língua estremecida pelos taninos se suavizariam com a quentura da dela. Certamente fariam amor antes de jantar... O coração é como o vinho, Javier: nunca engana, é honesto.

No elevador, você encontra a moradora do quarto andar, do apartamento que fica bem embaixo da sua cobertura. Chama-se Amélia, tem a sua idade, é dona de casa e mulher de um milionário profissional. O marido, dois anos mais velho, é o principal acionista de uma multinacional de informática. Têm um único filho, Pau, dois anos mais velho que Isaura.

O encontro lhe agrada, pois é a vizinha mais sexy e atraente. Morena, cabelos lisos, olhos verdes, lábios e músculos faciais retocados mediante Botox. Veste-se com elegância, sempre com roupas justas, que realçam sua silhueta, e montada em sapatos de salto agulha. O que lhe dá mais tesão nela é o jeito de olhar, um misto de atrevimento e sensualidade.

Conversam animadamente sobre trivialidades, como o clima e a grama mal aparada do jardim, mas você não consegue evitar os pensamentos eróticos. O espaço reduzido do elevador, a fragrância do seu perfume, o decote da sua blusa, aquele olhar... Você precisa refrear o impulso, excitado, sem dúvida, pelo jogo de Sade. O maldito jogo que impregnou sua alma de concupiscência e voluptuosidade.

Respira aliviado quando ela deixa o elevador e a porta se fecha. À menor insinuação, você a teria seguido até sua casa.

Você para antes de abrir a porta, pensando ter ouvido gargalhadas vindas do interior. Aguça o ouvido, aproximando-se da porta blindada. São baixinhas, mas são gargalhadas, sim, emolduradas por uma conversa e uma voz masculina quase imperceptível...

Abre a porta. Alerta sobre sua presença com um "Oi, já estou aqui!", intimidado pelo adultério. Uma coisa é saber que Sabrina lhe bota chifres com o vendedor de roupas, e outra é flagrar os dois trepando descaradamente em sua própria casa.

Temeroso do que possa encontrar, você se dirige à sala de jantar. A voz masculina que acompanha a de Sabrina é cada vez mais diáfana, até o ponto de ser possível identificar seu proprietário.

Desconcertado e surpreso, você interrompe um papo animado. Sabrina, sentada no sofá na posição do lótus, dá-lhe inesperadas e calorosas boas-vindas. Eduard, seu amigo médico, sentado no sofá em frente – o seu sofá –, está com um copo na mão e o saúda alegremente:

– Boa noite, Javier! Que cara é essa, rapaz?! Assim, qualquer pessoa diria que não ficou contente de me ver...

Eduard se levanta e lhe estende a mão esquerda, porque a direita está ocupada segurando o copo.

"O que ele faz aqui?" Não foi necessário perguntar, pois o próprio Eduard se apressa a explicar:

— Vim visitar um paciente que mora dois números adiante, no edifício Els Argonautes, um rapaz que sofre de esquizofrenia, e disse a mim mesmo: "Por que não dar uma passada para ver Javier e Sabrina?" – Dá uma piscada de olho, virando a cabeça para você, sem que ela se aperceba. — Sua encantadora esposa me convidou para um uísque e, olhe só, você nos pegou em flagrante, mexericando sobre o mundo do coração.

Dói-lhe constatar que profanaram sua garrafa de Johnny, destampada em cima da mesa lateral de Valentí, e também seu sofá fofo. Ainda que se trate de Eduard, atualmente uma das poucas pessoas em que você pode depositar uns gramas de confiança, isso o irrita.

— Que dia! Não dá para imaginar o dia que tive hoje! – exclama você, atirando-se sobre um dos sofás e esticando as pernas.

— Mas e no laboratório, correu tudo bem? – pergunta Eduard, com um sorriso a meio caminho entre o cinismo e a sacanagem.

— Nem me fale! Sobrou para mim logo a enfermeira mais inútil da cidade, que costurou meu braço a espetadas.

Sabrina sorri. Já não sabe se é impressão sua, mas juraria que ela ficou bem feliz e satisfeita por o terem torturado com a agulha.

— Aliás, deveríamos conversar um pouco, só você e eu – propõe Eduard com um sorriso postiço.

– Se estou incomodando, vou para a sala de estar – ela se oferece.

– Não será preciso, Sabrina. Iremos ao escritório. Há uma coisa que estou querendo mostrar ao Eduard faz tempo.

– Ah, já sei! – prorrompe Eduard. – É a foto daquele jantar na Barceloneta. Mas isso foi na pré-história, quando ainda estávamos bem na fita, certo?

Eduard também é bom em mentir. Tirou da manga uma foto que não existe e criou o pretexto com surpreendente naturalidade.

Você embarca no jogo, e os dois se levantam para irem ao escritório, na outra ponta da casa. Antes, porém, você enrosca a tampa na garrafa do Johnny, a segura pelo gargalo e, ao passar diante do bar, pede ao amigo que pegue dois copos limpos.

– Tenho más notícias! – murmura Eduard, seguindo-o pelo corredor.

– O exame?

– Não, ainda é cedo para conhecer os resultados. Trata-se de Alfred.

Você está a ponto de parar no meio do corredor, mas não o faz. Era dele, precisamente, que você queria falar. Você acelera o passo e, ao chegar à porta do escritório, faz um gesto para que ele entre e a feche.

Nem é necessário convidá-lo a se sentar, porque já o está fazendo em um dos dois divãs otomanos de leitura, enquanto você serve o uísque e lhe oferece um copo. Com o outro na mão, você se instala no segundo divã e toma dois goles. Não comeu nada desde que acompanhou Blanca nas torradas de presunto ibérico no Andreu. O álcool não cai bem em seu estômago vazio.

– Pode falar! – diz você com uma careta devido ao efeito do uísque.

– Estou muito preocupado com Alfred.

Ele suspirou, evitando seu olhar. Custa-lhe começar, é como se não soubesse bem o que lhe contar. Você não intervém, limita-se a esperar tomando golinhos curtos e seguidos.

– Meu cérebro anda fervendo desde o assassinato de Magda. Não quero que me interprete mal, mas o comportamento de Alfred, antes mesmo da trágica morte de sua companheira, tem sido muito estranho. De início, atribuí a uma frustração pessoal. O rapaz havia depositado muitas ilusões no seu livro e na literatura, mas depois intuí que havia algo mais.

Você o escuta, impaciente.

– Antes da trágica morte de Magda, o desencanto de Alfred era total. Estava absolutamente carente de esperanças, de alento... Um desencanto mórbido o acompanhava. Acho que o problema não era apenas Magda. Às vezes seu comportamento me levava a temer que houvesse perdido de vista a realidade.

O ricto de Eduard é nitidamente severo. Faz uma pausa para saborear a bebida, sem olhá-lo, e depois de dar duas voltas no copo entre os dedos, prossegue:

– Mexendo nas coisas dele, nesses dois últimos dias, descobri uma coisa que me deixou horrorizado. Um monte de revistas pornográficas de conteúdo sadomasoquista e umas fotos asquerosas reais de humilhações nas quais ele aparece.

Eduard para. Você olha para ele com certa indiferença, apesar de se tratar de seu amigo, apesar da gravidade da revelação. Você engole um "Eu já sabia e estou começando a pensar que foi ele quem matou a moça", porque não deseja cortar o fio do relato.

– Mas não é só isso o que me deixou espantado. O mais surpreendente foi a descoberta de uma espécie de diário repugnante em que ele cita com frequência o marquês de Sade.

Agora sim, Javier, suas orelhas ficam apontadas como as de um cão perdigueiro. Difícil disfarçar... Atento à reação dele, você objeta:

– Também não é para tanto. Alfred é escritor. Talvez esteja preparando alguma obra sobre o marquês de Sade, o inspirador do sadomasoquismo, daí que procure se documentar ao máximo, inclusive com revistas, para entendê-lo. É perfeitamente plausível.

– E as fotografias das humilhações em que ele aparece? Também fazem parte dessa... "documentação" de escritor?

– Não sei o que dizer, Eduard. Falou com ele a respeito?

– Não, queria primeiro comentá-lo com você.

– Desculpe, mas não estou entendendo. Por que comigo?

– De fato, você está envolvido de uma forma que não entendi direito, e por isso vim pessoalmente; a história da visita a um paciente esquizofrênico era só um pretexto.

– E então? – pergunta você, intrigado.

– No diário asqueroso consta o seu nome, Javier.

Se alguém lhe desse uma alfinetada, não sairia sangue! Ele foi todo para os pés. Como o ânimo. Como a esperança. Como a ilusão...

– Como é? Meu nome consta de um diário escandaloso escrito por seu filho?!
 – Pois é. E saiba que hesitei em lhe contar, porque vivia repetindo para mim mesmo que talvez tudo não passasse de alguma trama literária. Sabe como são os escritores, em sua maioria: uns mentirosos e inventores compulsivos.
 Eduard tira do bolso do casaco uma caderneta preta, puxa o elástico e procura uma página. Enquanto isso, explica que seu nome aparece no último parágrafo da anotação correspondente à quinta-feira 24 de maio. Olha para você arqueando as sobrancelhas e lê:

Mas a lua em forma de foice ceifa meus medos noturnos. Engolindo um café repugnante num bar de tira-gostos, escutei de uns lábios infectos elogios à minha pena. Javier, amigo da casa e leitor falsamente objetivo, oferece-me a fragrância de seu jardim intelectual. Sob o perfume de cada flor, uma serpente enroscada me olhava. Mentiras edulcoradas, assim são os servos da falsa virtude, os escravos da hipocrisia. Todos eles cairão sob o açoite do senhor de Sade. Toda essa imundície humana lamberá as solas dos sapatos do divino marquês enquanto ele lamberá os lábios molhados de luxúria com sua língua afiada.

– É a última anotação que ele escreveu – explica Eduard, aturdido. – As anotações diárias correspondentes aproximadamente aos seis últimos meses são desalentadoras para um pai. Meu filho, Javier, é malvado e violento.

Você respira fundo e pergunta:

– Acha que foi ele que matou Magda?

– Não o descarto. Depois do que descobri, existe a possibilidade, sim. Qualquer colega meu veria indícios de patologias neste diário.

A sinceridade de Eduard o anima a contar:

– Nós nos encontramos num bar de tira-gostos na quinta à tarde. Eu estava fazendo hora para ir a um local privado, o Donatien. Durante a nossa conversa, ele me contou que Magda ia se apresentar precisamente naquele local. Não comentei com você que nos encontraríamos, porque na realidade não mencionei que fora convidado para o espetáculo.

– Por quê? – ele lhe pergunta com ar de estranheza, guardando a caderneta.

Você suspira. Vejamos como se sai desta, Javier!

– Porque se trata de um lugar clandestino de erotismo e sexo coletivo, onde só se pode entrar com convite.

Eduard o observa boquiaberto. Balança a cabeça, e seus lábios esboçam uma espécie de sorriso. Pega de novo o copo e toma um gole.

– Está me dizendo que Magda atuava num local de erotismo onde você se encontrou com ela? É isso?

– Sim.

– Quer dizer que foi lá que você teve esse encontro sexual sem proteção com uma garota? Porque devo supor que fosse uma garota, não?

– Sim.

Eduard gesticula afirmativamente com a cabeça e murmura:

– Muito bem, Javier, perfeito!

– Não tive coragem de lhe explicar tudo assim...

Ele o interrompe, erguendo a mão com um gesto autoritário:

— Só uma coisa, um detalhe sem importância, a esta altura: você foi para a cama com Magda?

— Não! Claro que não!

— Mas ela participou de algum ato sexual?

— Atuou. Ela interpretava o papel de uma vítima do marquês de Sade em um minucioso relato sobre eventos ocorridos numa periferia de Paris...

Você se detém, sentindo um nó na garganta antes de conseguir continuar. Tem consciência da gravidade do assunto e sabe que o peso incriminador do silêncio recairá sobre você.

— Num momento da representação, Magda era sodomizada publicamente pelo protagonista, o marquês de Sade.

Sem forças para ver como ele esfrega o rosto de estupor, você resolve dizer tudo de uma vez:

— Magda personificava uma mulher do povo, Jeanne Testard, e a cena do crime que presenciamos no apartamento da garota reproduzia justamente a interpretação no Donatien: o leque, o vibrador no traseiro...

Eduard interveio mais depressa do que você esperava:

— Devo supor que Alfred se achava presente?

— Não, ele não sabia exatamente que papel Magda iria representar, ao menos foi o que me deu a entender.

Por fim, vem a esperada repreensão:

— Como não me contou isso antes? Por quê?

Você não responde.

— Não vê que esta informação é crucial para esclarecer o assassinato de Magda? Você a declarou ao inspetor dos Mossos?

— Não.

Faz-se um silêncio, que você aproveita para beber e se ajeitar no assento. Só contou parte de uma história que o arrasta pela imundície. Não mencionou o jogo de Sade, a trama...

– E agora? – pergunta ele.

Você fica atônito porque era isso o que ia lhe perguntar. Então improvisa:

– Acho que deveria conversar com Alfred sobre tudo isso, sobre seu vício sadomasoquista, as fotos, o diário em que aparece meu nome, e, inclusive, dar-lhe ciência do Donatien, da atuação de Magda como Jeanne Testard, para ver como ele reage.

– Não entendo! Se ele não estava presente na representação, como podia encenar o relato com o cadáver?

Você bufa simulando uma dose de satisfação. Os dois chegaram ao nó górdio. É exatamente isso o que deixa inquietos Gabo, Anna e você.

– E como podemos ter certeza, Eduard, de que Alfred ignorava a atividade secreta de Magda?

A luz de tonalidade alaranjada do escritório espalha a pergunta pelo ambiente. A inflexão da sua voz ao formulá-la, suave, mas resoluta, mergulhou Eduard no mutismo. Você se felicita em silêncio por estar encontrando a possível explicação do que procurava sem maior esforço. A montanha foi a Maomé, e isso sempre causa alívio. Poupa muito trabalho.

– Meu Deus! – exclama Eduard. – Quando se entra numa maré de azar, não há jeito! Outro dia você me perguntou por Paula, e talvez meu silêncio o tenha surpreendido. Não me agrada falar disso. Ela está muito mal. Tem um tumor cerebral com metástase.

– Sinto muito! – responde você com sinceridade. Você gosta de Paula. Chegou até a tê-la como modelo de mulher em comparação com Sabrina, quando jurou que, caso tivesse uma segunda chance, começaria a vida com uma companheira como ela.

– Não há nada para fazer. A metástase atingiu a artéria aorta até o coração, o pulmão esquerdo... Enfim, uma tragédia! Ela deixou o emprego de enfermeira e está descansando na casa dos pais em Capçanes, a cidadezinha de sua infância, alheia a tudo no ambiente familiar. Eu vou lá sempre que posso. Não tenho como abandonar meus pacientes. Além do mais, ela quer assim. Alfred está muito abalado, tanto que se nega a aceitar a doença e resolveu ignorar a realidade.

O abatimento do seu amigo contagia o ambiente ao redor e de imediato faz tudo parecer menos agradável e mais sombrio. Você gostaria de abrir o coração e dizer a ele que sabe bem o que é estar à beira da desgraça e não poder escapar dela, mas por fim resolve não fazê-lo.

– Sabrina sabe alguma coisa do que conversamos? – ele lhe pergunta, após se recompor ligeiramente.

– Não.

– Alguém mais sabe?

– Ao que me consta, não.

Você negou com veemência para não levantar a poeira da dúvida. Se Eduard soubesse que Sabrina também está no jogo de Sade!... Se soubesse que há outras pessoas que têm Alfred na mira!...

– Está bem, Javier, vou lhe dizer o que vamos fazer: não conte nada a ninguém, nem uma palavra! Tentarei falar com meu filho para extrair algo dele, certo? E então decidiremos. Posso confiar em você?

Ele lhe estende a mão para selar a resposta afirmativa. Você a aperta e em seguida os dois viram o copo de uísque.

Seguindo até a sala de jantar para que Eduard se despeça de Sabrina, você pensa nas estranhas voltas que o mundo dá. Há somente dois anos você estava sentado no meio do público de uma livraria, no lançamento do romance de Alfred. Paula olhava para o filho, radiante e feliz, acompanhada do marido, não menos satisfeito. Alfred tinha no rosto uma expressão esperançosa, e Magda olhava para ele com carinho. O editor da obra – meio pedante e com cara de poucos amigos – cobriu-a de elogios, apresentando seu autor como uma jovem promessa em que se devia ficar de olho. Tudo parecia destinado a acabar bem. Tudo parecia indicar um desenlace feliz. Mas a vida é imprevisível e caprichosa.

– Já vai? – pergunta Sabrina, levantando-se com cuidado para não deixar Marilyn cair.

– Vou. Fico muito feliz por comprovar que você continua tão bonita como sempre – faz ele um galanteio e a beija duas vezes no rosto.

— Lembranças a Paula.
— De sua parte — completa ele, com um sorriso enigmático.

Você o acompanha até o elevador, ambos com ar preocupado. Não dá para fingir que o caso não é sério. A porta se abre, e Eduard entra. Antes de apertar o botão para descer, ele reitera:
— Até logo, Javier! Entro em contato quando chegarem os resultados do laboratório. E nem uma palavra a ninguém sobre o que falamos. É coisa minha. E o manterei informado.

Você entra em casa e vai direto para a sala de jantar. Sabrina retomara sua habitual posição no sofá, com o controle remoto nas mãos.
— Eu teria gostado de tê-la acompanhado ao Shunka, mas foi impossível — mente você, se sentando em seu sofá, ainda aquecido do hóspede anterior.
— Não se preocupe, temos muito tempo para dividir um sushi.
"Estúpida! Restam menos dias do que imagina!", resmunga você com seus botões.
— Já jantou?
— Comi umas frutas. E você?
— Ainda não.
— Há omelete na geladeira — ela o informa, apontando para o refrigerador.
Perfeito. Você adora a omelete da Mercedes.
— O que está vendo?
— *Sex in the City*.
Você fica assistindo por alguns minutos, apesar de não entender nada, já que nunca viu o seriado, e finalmente se levanta para ir à cozinha, pegar um pedaço da omelete.
Então ela o detém:

– Ah, Javier, já ia me esquecendo... A terça-feira que vem é o aniversário da Isaura. Resolvi que vamos comemorar ao meio-dia, porque à tarde ela não tem aula e à noite eu tenho um jantar com minhas colegas de Pilates. Assim posso atender aos dois compromissos. – Termina com um ridículo movimento de pescoço.

Jantar de Pilates? A estúpida nem desconfia de que você sabe que se trata de uma armação para ir à encenação do jogo de Sade sobre os eventos de Marselha.

– Como quiser. Quer dizer então que almoçaremos aqui em casa?

– Isso, encomendarei algo no Prats Fatjó. E vou convidar meus pais.

Mais essa agora! Era só o que lhe faltava, Javier! Ter de aturar aquela sogra asquerosa... Mas são os avós de Isaura, e ela gosta deles. Portanto, meu caro, terá de se conformar.

– Para mim está ótimo – afirma você, com um daqueles sorrisos fingidos que tanto odeia.

A caminho da cozinha, inconformado com a notícia da visita da sogra e para tentar provocar Sabrina, armado de cinismo até os dentes, você assobia a melodia da *Marselhesa*, o hino da França.

Poupe esforços, Javier! Ou acha, por acaso, que sua mulher é capaz de associar o hino francês ao relato dos eventos de Marselha? Tenho a impressão, meu amigo, de que você a supervaloriza.

A omelete é, possivelmente, a melhor receita da fiel e abnegada Mercedes. Você sempre admirou a paciência com que ela trata a Sabrina. É verdade que você lhe paga muito bem, mas, conhecendo a mulher que você tem, seu temperamento caprichoso e instável, chega a considerar que o salário da empregada está bem abaixo do que ela merece.

A omelete consiste em três diferentes camadas: uma de berinjelas, outra de batatas e cebola, e a terceira de feijões, dispostas uma sobre a outra, cobertas com molho bechamel e decoradas com uma pitada de molho de tomate. Mesmo fria, é deliciosa.

Enquanto come sozinho, sentado à mesa da copa, saboreando com prazer a iguaria acompanhada de uma boa cerveja preta, procura deixar para trás todos os acontecimentos que ultimamente o vêm perseguindo. Tenta buscar pensamentos positivos que se harmonizem com o suculento manjar, como o encontro com Blanca na FNAC ou o regresso de Isaura a casa e seus relatos emocionados sobre Florença. Mas o mecanismo da mente é complexo como a própria vida, ou talvez a vida é que seja complexa por causa do mecanismo da mente humana, vá-se saber; a questão é que o jogo de Sade, com toda a sua perversão, instalado no subconsciente, irrompe antes da sobremesa.

Os publicitários e os psicólogos sabem sobejamente que o sexo e o erotismo são uma isca magnífica. No entanto, no jogo de Sade, não se trata de erotismo, Javier, ou de sexo como instinto primário. O jogo sádico vai muito além do instinto. É o refinamento da dominação ou subjugação tendo o sexo como fim e – o que você considera o mais importante – também como meio. No caso do marquês de Sade, pelo que leu, o resultado final de toda a representação era a ejaculação, tanto no caso de Jeanne Testard quanto nos eventos de Marselha; para chegar ao orgasmo, porém, exige-se o planejamento de toda uma ambientação que é, no mínimo, tão importante quanto o fim, a explosão sexual. Além, evidentemente, do substrato filosófico e social que tal exibicionismo destila. Se assim não fosse, Javier, como explicar que um aristocrata se transforme voluntariamente em criado nas lides eróticas?

Ou que se deixe açoitar por uma prostituta? Não percebe que o marquês transgredia conscientemente a ordem social, o status, e o encenava? Ele o exibia! E para rematar: a carta da Bastilha, instigando o jogo no qual está mergulhado. O marquês tinha aspirações messiânicas, queria se assegurar de que seu espírito durasse para sempre.

Você recolhe o copo, o prato e os talheres e os coloca dentro da pia. Espicaçado pelos pensamentos sobre Sade, segue até o escritório para pesquisar a respeito. Visita algumas páginas, a grande maioria de uma vulgaridade que se reduz à concupiscência banal, embora também depare com coisas interessantes. Sua pesquisa se concentra especialmente no período de reclusão de Sade na Bastilha, onde redigiu a carta do jogo. Lê, como Gabo já lhe havia explicado, que foi lá que o marquês produziu *Os 120 dias de Sodoma* num rolo de folhas de papel que ele próprio fabricou, e fica comovido com a declaração de intenções explicitamente escrita ao final da introdução da obra:

E agora, amigo leitor, deves preparar teu coração e teu espírito para o relato mais impuro que já se escreveu desde que o mundo existe: livro similar não se encontra entre os antigos nem entre os modernos. Imagina que todos os prazeres honestos ou prescritos por este ser do qual falas sempre sem conhecer e a que chamas "natureza", que estes prazeres, repito, ficarão expressamente excluídos deste livro e que, quando por acaso os encontrares, jamais deixarão de se fazer seguir de algum crime ou de se tingir de alguma infâmia. Não há dúvida de que não apreciarás muitos dos desvios que verás retratados, é claro; alguns deles, porém, o excitarão a tal ponto que não sentirás mais vontade de fornicar, e isso é tudo do que precisamos. Se tudo já não tivesse sido dito, se tudo já não tivesse sido analisado, como achas que adivinhariam o que te convém? Cabe a ti escolher; outro fará o mesmo, e, pouco a pouco, tudo ocupará o lugar que lhe compete.

Você ficou sem fôlego. Ele está afirmando, Javier, que escreve um relato tremendamente perverso para curar, justamente, a perversão? Não consegue entender isso. Qual é sua verdadeira intenção? Isto é tão cínico quanto recomendar a um guloso que coma até se empanturrar para aplacar a gula.

Você medita por algum tempo. Recorda que um autor célebre insinuou que a melhor maneira de vencer uma tentação é sucumbir a ela. Contradizendo-o, vêm-lhe à cabeça as palavras de madame Blavatsky em um livro que você leu nos tempos de universidade, *A voz do silêncio*, e que lhe causou forte impacto:

Luta com seus pensamentos impuros antes que eles o dominem. Trate-os tal como pretendem tratá-lo, porque, se em virtude da tolerância tais pensamentos se enraízam e crescem, não tenha dúvida de que o subjugarão e o matarão.

E, para culminar, no remanso das lembranças reflete o rosto de seu pai, com seu sorriso postiço. Você está de pé no meio da sala de visitas da casa da família, de calça curta e meias brancas até os joelhos. Olha atentamente para ele. Em tom grave, levemente afetado, seu pai o aconselha: "Se seu olho o faz cair, Javier, arranque-o!"

* * *

"Estarei enlouquecendo?" Não creio, meu amigo. O que acontece é que está no limite em demasiadas frentes: a ruína econômica, o casamento fracassado, a sensação de haver jogado a vida pela janela, a angústia de acobertar um crime, o desassossego de conhecer a provável identidade do culpado, o temor de ter contraído Aids, a morbidez do jogo de Sade... Com todo este fardo, como poderia estar se sentindo? Nem sequer santo Inácio de Loiola seria capaz de suportar semelhante peso!

Você necessita do conselho do Johnny. Por sorte, seu amigo de todas as horas está por perto, porque há pouco dividiu segredos com Eduard e com você. Quando você está prestes a molhar os lábios, escuta duas batidas na porta.

– Entre!

Sabrina abre, mas não chega a entrar. É curioso o efeito repelente que seu escritório exerce sobre ela. Você diria que nos últimos dois anos ela não pôs os pés nele. Está com seu Blackberry na mão.

– Tocou pelo menos duas vezes. Pode ser importante.

Você sai de trás da mesa e pega o celular da mão dela no umbral.

– Obrigado.

– Vou me deitar, Javier. Já é meia-noite e meia e me deu sono.

– Está bem.

– Até amanhã.

– Boa-noite, Sabrina.

Você torna a fechar a porta e verifica as ligações perdidas. Um total de quatro, e todas de um mesmo número, que você não conhece.

Você retorna a ligação.

– Javier? É você, Javier? – atende uma voz aflita.

– Sou eu. Quem me ligou?

– Sou eu, Alfred. Preciso falar com você urgentemente.

– Boa-noite, Alfred. Como vai tudo? – responde você em tom sereno para acalmá-lo.

– Precisamos nos encontrar. Estou no bar Velódromo, de Muntaner. Conhece?

– O que fica entre Diagonal e Londres?

– Esse mesmo.

– Conheço bem, mas faz muitos e muitos anos que não vou aí.

– Por favor, Javier, temos de conversar. É muito importante. Estou esperando-o.

Desligou?! Você nem pôde dizer nada, porque ele desligou.

"E agora?" Agora? Acho que não lhe resta alternativa senão ir.

O Velódromo está completamente lotado. A fauna habitual de um sábado à noite. Ponto de encontro para pôr em marcha, após uns goles, a peregrinação noturna pelos lugares da moda musical ou estética.

Você não tardou muito a chegar, depois de contar a verdade, desta vez, a Sabrina: que o filho de Eduard quer vê-lo com urgência. Você tem certeza de que ela não será capaz de ligar os fatos nem entender nada além de que há algo acontecendo com o filho de um dos poucos amigos – entre aspas – que lhe restam. Você decide deixar sua picape na garagem e tomar um táxi, aproveitando o pouco trânsito.

Você não tem dificuldade para localizar Alfred em meio à fauna multicolorida, já que ele se encontrava bem atento a quem entrava, à sua espera. Com um seco "Obrigado por vir", ele o segura pela manga do paletó e vai guiando-o até uma mesa onde se acha instalada uma garota que você não conhece. Ela tem uma aura especial, que a distingue dos demais frequentadores do lugar. Uma aura que parece repelir as partículas de luz que circulam pelo ambiente.

– Ivanka é uma amiga búlgara – apresenta-a Alfred.

– Prazer – você a cumprimenta, apertando sua mão nívea coberta de tatuagens que lhe vão escalando o braço até sumir sob a manga da blusa preta.

– Javier é aquele amigo de meu pai de quem lhe falei – explica-lhe Alfred. – Então, Javier, quer beber alguma coisa?

– Um uísque com gelo, Johnnie Walker de preferência.

Alfred vai ao balcão pegar a bebida, e você fica absorto com o olhar frio e vago de Ivanka.

– Em que trabalha? – pergunta você, para quebrar o gelo.

– Sou puta.

Ela o nocauteou. Sobretudo pela naturalidade e frieza com que respondeu, já que seu aspecto físico e sua forma de se vestir não o negam.

– E você?

Boa pergunta. Você sorri antes de responder. Não sabe por quê, mas a garota lhe inspira franqueza.

– Sou um fracassado, um mentiroso e um corno. Além de cínico, acobertador e não sei quantas coisas mais.

Ela nem se abalou.

– Conheço muitos como você.

– É mesmo? Não me admira, nestes tempos que correm.

Não resta dúvida de que, apesar da franqueza, a garota dá medo. É como se aquele corpo níveo e fantasmagórico, enfeitado de tatuagens, não hospedasse uma alma.

– Foi outra coisa antes de ser puta? – insiste você.

– Sim.

Como ela não dá mais detalhes, você tenta adivinhar o que poderia ter sido. Mas, como não consegue imaginar, arrisca a primeira coisa que lhe vem à cabeça:

– Vendedora de butique?

– Não.

É como uma escultura de gelo. Você torna a tentar a sorte:

– Professora.

– Não.

Está sendo ridículo. Finalmente, percebe que é precisamente isso o que ela pretendia. Desde o primeiro momento, você tentou ser simpático e ela o atraiu com seu ar indiferente e glacial: "Não me encha, seu idiota." E agora, quando você se vê contra as cordas da sua própria simplicidade, vem o golpe de misericórdia:

– Antes de ser puta, fui filha de puta.

Você joga a toalha. Quando vai aprender, Javier, a ser prudente e analítico? O olhar apagado e sem vida da garota fala por si mesmo! Você é burro, ou o quê?

* * *

Você fica à espera de Alfred, sem dar mais uma palavra, incomodado por Ivanka não ter desviado o olhar em nenhum momento; pelo contrário, parece se divertir com seu desconforto.

O escritor retorna, finalmente, com seu uísque em uma das mãos e uma garrafa de cerveja Voll Damm na outra.

– Johnnie Walker, como pediu – confirma-lhe, entregando-lhe o copo.

Em seguida, estende a Voll Damm para Ivanka, que pega a garrafa pelo gargalo com o dedo médio e dá uma boa golada, jogando a cabeça para trás. É quando você nota o estranho colar: uma corrente de aço com um cadeado, que imediatamente lhe faz lembrar o usado por um *enfant terrible* da música, Sid Vicious, o baixista dos Sex Pistols.

Alfred se senta a seu lado. Está muito magro e abatido. Tem os olhos afundados nas órbitas, e sua fala é nervosa:

– Lamento incomodá-lo a essa hora, mas eu precisava lhe contar tudo. Não posso mais ficar calado. Estou ferrado, Javier, totalmente ferrado.

– Calma, Alfred, procure relaxar e conte o que necessita despejar. Tenho todo o tempo do mundo.

A garota o interrompe:

– Este cara não é confiável, Alfred. Cuidado!

Os dois se voltam para ela, mas a garota se limita a tomar outro gole de cerveja, completamente indiferente.

– Ivanka e eu nos conhecemos há muito tempo...

– Se você tem certeza de querer confiar nele – ela o interrompe mais uma vez –, vá direto ao ponto!

– Está bem, está bem – Alfred ergue as mãos abertas em sinal de trégua. – Ivanka é uma prostituta especializada em sadomasoquismo, e eu sou seu cliente há muito tempo...

– Ele nem pestanejou! Esqueça este cara. Eu vou embora. – Desta vez a garota se levantou. É muito alta e magra, mas com curvas nos devidos lugares.

– Claro que eu não pestanejei! – você se apressa a intervir antes que ela se vá. – Estou farto de saber que você recebe seus clientes na rua Pelai e também que atende a alguns amigos meus, além de Alfred.

Belo golpe, Javier! Você a imobilizou. Alfred o olha surpreso.

– Que clientes? – pergunta ela.

Você está a ponto de mencionar Anna, pois sabe que ela a visitou, mas um *daimon* interno o impele a pronunciar outro nome:

– Gabriel Fonseca, por exemplo.

Desta vez seu olhar desbotado se ilumina fugazmente. Ivanka retorna à cadeira e, sem tirar os olhos de você, interpela Alfred:

– Ande logo, imbecil, desembucha tudo de uma vez!

Você arriscou e acertou na mosca por uma espécie de intuição fortuita. Gabo, sadomasoquista? O assunto está ficando interessante...

– E como sabe que Gabriel é meu cliente?

Depressa! Pense rápido, ou porá a perder o golpe de sorte! Nada lhe ocorre, e se mentir mal, tudo irá por água abaixo. Por isso você opta pela via do mistério:

– Isso eu não posso contar, mas sei.

O silêncio que se segue chega a queimar. Alfred a observa, desconcertado. Os olhos de Ivanka não revelam nada.

– Confie em mim, Alfred! Diga o que queria me contar – você pede, observando Ivanka de rabo de olho.

Alfred torna a olhar para ela. Parece ter decifrado algo no ricto indiferente da garota, porque limpa a voz com um gole de cerveja e começa:

– Ivanka me ligou há umas quatro semanas porque lhe tinham feito uma consulta que, segundo ela, podia me interessar. Um cliente habitual lhe perguntara se conhecia algum escritor disposto a escrever relatos sadomasoquistas. Coisa muito bem paga. Ela pensou em mim, e eu respondi que estava precisando de grana e que, portanto, tinha interesse, sim. Ela se ofereceu para ser intermediária em seu próprio apartamento da rua Pelai em troca de uma comissão, porque jamais faz coisa alguma a troco de nada.

Ivanka o interrompe neste preciso momento:

– Já disse que, antes de ser puta, fui filha de puta. Aprendi muito com minha mãe.

– Nós nos encontramos dois dias depois – prossegue Alfred –, no apartamento dela. O cliente era Gabriel Fonseca, o abastado investidor e colecionador de arte moderna, que, como você diz, é seu amigo, certo?

— Mais ou menos – responde você, ainda desconcertado pela relação entre Gabo e a garota.

Como se tivesse lido seus pensamentos, ela intervém:

— Você estranha que um homem da posição social de Gabriel Fonseca me visite? Pois fique sabendo que eu sou a melhor escrava que um senhor pode ter na vida. Não sinto dor, nada me espanta. Meu corpo é o molde perfeito para qualquer senhor exigente.

Ela o deixa assustado. Não parece totalmente humana. Fisicamente, dá a impressão de ser frágil, a palidez de sua pele realça essa aparência quebrável. Seu olhar e sua inexpressividade, porém, mostram-se horripilantes. Alfred, incomodado, reclama sua atenção:

— Gabriel quis saber se eu seria capaz de escrever dois relatos de conteúdo sádico ambientados na época do marquês de Sade, o grande mestre dos libertinos. "Você encontrou a pessoa certa!", eu lhe assegurei. "Sou escritor profissional, fervoroso admirador da pena do marquês, cuja vida e obra conheço bastante bem." Ele ficou extremamente satisfeito, elogiou Ivanka pela escolha e se concentrou na encomenda: consistia em dois relatos de não mais de vinte laudas que ambientassem alguns dos feitos libertinos do marquês e pudessem ser lidos em público. Havia imaginado alguém lendo enquanto atores representavam com mímica os fatos narrados.

Alfred toma um gole de cerveja e prossegue:

— Combinamos um preço, e ele me deu quatro dias para aprontar tudo. Ivanka exigiu um adiantamento sobre o valor tratado.

— Se não se importa, quanto ele ofereceu pelos relatos?

— Dez mil. Três mil no ato da encomenda e o restante na entrega dos textos.

— Nada mal.

— Do jeito como está o mundo da escrita?! Nada mal *mesmo*! Então, naquela mesma tarde, eu me tranquei em casa para escrever e, em apenas três dias, elaborei dois relatos em torno de dois atos libertinos do marquês, obedecendo a uma ordem cronológica: a humilhação de Jeanne Testard e os eventos de Marselha.

Meu Deus, Javier! Agora já sabe quem é a pena responsável pelos relatos do jogo de Sade. Fica surpreso e ao mesmo tempo fascinado pela descoberta, ainda mais por um fato que você não lhe pode perguntar sob pena de trair sua participação no jogo e seu conhecimento dos relatos. Se Alfred escreveu o texto de Jeanne Testard, não há dúvida de que reconheceu a cenografia que o assassino de Magda havia exibido no cadáver da garota.

– Gabriel leu os dois textos lá mesmo no apartamento de Ivanka e me parabenizou pelo trabalho. Tinha gostado muito, tanto no referente ao aspecto literário como porque se adequavam às suas necessidades. Entregou-me os sete mil restantes, fez-me jurar que seria discreto e foi embora visivelmente satisfeito. A questão, Javier, é que se você tivesse lido o que escrevi sobre Jeanne Testard... O corpo sem vida de Magda representava Jeanne!

Isso o deixa espantado! Você finge, porém, não ter entendido, com muito cuidado, pois Ivanka não tira os olhos de você.

– O marquês de Sade – prossegue Alfred – abusou de Jeanne Testard, uma trabalhadora de uma fábrica de leques, a sodomizou e humilhou. Lembra-se do leque nos braços da pobre da Magda? Do vibrador em seu rabo?

Você confirma com a cabeça, medindo cuidadosamente os movimentos e escolhendo as palavras.

– Não percebo aonde quer chegar.

– Mas parece tão óbvio – intervém ela. – Se o cadáver da garota representava uma cena que Alfred havia escrito, logo o assassino a lera.

— O que nos conduz a duas pessoas: você, Alfred, ou Gabriel.

As mãos do rapaz tremem e seu rosto empalidece após sua intervenção.

— Não fui eu, Javier. Juro pelo que há de mais sagrado.

Que labirinto, Javier! Não sabe mais em que pensar. Gabo e Anna acusavam o rapaz, e agora o rapaz e Ivanka acusam Gabo. Alguém está mentindo. Mas quem?

Também lhe ocorre neste momento a conversa de algumas horas atrás com Eduard, a revelação das fotografias de humilhações e a anotação que Alfred fez no diário a seu respeito. Tudo se mistura em sua cabeça e o deixa tonto. Necessita beber alguma coisa. Esvazia o copo de um gole e chupa um cubinho de gelo enquanto procura organizar o pensamento.

Não se dê por vencido, Javier! Tente esclarecer algo sem revelar sua posição privilegiada e comprometida ao mesmo tempo.

Você arrisca novamente:

— No dia da encomenda dos relatos, Gabo estava acompanhado daquela loura de feições angulosas, como era mesmo o nome dela? Rapaz, agora não me vem...

Os dois se olham com estranheza. Você repara bem em suas reações.

— Uma garota muito sexy e despudorada, que trabalha como enfermeira... Ai, meu Deus, que memória a minha! Estou com o nome aqui, na ponta da língua...

Eles não caem na sua jogada, ao menos é o que você deduz da expressão em seu rosto, embora, no caso de Ivanka, seja impossível saber o que pensa.

— Não importa, dá no mesmo. Achei que ela também fizesse a linha sadomasoquista, e, como é uma amiga muito especial de Gabo, pensei que talvez ele lhe tivesse feito uma visita junto com ela para formarem um trio ou algo assim...

– Isso é impossível – sentencia Ivanka.

– Por quê?

– Não sou sapatão nem me agrada fazer esse tipo de coisas com mulheres. Nunca recebi nenhuma mulher. Nenhuma fêmea jamais pôs os pés na Caverna dos Senhores.

Você esboça um gesto estúpido e infantil de incredulidade e deixa escapar:

– Qual é? Também não sejamos taxativos; se é uma cliente disposta a pagar bem ou alguma repórter em busca de uma matéria sensacionalista, e rola uma boa grana... você não abriria uma exceção?

Ela o fulmina com seu olhar gélido.

– Não! Será que não me ouviu, seu idiota? Quando digo que não é não. Eu nunca minto.

Você não o verbaliza, Javier, mas pensa: "Quem nunca entraria com você na Caverna dos Senhores sou eu, nem por todo o ouro do mundo!" Figurinha escrota! E olhe que confessa ser escrava... Como serão os senhores?

Você conseguiu descobrir que Anna possivelmente mentiu. Ela lhe disse que nunca pusera os pés na Caverna dos Senhores, na frente de Gabriel, que, por sua vez, foi quem encomendou os relatos a Alfred. Lambendo-se de felicidade, como fazem os gatos, você resolve seguir adiante com sua comédia particular para ver se extrai alguma outra informação de interesse:

– Eduard está a par disso tudo, Alfred?

– Não, não sabe de nada.

– E sua mãe?

Suas pálpebras caídas foram suficientes. Não era necessário que ele explicasse o que você já sabe:

– Minha mãe está muito doente e vem se recuperando na casa dos meus avós em Capçanes. Já lhe basta a doença...

Você se anima a arriscar um pouco mais:

– Está escrevendo alguma coisa no momento?

– Sim, mas os últimos acontecimentos me deixaram travado, no vazio.

– É, imagino que seja mesmo bem difícil escrever quando a pessoa se acha envolvida em situações deste tipo.

O rapaz concorda, relaxado. Você resolve, então, entrar com um dos seus embustes, uma mentira sob medida, uma das especialidades da casa:

– Agora não estou me lembrando do escritor... talvez Faulkner... que, quando perdia o fio de uma história, a tal da inspiração literária, não ligava e continuava a escrever, mas um diário.

– Desconheço essa faceta do Faulkner. Para ser sincero, dele só li *Santuário*, uma obra sinistra. Não é dos meus autores de cabeceira.

– E você? Escreve algum diário?

– Atualmente, não. Parei faz anos. Na época, escrevia num bloco de notas com certa regularidade. Mas deixei pra lá. A obrigação de escrever diariamente me aborrecia, trancar-me toda noite num escritório para prestar contas ao tempo. Não sou homem de obrigações nem de convencionalismos, Javier. Sou muito diferente de meu pai.

– Estou vendo – afirma você, com um sorriso preocupado, porque ainda rumina suas supostas palavras no diário, verbalizadas por Eduard.

– Meu pai, sim, tem um diário organizado. Escreve bem, embora não o queira reconhecer e se defina como um homem de ciências. Escreve toda noite, sem exceção, numa caderneta Moleskine.

Ufffff! A coisa está se complicando, Javier. Quer dizer que Alfred não mantém nenhum diário, mas em contrapartida seu amigo Eduard escreve um, numa Moleskine, a mesma marca de blocos de notas em que aparecia seu nome. E se a anotação foi escrita por Eduard? Não, isso é absurdo. Como Eduard ia saber que você e seu filho se haviam encontrado e o conteúdo da conversa? Só há uma possibilidade: que Alfred lhe tenha contado. Você tenta constatá-lo:

– Por falar nisso, Alfred, você mencionou a seu pai o nosso encontro no bar de tira-gostos na quinta-feira à noite?

– Sim. Até lhe disse que você gostou muito do meu romance.

Que panaca!, murmura você internamente. Desorientado e abatido, você olha para o copo vazio com desagrado. O gelo derreteu. Ivanka, muda mas atenta, percebe-o.

– Alfred, seu convidado está precisando de outro uísque! – comenta em tom autoritário.

— O mesmo? — pergunta-lhe ele.

— É, obrigado, mas desta vez eu pago — responde você, estendendo-lhe uma nota de 20 euros.

O rapaz a recusa e vai até o balcão. O ambiente é barulhento, lugar perfeito para ter uma conversa como esta, porque quase ninguém presta atenção aos outros, cada um na sua, e mal se ouve a conversa das mesas vizinhas.

— Ele não fez isso, não tenha a menor dúvida — assegura-lhe Ivanka, sem se alterar.

— Alfred continuava a frequentá-la enquanto vivia com Magda?

— Sim.

Você faz um gesto de não entender.

— Ele gostava da Magda, mas ela não podia proporcionar o tipo de prazer que eu lhe dou. Isso acontece com muitos homens. Além disso, ela também fazia das suas.

— O que está querendo dizer? Ela era infiel?

Você torna a vislumbrar uma luz em seus olhos desbotados.

— Sim.

— E ele sabia?

— É um pobre coitado que viveu eclipsado por um patriarca dominador.

Você estala os dedos e diz:

— Estou de acordo! Deve ser difícil viver à sombra de um pai que é médico, psicólogo, sociólogo, esportista, sedutor...

Ivanka o interrompe:

— E um mentiroso safado, abusador e mais um monte de coisas.

— Como é?

Ela esboça um sorriso efêmero e insignificante.

— Antes você me perguntou se Magda lhe era infiel, não foi?

Você anui em silêncio.

— Eduard também dormia com ela.

Isso o deixa mais gelado que o olhar dela. "Não pode ser", você diz a si mesmo. "Eduard botando chifres no próprio filho?" Ivanka já esperava sua surpresa monumental, porque logo acrescenta:

– Ainda não se deu conta de que a hipocrisia humana não tem limites? Viu *Blade Runner*?

– Vi – responde você, desconcertado.

– Então imagine que eu seja Rutger Hauer, o replicante, na famosa cena das lágrimas na chuva. – Neste ponto a garota deixa o olhar se perder na distância e remeda a entonação: – Na Caverna dos Senhores vi coisas em que vocês, os enganados, não acreditariam. Observei bispos com chicotes nas mãos, batendo-me e renegando a Deus como uns bárbaros. Contemplei homens respeitáveis com os olhos esgazeados enquanto cuspiam em mim, nua e amarrada. Gozei com a dor que me causavam seus heróis e vislumbrei o que vocês chamam céu, para além da realidade ilusória. E todas essas lembranças se perderão no tempo, como lágrimas na chuva.

Isso tudo é uma loucura, Javier! A que ponto você chegou... Escutando o delírio glacial de uma puta sadomasoquista búlgara numa noite de sábado, parodiando *Blade Runner*...

– Não acreditaria no que vi – prossegue Ivanka. – É por essas e outras que a raça humana me repugna. Alfred é um pobre infeliz que precisa se humilhar para se sentir alguém ou alguma coisa, como quase todos os senhores, mas é incapaz de matar uma pessoa. E isso sou eu quem está lhe dizendo, eu, uma especialista nestes assuntos.

* * *

Você olha para Alfred, que está pagando a conta no balcão. Também o vê como um zero à esquerda. Foram Gabo e Anna que lhe infundiram esta visão distorcida do esquálido escritor. Além da conversa com Eduard, seu pai.

Era só o que lhe faltava, Javier! Vai dar ouvidos a uma puta? "Mas não é que há algo de autêntico em Ivanka? Não o saberia explicar, mas ela não me parece uma impostora."

Antes que Alfred chegue com as bebidas, você ousa lhe fazer uma pergunta:

– Como especialista: acredita que Gabo seja capaz de cometer um assassinato como este?

– Quem? Gabriel Fonseca?

– É.

– Acredito, e como! Aquele homem é completamente amoral, capaz de tudo. Com isso não pretendo afirmar que tenha sido ele, ainda que pelos detalhes da cena do crime que Alfred me descreveu não reste dúvida de que o assassino é um exibicionista. Você o conhece bem, não é? Então, sabe de alguém mais exibicionista que Gabriel?

Você conhece um bom número de exibicionistas. Na verdade, ultimamente vem achando que o narcisismo leva ao exibicionismo. O narcisismo, tão comum nos nossos dias, é mais antigo que o mito grego que o explica, e o mito – e muito possivelmente também o primeiro germe – já estava viciado de iluminismo.

Apesar de tudo isso, se lhe coubesse conceder o prêmio Nobel do exibicionismo a alguém, provavelmente (e Ivanka tem realmente razão) o ganhador seria Gabo.

* * *

– E por que Gabo haveria de querer matar Magda? Os dois tinham um caso?

– Eu repito – insiste Ivanka, já demonstrando irritação e cansaço –, não sei se foi ele ou não, mas um sujeito como ele é perfeitamente capaz de agir assim.

Você medita em silêncio. Quem estará mentindo? É claro que alguém está falseando a realidade. Ivanka e Alfred? Gabo e Anna? Talvez Eduard? Fica todo arrepiado ao colocar seu respeitável amigo médico no mesmo saco, junto com toda essa turba.

Alfred está a pouco mais de dois metros, esforçando-se para avançar com as bebidas nas mãos. Você não sabe muito bem por que faz a pergunta a Ivanka, talvez porque esteja se dando conta de que vive em um mundo de possibilidades extremas.

– E que me diz de Eduard? O pai de Alfred poderia ter perpetrado algo assim?

Ivanka olha fugazmente para Alfred antes de lhe responder:

– Eu só o conheço por aquilo que seu próprio filho me contou, e não me dá a impressão de ser um modelo de virtudes.

Alfred deixa as bebidas em cima da mesa e se senta.

– Escute, Javier, você, que é um homem sensato: acha que eu deveria revelar tudo isso ao inspetor dos Mossos?

Um homem sensato? Essa é muito boa! Um homem realmente sensato não teria hipotecado a vida como você fez. Não estaria com merda até o pescoço. É claro que Alfred conhece unicamente a epiderme social de Javier, o que ouviu em casa.

Você deixa o tema da sensatez em ponto morto para considerar que espécie de conselho lhe pode dar. Como e o que aconselhar ao rapaz, se desde o princípio você só fez uma coisa: silenciar?

– O que diz seu coração? – pergunta-lhe, devolvendo a bola para o campo dele.

O rapaz não consegue esconder o nervosismo.

– Por um lado, gostaria de esclarecer tudo, mas admito que me dá medo.

– Medo de quê? Simplesmente você aceitou uma encomenda literária. Acontece, porém, que essa encomenda, de alguma forma, tem ligação com a encenação do assassinato da sua parceira.

– Porra! – irrompe Ivanka. – E, se fosse você o inspetor, o que pensaria? Alfred escreve uma coisa que depois é encenada num crime. Ele seria o suspeito número um!

– Eu sei, é verdade, mas o fato de ele contar, de abrir o jogo, contará a seu favor.

Uma breve trégua marcada por goladas. A agitação do local vai aumentando. Uma e meia da manhã. O álcool aquece os ânimos e reaviva as cordas vocais.

– Se eu der com a língua nos dentes e acreditarem em mim – reflete Alfred em voz alta –, todas as suspeitas recairão no ato sobre Gabriel Fonseca.

"O rapaz tem razão, puxarão o fio e descobrirão o jogo de Sade." Isso o preocupa? A única coisa de que podem acusá-lo é de ocultação de provas. "E acha pouco? Além do mais, há incógnitas que eu gostaria de desvelar por mim mesmo, e o encontro da terça-feira, para rememorar os eventos de Marselha, poderia ser uma excelente ocasião." Você tem uma possibilidade: por que não propõe colaboração a Alfred para descobrir mais alguma coisa? Você é amigo de Gabo. Utilize esta carta para ganhar tempo, alguns dias ao menos.

– Antes da opção policial, caso você concorde, posso tentar me aproximar de Gabo e arrancar dele alguma informação valiosa. Se sentir que em uma semana não consigo nada, digo-o a você, e então você procura o inspetor. O que acha?

Alfred olha para Ivanka como se buscasse seu consentimento.

– De acordo! – exclama.

Vocês terminam as bebidas falando de outros assuntos, detendo-se especialmente nos relatos de Sade que Alfred havia escrito por encomenda. Você fica admirado com o grau de conhecimento que o rapaz demonstra sobre o marquês, e, procurando não deixar muito evidente sua leitura dos manuscritos na condição de participante do jogo, tenta saber ainda mais sobre o personagem e os episódios concretos que fazem parte do jogo. Alfred se espraia amplamente nos argumentos dos relatos:

– E de onde vem essa sua simpatia pelo marquês? Quando foi que descobriu este personagem? – pergunta você, admirado.

– Eu o descobri na biblioteca do meu pai. Ele tem praticamente todas as obras de Sade.

Quem foi que disse que "as aparências não enganam, são só aparências"? Você faz um esforço para lembrar. Fuster, Joan Fuster! Um escritor excessivamente lúcido para ser famoso...

Ora, Javier, não me venha agora com abobrinhas literárias. O que é aparente e o que é real *nesta* história? "Buf!" Você está confuso. Eduard, Gabo, Alfred...

E essa prostituta búlgara que parece tão autêntica quanto o vinho? Blanca lhe disse: o vinho nunca mente. Não consegue disfarçar o aroma nem o sabor. Com Ivanka ocorre algo parecido. Não consegue disfarçar o que realmente é.

Que me diz de Eduard? Não sei quantos diplomas, esportista e saudável, homem devoto, leitor do *La Vanguardia*, perfume Tabac, ternos sóbrios da Conti etc. etc. etc. E, no entanto, tem na biblioteca todos os livros de Sade, transa – isto é, transava, lamentavelmente – com a nora, gostava de meter nela por trás e quem sabe que outras coisas mais? E agora, Javier, diga-me: o que é aparência, e o que é realidade?

Alfred nem notou seu imenso desconcerto, mas Ivanka tem a sabedoria de uma serpente e aguarda o momento das despedidas para lhe apresentar a última pérola da noite. Tudo se passa muito depressa. Já na rua, Alfred aperta sua mão, e a garota se detém antes de fazer o mesmo.

– Por que não vai pegar o carro, Alfred? Está meio frio e não estou a fim de caminhar. Enquanto isso, seu amigo me fará companhia, para que nenhum depravado se atreva a me atacar aqui mesmo.

O rapaz concorda. Seu Golf está estacionado a uns duzentos metros, se tanto.

Quando ele está a uma distância prudente, Ivanka dispara:

– Não sei se você prestou atenção quando eu disse que o pai do Alfred é um abusador. Foi o próprio Alfred que me confessou que o pai abusou dele até os 11 anos.

– Espere aí! Está me dizendo que o pai o violentava?

– Não exatamente. Os abusos não eram sexuais. Era mais uma violência erótica. Alfred me contou que, quando o pai se zangava com ele, mandava que arriasse a calça e, com as flanelas de limpar o pó, lhe açoitava as nádegas até que ficassem vermelhas.

A cena a que Ivanka se refere se conduz inapelavelmente a Marselha, à casa da rue Aubagne, ao interior do quarto onde Marianette, Mariette ou qualquer das outras duas garotas está deitada de costas e é açoitada pelo marquês com uma vassoura de urzes. A camiseta branca desabotoada encobre as roupas de baixo, de seda, do senhor de Sade, em quem sua imaginação pôs o rosto de Eduard...

Ivanka passa a mão diante dos seus olhos, de olhar ausente.

– Ei, está aqui?

– Acabo de ter uma visão.

– E isso não é tudo – prossegue ela. – Paula proibiu-o de bater no menino daquela forma tão pouco ortodoxa. Na realidade, ameaçou abandoná-lo caso voltasse a pôr as mãos em Alfred. Seu amigo teve de aceitar. Mas aquilo estava dentro dele, e pouco depois do ultimato de Paula veio à tona o caso de Javier.

Javier Mas era um menino humilde com transtorno de conduta, que Eduard atendia em seu consultório. Aproveitando-se da doença do menino e do tempo de que dispunha nas consultas, batia nele com as correias de couro. De início, a mãe da criança, Soledad, não deu crédito quando o filho lhe contou isso, até que, desconfiada, preparou uma armadilha: fingiu que saía do consultório e se escondeu atrás de uma cortina. Desse modo pôde confirmar ao vivo o que Javier, o menino transtornado, lhe contara...

Você a interrompe:

— Não quero parecer cético, mas será que não está me fazendo de bobo? Não estarão os dois mancomunados para me levar à loucura?

— Eu já disse que não sou do tipo que brinca e que nunca minto. Quer que continue?

Você suspira.

— Claro, desculpe-me.

— Soledad aproveitou para arrancar uma grana dele. Era mãe solteira e necessitava de dinheiro para levar uma vida normal. Limpou a conta-corrente de Eduard, e o assunto não vazou.

— Alfred está a par disso?

— Não, nunca lhe contei.

— Por quê?

— O joguinho que o pai fazia com as correias deixou nele marcas profundas. De onde acha que vem essa sua tendência sádica?

— Não vejo motivo. Ele era uma criança e talvez nem se lembre...

Ivanka sorriu abertamente pela primeira vez em toda a noite. Você repara em seus dentes pequenos e afiados, de uma tonalidade amarelada.

— Acha que sou escrava por quê? Que já nasci assim?

— Sei lá...

— Quem me fez ser puta foi minha mãe, suas humilhações e abusos. Isso mesmo, ela é que me fez assim. Até o ponto de eu não conseguir gozar de nenhuma outra forma, senão com dor.

Seu coração está apertado. Tudo isso, Javier, é muito duro. Seu pai era um religioso fanático e autoritário, mas nunca pôs a mão em você.

Dele você tem apenas duas recordações ruins: aquele sorriso fingido enquanto lhe passava um carão, e seu nome de batismo. Mas era um bom homem, a quem o fanatismo ascético aprontou uma.

Ouve-se uma buzina. É o Golf de Alfred, que está parado em fila dupla e chama a Ivanka.

– Já estou indo! – grita ela.

– Ainda não me explicou como sabe disso.

– Javier Mas, o menino com transtorno de conduta, cresceu e superou seu problema psicológico. O que ele não chegou a superar nem a sublimar, como ocorre com muitos de nós, foram os abusos. Com o tempo, se tornou um dos senhores de sadomasoquismo mais respeitados da cidade. É conhecido pelo nome de guerra: Jota.

Jota? Seu coração dá um salto. Não será o tal do Donatien?

– Espere aí! Que idade tem esse cara? – pergunta você, perturbado.

– Uns trinta e poucos.

– É magro, mas atlético, com tatuagens no pescoço?

– É – responde ela, surpresa. – Você o conhece?

– Acho que sim. E foi ele mesmo quem lhe contou?

– No submundo do sadomasoquismo todos se conhecem. Assim como eu me gabei de ser uma das escravas mais solicitadas da cidade, Jota é um dos senhores de mais renome. Nós nos conhecemos muito bem, além de termos um amigo em comum.

Alfred toca de novo a buzina, e Ivanka ergue a mão direita com o dedo médio esticado sem olhar para ele.

– Jota tem um passado obscuro, como a maioria dos que estamos no sadomasoquismo; mas, no caso dele, soma-se o fato de ser filho de mãe solteira, apesar de que, pelo que diz, seu pai está vivo e ele o conhece, ainda que nunca o tenha reconhecido publicamente. *Quid pro quo*. Mas você ainda me deve uma resposta: como sabia que Gabriel era meu cliente?

Sem vacilar, você decide não mentir para ela. Está convencido de que a garota é como o vinho:

– Sinceramente, não sabia. Estou envolvido num estranho jogo do qual também participam Gabriel, Jota e outros. Ainda hoje à tarde Gabriel me garantiu que Alfred é um depravado, cliente seu, viciado em sadomasoquismo, só para transformá-lo em suspeito do assassinato de Magda.

– Porco! – exclama Ivanka.

– Sinto muito, não queria me aproveitar de você.

– Não, não é com você, estou me referindo a Gabriel. No meu negócio, a Caverna dos Senhores, existem normas, e a mais importante é a discrição.

Alfred cansou de esperar e vem todo apressado em busca de Ivanka. Traz algo na mão. Quando chega perto de onde você está com ela, descobre que se trata de um maço de papel.

– Ivanka, eu estou em fila dupla, vamos logo. Tome, Javier; se quiser se distrair com o marquês de Sade, aqui tem os dois relatos que escrevi para o seu amigo. Não deixe mais ninguém ler. Combinado?

– Obrigado, Alfred. Se souber de alguma coisa, entrarei em contato com você.

Você pega o maço com a mão direita e com a esquerda se despede de Ivanka, cuja frieza da mão chegou até seus ombros.

– Muito cuidado! O mundo do sadomasoquismo, no qual você penetrou, está cheio de armadilhas e perigos. Não confie em ninguém – Ivanka lhe aconselha antes de partir.

Você observa os dois entrando no Golf preto com o pisca-alerta ligado e se sente estranhamente reconfortado pelo último olhar de Ivanka, ao longe, na escuridão.

Ah, Javier, pelo jeito como olha para ela, eu diria que essa garota passou de nada a tudo em questão de minutos. Será que você está aprendendo a valorizar o que é autêntico? Apesar de se tratar de uma puta. Apesar de seu aspecto.

No meio da rua, você passa os olhos pelo maço de papel. Os dois relatos têm títulos correspondentes. Você constata que, efetivamente, o que foi lido no Donatien e o que você tem sobre os eventos de Marselha coincidem com os que Alfred lhe entregou. Se ele soubesse que você já os conhece!

* * *

Pensativo, você vai em busca de um táxi. As dúvidas se acumulam. Mas agora você já dispõe de pistas muito valiosas para ordenar tudo.

Você poderia garantir que Gabo mentiu, como também Eduard. Ambos, com suas mentiras, acusam Alfred. Não estarão mancomunados? A priori, você não tem motivo para acreditar que se conhecem. No entanto, é extremamente revelador que os dois queiram fazê-lo crer que Alfred é o possível assassino de Magda.

E Jota? Que me diz desta descoberta? Jota está no jogo, e, repassando os dados disponíveis, lamentavelmente a única pessoa que esteve em contato com ele antes de o jogo de Sade começar foi Eduard. E que contato!

"Um momento! Não diga nada, apenas escute. E se o nexo entre todos eles é precisamente Eduard? Preste atenção e siga meu raciocínio: Gabriel disse que cada participante do jogo, por vontade expressa do verdadeiro marquês na Bastilha, deveria encarnar um dos sete pecados capitais. Um vício que poderia perfeitamente ser também uma espécie de patologia psicológica. Está-me acompanhando? Bem, vamos continuar: Jota é a ira, Ivanka o definiu como um senhor bastante conhecido no mundo do sadomasoquismo. Anna, a luxúria. Víctor, a gula. Magda, a avareza, e assim sucessivamente, até completar os sete. Sete pecados capitais, sete vícios, sete patologias, sete pacientes que, enfim, por coincidência, se consultavam com o mesmo psicólogo..."

Pare, Javier! Isso é impossível! Anna lhe disse que eles não se conheciam de antes. Encontraram-se naquele apartamento de *swings* e troca-trocas. Foram apresentados lá...

"E daí? Os pacientes de um psicólogo não têm por que se conhecer uns aos outros, a não ser que façam terapias de grupo. O que me interessa no caso é quem os conhece, a pessoa que redigiu os laudos e os analisou. Quem melhor para orquestrar o jogo? Quem melhor que este psicólogo para atribuir um pecado capital a cada um dos sete jogadores?"

Desta vez tenho de parabenizá-lo, Javier! Alfred nos assegurou de que ele tinha a obra completa de Sade na biblioteca. Ivanka revelou seu passado nebuloso, a relação sexual com Magda...

"Chega! Vamos acabar com as dúvidas!"

O que está fazendo?

"Recuperando o celular de Alfred, sua ligação. Preciso falar com ele agora."

Você aperta o último número da lista de chamadas.

– Alfred?

– Sim.

– Sou eu, Javier. Só uma coisa que não pude lhe perguntar para montar o quebra-cabeça: Magda era paciente do seu pai?

– Era. Tinha sofrido uma crise de ansiedade e foi se consultar com ele. Foi assim que a conheci.

– Obrigado, Alfred! – você agradece-lhe com entusiasmo antes de desligar.

Você fica imaginando a cara de espanto do rapaz, mas neste momento isso é irrelevante. Sua tese vai se confirmando. Agora já pode dizer, com grande probabilidade, quem é o marquês apócrifo. Apostaria o braço esquerdo como o atual marquês de Sade do jogo é Eduard.

Foca na lembrança do Donatien e no personagem do marquês sodomizando Magda em cena. A figura do ator mascarado coincide com a de Eduard. Parabéns, você está fechando o cerco.

Porém, de repente, um balde de água fria lhe cai em cima, apagando o fogo ilusório que envolve suas descobertas. É o efeito de um terrível pressentimento:

– Não será Eduard o assassino?

A cena do marquês apócrifo sodomizando Magda no Donatien, sob o gigantesco urinol, deixa-o transtornado. O local decrépito e extravagante, juntamente com o cartão que Toni lhe entregara, são o início de tudo. Não se esqueça, Javier, de que Gabo explicou que o lugar era uma espécie de cenário itinerante, que agora já não o encontraria. Amanhã é domingo, você não tem nenhum compromisso, e neste exato momento você está desvelado e muito excitado com as descobertas...

"E se eu voltar lá?" É uma ideia disparatada, não? "Em casa, Sabrina e Marilyn devem estar dormindo a sono solto. Isaura está em Florença. Não há ninguém à minha espera. Não existe nenhum impedimento. São horas impróprias, mas estou fervendo."

Você olha o relógio: quase duas, e refrescou. À beira da calçada da Muntaner, junto à faixa exclusiva do transporte público, você tenta pegar um táxi. Tem sorte. Não leva nem dois minutos para passar um livre. Você lhe dá o endereço: rua Nou de la Rambla, número 24. A motorista – uma moça de cerca de 30 anos com cabelos sedosos pretos e voz macia – insere as coordenadas no GPS. Unhas impecáveis, uma manicura perfeita, pintadas de vermelho-escuro. Até agora você não tinha notado que o carro é um Mercedes, quase novo, com um cheiro cítrico de aromatizador muito agradável.

Assim dá gosto andar de táxi, hein, Javier? Mas não consigo entender este seu arroubo de ir ao Donatien a esta hora. Acha que encontrará alguém para atendê-lo?

Você não está nem aí. Imerso na intriga do jogo de Sade, não ouve nada. Além disso, não tem mesmo muitos motivos para chegar a casa. Não está com sono. A emoção injetou uma boa dose de adrenalina e endorfina em suas artérias. Você sente prazer em acreditar que descobriu a identidade do marquês do atual jogo de Sade. Se sua suspeita se confirmar, terá de admitir que jamais poderia imaginar uma coisa como esta da parte de Eduard. Nunca na vida teria desconfiado de suas tendências sadomasoquistas, os açoites com as correias e tudo o mais que Ivanka mencionou no transcurso de uma noite de surpresas.

Você considera estapafúrdia a seleção de pacientes com patologias que poderiam ser consideradas vícios, ou sua presença e a de sua mulher, Sabrina, como paradigma da preguiça.

Chegado a este ponto, você precisa dar fim às suposições. Há algumas notas que desafinam nesta sinfonia perversa. A primeira é a escolha de Sabrina. Você não entende como Eduard possa conhecê-la assim tão bem. Uma coisa é a imagem de banalidade que sua mulher projeta, e outra é apontá-la como a preguiça em pessoa. A segunda é a presença de Gabo no jogo, a qual, segundo a mesma lógica, só pode ser explicada pela vontade do marquês apócrifo, isto é, Eduard. Mas você não tem conhecimento da relação entre eles, não identifica vínculo algum entre Gabriel e Eduard. Se este, o marquês apócrifo, o designou como o responsável maior, o supervisor dos sete pecados capitais, o Baphomet, isso significa, então, que ele o conhece tão bem como a cada um dos demais eleitos. E você, Javier, concorda plenamente: Gabo reúne em si os sete pecados capitais, e isso porque não há outros sete. Talvez o pecado da gula se manifeste nele de forma mais... sublime. Você se recorda de tê-lo visto engolir dois quilos de caviar de beluga num banquete, acompanhado de uma vodca gelada...

O trajeto foi brevíssimo. A agradável voz da taxista lhe pede nove euros pela corrida. Você entrega uma nota de 10, e os dedos dela roçam os seus, tendo a cédula por testemunha muda.

– Fique com o troco.
– Muito obrigada.

Ela o deixou praticamente no mesmo lugar onde, na quinta-feira passada, o táxi caindo aos pedaços parara. Passadas cinquenta horas, você segue seus próprios passos. Percebe, novamente, a mistura de cheiros – amaciantes, roupas lavadas, água sanitária, frituras etc. – e o rumor secreto de uma rua com história, até que chega à mesma fachada decrépita. A porta com o postigo de vernizes pretéritos está escancarada. Continuam lá o copo quebrado com o líquido viscoso que gruda nas solas e o ambiente de decadência que resiste a abandonar a escada estreita e íngreme.

Você sobe ao segundo andar. Uma sensação de medo e nojo lhe sobrevém ao observar a porta do Donatien, a qual, por sua vez, parece observá-lo com o único olho do Ciclope em forma de olho mágico. Desta vez nenhuma melodia new wave vem de dentro. Na realidade, você percebe apenas um silêncio pesado e imagina o urinol gigante sumido nas sombras, dormitando na parede. Deixa passar alguns segundos antes de tocar a campainha, com os pulmões cheios de ar e os nervos à flor da pele. Aguarda impaciente que o olho mágico se abra e alguém lhe peça uma senha que, por outro lado, você não sabe qual é. Em vão. Torna a tocar, e nada. Encostando a orelha à porta, tenta captar algum som. Nada.

"Na terceira vão atender!", pensa você, confiante. Desta vez você alonga o *ring* pré-histórico. Tem de se dar por vencido, não há ninguém.

E o que esperava? Que aquele idiota de peruca e falsas boas maneiras cortesãs viesse correndo abrir? Precisava admirar mais uma vez o urinol gigante e a ambientação sádica, sentar-se em um dos sofás macios e aceitar de novo um coquetel enjoativo de hortelã das mãos de Magda?

"Não, não continue! Deixe Magda em paz, liberada para os vermes da morte, e veja se me esquece. Não estou para cinismos!"

Decepcionado e conformado, você vira o rosto sem se mexer, e seu coração dá um salto. A porta do apartamento da frente se abre e uma silhueta miúda se recorta na penumbra.

– Procura alguém?

É uma voz feminina, senil e estridente.

Você se aproxima, e comprova que se trata de uma senhora de idade avançada, vestida com um roupão de flanela azul e o cabelo cinza ondulado preso por uma espécie de redinha.

– Boa-noite, minha senhora. Desculpe se a incomodo tocando a esta hora. É que combinei com uns amigos aqui, neste lugar, e acabei chegando tarde. Já devem ter saído.

A anciã o olha com ar desconfiado, o pescoço erguido e um gesto de estranheza combinado com uma atitude inquisitiva.

– Aqui não mora ninguém, senhor...

– Desculpe, meu nome é Javier. – Você lhe estende a mão.

Ela a aperta. A pele lisa de sua mão desmente a idade. Somente as veias inchadas o induziriam a pensar que se tratava da mão de uma anciã.

– Eu me chamo Margalida, viúva de Pere Ballester.

– Muito prazer, senhora.

– Tem certeza de que este é o endereço correto onde marcou com seus amigos?

– Tenho. Na verdade, faz alguns dias, na quinta-feira passada, estive aqui mesmo, numa festa privada.

A anciã resmunga. Você pode ver, atrás dela, pendurada na parede, uma reprodução ampliada do quadro *La vicaría*, de Fortuny, ladeada por dois abajures de pergaminho com lâmpadas de baixa luminosidade.

– Uma das festas do neto da Caridad!... E como é que um cavalheiro educado e elegante como o senhor se mistura com aquela gentalha? – O tom foi acusador e hostil.

– A que a senhora está se referindo? Não estou entendendo.

– O neto da Caridad é um sem-vergonha, um mal-educado. Vê-se que quando pequeno teve uma doença de... – com o dedo médio da mão direita ela toca a testa – e deu muitos problemas à mãe, Soledad. Talvez o menino acusasse a falta de um pai, ter uma família completa é muito importante, sabe? O rapaz é bruto, e tem o corpo coberto por esses desenhos modernos que os jovens de hoje fazem.

– Tatuagens?

– É, isso mesmo. Uma porcaria!

– E como se chama esse rapaz?

– Javier, como o finado marido da Caridad, um homem muito trabalhador e sério. Há um grupinho que vem com ele de vez em quando se embebedar e – ela se aproxima, baixando a voz – fazer indecências. Todos o chamam de Jota. Uma gentalha, meu senhor! Estou lhe dizendo!

Javier, Soledad, Jota, uma doença mental sugerida com gestos pela anciã... Percebe, Javier? Trata-se da história que Ivanka lhe contou, a de Javier, o menino com uma patologia desagregativa submetido aos abusos de seu psicólogo, Eduard. A mãe solteira, Soledad, descobre... E o resultado final: Jota! Corpo adornado por tatuagens, ambientes duvidosos, sadomasoquismo...

Você se aproxima da senhora, que recua um passo, desconfiada, e fecha a porta alguns centímetros.
— Não tenha medo, por favor, só queria lhe perguntar algumas coisas sobre esse rapaz, Jota, e sua família.
— Você é da polícia?
Você hesita. Intuindo que ela tem respeito aos uniformes, arrisca:
— Mais ou menos!
— Detetive particular? – pergunta ela com ar de sigilo.
— Sou, mas, por favor, não erga a voz, é melhor que ninguém fique sabendo!
Ela o olha, indecisa, embora tenha recorrido ao tom de voz mais suave de que foi capaz e a gestos e movimentos muito sutis. Finalmente, mesmo não totalmente convencida, deixa-o entrar na pequena antessala dominada por uma cópia de *La vicaría*, ampliada em pelo menos o triplo do tamanho original. O cômodo tem uma estrutura idêntica à do apartamento da frente, o do Donatien, com a mesma porta de vidros opalinos verdes dando passagem para a sala de visitas.

A intenção inicial da senhora Margalida era recebê-lo ali mesmo, mas, a uma distância mais curta, sua aparência refinada conquista sua confiança, fazendo-a abrir totalmente a porta de vidro e convidá-lo a entrar.

Reina no apartamento um cheiro de ranço que combina com a decoração. Olhando ao redor, é como se você houvesse retrocedido quarenta anos no tempo. Tudo bem arrumadinho, mas antiquado, até o pó que flutua sob os raios de luz indiretos dos abajures de pergaminho. Vocês sentam-se em cadeiras de balanço de frente para o televisor, um modelo tão antigo que deixa dúvidas quanto a se funciona ou não, e a anciã se balança ao ritmo da própria fala, olhando para os pés envoltos numa manta acolchoada xadrez:

– Eu estava na sala de visitas quando ouvi a campainha. Estava cochilando na cadeira de balanço, isso costuma acontecer-me, e quando acordo vou para a cama.

– São muito confortáveis – mente você com um sorriso fingido, porque as almofadas são duras como só elas. – Então, quer me contar a história dos seus vizinhos?

– Claro! O que quer saber?

Boa pergunta, Javier! Você quer saber tudo, obter mais alguma pista que o ajude a entender onde está. Você supõe que Margalida seja dessas pessoas velhas e solitárias que, quando ouvem uma nota, desfiam a melodia inteira e, a partir de um detalhe, são capazes de desenrolar a história toda. Então começa:

– Quem é o dono?

– O apartamento era de Caridad e do marido, Javier, que o compraram praticamente como nós, no final dos anos 40. Antes, a vizinhança era decente, afora a sem-vergonha da Juanita, uma das mocinhas que fumam mais populares da rua, e que morava no primeiro andar, e o senhor Nicomedes Albiol, do terceiro, que se dedicava a promover jogos de carteado clandestinos. O restante era gente trabalhadora, como a própria Caridad, que fazia faxina numa casa de gente rica na parte alta da cidade, em Pedralbes, e Javier, que à noite trabalhava de guarda-noturno e de dia como ajudante num armazém do porto. Sabe que ele sempre trazia fumo americano para o meu marido? Comprava baratinho, do contrabando.

Você assente com a cabeça e se resigna a escutar a xaropada que pode levá-lo ao que interessa.

– Cari – continua ela – só teve uma filha: Soledad. O marido queria mais filhos, mas, por um desses problemas de mulheres, eles não puderam, você me entende, não é?

– Claro.

– Filha única, eles criaram mal a menina. Era mimada, boazinha, mas muito mal acostumada. Tratavam a garota como a uma florzinha, e Pere, meu marido, que Deus o tenha em Sua glória, repetia: "Margalida, esta menina não vai dar boa coisa!" Dito e feito: quando ficou mocinha, começou a andar com rapazes e, conversa vai, conversa vem, ficou marcada pela vida dissoluta e acabou com um estivador que só vivia bêbado. Caridad sofreu muito, e o pai... Você não imagina como Javier sofreu! Meu falecido marido, que Deus o tenha em Sua glória, sempre me assegurou: "Margalida, o infarto de Javier foi provocado pelos desgostos contínuos com a filha!"

– Então Soledad teve um filho, Javier, certo? – intervém você, para que ela vá logo ao que interessa.

– Isso, ela o teve com esse tal brutamontes do porto, que a emprenhou e sumiu no mundo da noite para o dia. Embora as más-línguas garantissem que o pai verdadeiro não era ele, e sim um homem muito rico... O fato é que Caridad não tinha onde enfiar a cara de tanta vergonha. Quase não saía de casa, e o coitado do Javier vivia chorando pelos cantos. Naquela época, ser mãe solteira não era como hoje em dia, quando a juventude está perdida e tudo parece normal. Javier não chegou a conhecer o neto, porque caiu fulminado por um infarto enquanto trabalhava no porto. Cari teve de se armar de coragem, foi avó, mãe, avô, pai, tudo. Nós a ajudávamos como podíamos: dávamos-lhe comida, eu fazia a faxina com ela, Pere trocava seus botijões de gás e se encarregava das tarefas mais pesadas... Enfim, Cari merecia!

— Claro, uma situação como essa dá uma pena danada, mas e o menino, como era?

— Olhe, senhor...

— Javier!

— Isso, Javier, perdão, o seu nome é tão incomum... mas, onde estávamos mesmo?

— O menino, o filho de Soledad.

— Ah, sim. — A anciã remexe a dentadura dentro da boca e se balança com força na cadeira. — Além de queda, coice! Conhece este ditado, não é?

— Sim.

— O menino nasceu com graves problemas, o que deixou as coisas mais difíceis. Sole procurou um médico da zona alta para tratar dele, o pobrezinho não regulava bem, está me entendendo? — pergunta ela, simulando com o dedo indicador sobre a têmpora que a criança era perturbada. — O médico era muito bom, atendeu o menino a pedido dos antigos patrões de Caridad, os ricos da zona alta; porém algo aconteceu, porque, de repente, Soledad parou de levá-lo e pouco tempo depois se mudou para um apartamento novo no bairro da Sagrada Família.

— E sabe-se o que houve? — você se mostra interessado, apesar de conhecer a versão de Ivanka sobre os abusos.

A anciã baixa a voz:

— Cari nunca me falou sobre isso, mas, segundo as más-línguas, Soledad, destrambelhada como era, se meteu com o tal médico.

— Veja só! — exclama você, surpreso.

— Era o que se dizia pelo bairro, e também que o médico lhe dera um dinheirão para fechar a boca. O certo é que ela e o garoto se mudaram para um bairro melhor, e Caridad ficou aqui, apesar de ir com frequência à casa da filha. Depois que morreu, já faz 12 anos, no dia da Imaculada Conceição, o apartamento ficou fechado. Soledad deu o apartamento ao filho, que se instalou nele há uns dois anos. Era uma coisa esquisita, porque ele recebia muita gente e às vezes dava festas até tarde. Então, de uma hora para outra, mudou-se não sei para onde, porque nós não nos dávamos muito com aquele desatinado. Agora só aparece aqui de vez em quando.

– E a mãe, Soledad?

– Não vejo Soledad desde o enterro de Caridad, dia em que também conheci os senhores ricos para os quais ela havia trabalhado, e que insistiram em pagar o enterro.

– Muita gentileza da parte deles!

– Sim, gostavam muito dela. E Caridad sempre falava muito bem deles. – A anciã torna a baixar a voz e se aproxima de você com ar confidencial: – Ela contava que o patrãozinho da casa, que se chamava Gabriel, era meio esquisitinho, excêntrico, mas muito atencioso e educado. Veja que coisa mais estranha que Cari me dizia: ele pendurava urinóis nas paredes! Pode imaginar uma coisa assim?

Como não ia imaginar? Você conhece de sobra o messias dos mictórios!

– Desculpe-me, senhora Margalida – você a interrompe –, poderia me beliscar?
– Como disse, meu jovem?
– Nada, nada, não me leve a sério – responde, ainda perturbado. – Vejamos se entendi: Caridad, a avó de Javier, trabalhava como empregada para o senhor Gabriel Fonseca?
– Isso, Fonseca! Os Fonseca, sim, senhor, era esse o sobrenome dos patrões de Cari. Mas como você sabe? – pergunta ela, com um gesto de estranheza.
– Sou detetive particular, lembra-se?

Detetive particular? Sua sem-vergonhice não tem limites, Javier. Enganando uma pobre anciã... Sim, eu sei, não precisa me dizer, sei que isso lhe propiciou três informações muito importantes para resolver o complicado sudoku. A primeira, que Gabriel Fonseca e Eduard se conheciam, uma vez que foi o primeiro que lhe encomendou o tratamento do filho de Soledad. A segunda, que Jota é o neto da empregada de Gabo; e a terceira, que as más-línguas relacionavam Eduard com Soledad.

Que coisa! Você não sabe se com esta informação tudo se esclarece ou, pelo contrário, se as coisas ficam ainda mais confusas à medida que se obtêm mais dados...

* * *

– O rapaz está metido em alguma confusão, não é? – pergunta-lhe ela.

– Mais ou menos.

– Como não, se meu falecido marido já dizia que Cari tinha nascido com a corda no pescoço?! Parece mentira que, de repente, tudo pareça se virar contra as pessoas de bem...

– Nem me diga, senhora! Se soubesse o que venho passando!...

– Não sei se devo revelar, mas você me dá a impressão de uma pessoa honesta e educada. Nem a Sole nem o descarado do seu filho sabem, mas eu tenho uma cópia das chaves do apartamento de Caridad. Sempre guardei uma, por vontade dela, claro, para o caso de acontecer alguma coisa e ela não estar em casa, como um vazamento de água ou um curto-circuito igual ao que acabou com a vida da sem-vergonha da Juanita, do primeiro...

Você a interrompe:

– A senhora tem uma chave do apartamento?

– Tenho. E lhe asseguro de que ninguém se incomodou de trocar a fechadura.

Está com sorte, Javier! Veio só dar uma olhada no Donatien, e o destino lhe oferece uma oportunidade como esta.

– Olhe, senhora Margalida, seria da maior importância para minha investigação que me permitisse entrar no apartamento.

– Você ainda não me explicou o que está procurando exatamente, mas posso imaginar. Trata-se de um assunto de drogas, não?

– Sim – confirma você, fazendo ao mesmo tempo um sinal de silêncio com o dedo sobre os lábios fechados. – Não posso lhe fornecer maiores detalhes porque poria em risco a investigação, mas dou-lhe meus parabéns, a senhora é muito perspicaz!

A anciã, visivelmente envaidecida com o elogio, dá um impulso com a cadeira de balanço e se levanta.

– Espere aqui um momento, senhor detetive.

Enquanto ela se afasta, você contempla o museu dos anos 40 que o cerca. Um gramofone com bocal de madeira sobre uma mesinha lateral lhe atrai a atenção. Junto à peça, um monte de discos, alguns muito antigos. Zarzuelas, Carlos Gardel, Raquel Meller e Concha Piquer, entre outros. Perto da "mesinha musical", uma máquina de costura Singer de pés e pedaleira de ferro forjado. Está em perfeito estado, assim como o gramofone, assim como tudo o mais que você vai descobrindo, perplexo, tudo digno de um antiquário.

A senhora Margalida retorna exibindo a chave na mão, enquanto examina os personagens de uma curiosa fotografia em preto e branco, emoldurada, retratados numa praia.

– Somos eu e meu falecido marido na praia da Barceloneta, em 1957, com alguns amigos. A foto foi feita por um amigo. Este que está à frente de todos, segurando a vara de pescar, é o meu falecido, que Deus o tenha em Sua glória, e a que está à sua esquerda sou eu – explica ela, aproximando-se.

Você tem de reconhecer que, apesar do tempo transcorrido, a senhora Margalida e seu marido estavam bem na foto.

Você deposita o porta-retratos sobre a cômoda e pede a chave com a mão aberta.

– Se não se importa, senhor detetive, eu vou acompanhá-lo. Não é que não confie no senhor, mas há de convir que é uma situação delicada, não é mesmo?

Você não tem outra saída a não ser ceder. Afinal, a única coisa que deseja verificar é se Gabo mentiu quando assegurou que o Donatien era apenas uma montagem itinerante.

Você aceita e segue a anciã até a antessala. Ali, de um cabide, ela pega um xale de lã preta e o joga sobre os ombros, por cima do roupão branco, e os dois saem.

– Verifique se não há ninguém na escada! – ordena-lhe ela.

Você obedece, aproximando o corpo do vão da escada e prestando atenção a algum eventual barulho. Nada. Perseguem-no, unicamente, o odor decrépito do edifício e o silêncio rançoso.

A velha introduz a chave na fechadura e abre a porta com destreza. A mão logo acha o interruptor – certamente no mesmo lugar onde fica o dela – e faz-se a luz. Enquanto isso, você fecha a porta com todo o cuidado.

No vestíbulo nada mudou desde que você estivera ali. O escasso mobiliário de que dispunha o sujeito de peruca empoada está intacto. A anciã abre a porta de vidros opalinos e aciona o interruptor. Acendem-se duas lâmpadas que pendem diretamente de fios.

Sua decepção é imensa. O salão está quase vazio. Não há sinal do imenso urinol, nem dos lustres, nem dos objetos pendurados nas paredes. Restam unicamente os sofás – você fixa os olhos por um momento no divã onde sodomizou Anna – e o bar, nada mais.

Você dá uma volta pelo recinto, nervoso, buscando algum indício da decoração do Donatien, mas é inútil. Gabo tinha razão: tudo não passara de mera montagem.

A anciã capta sua frustração:

– Parece contrariado!

– E estou mesmo, senhora Margalida! Estive aqui na quinta-feira, e era tudo muito diferente. Ali, no meio da parede – você aponta com o dedo –, havia um gigantesco urinol pendurado. Por todas as paredes havia objetos estranhos espalhados...

– Deve ser o que levaram ontem numas caixas – resmunga ela.

– Como disse?

– Ontem de noitinha veio um grupo de jovens e eles começaram a carregar caixas e mais caixas. Olhei pela janela e vi que as levavam para dois furgões. Não abri a porta para ver, mas pelo olho mágico reconheci o neto de Caridad.

Faz sentido, Javier! Isso deixa evidente, por exemplo, que o imenso urinol, réplica do de Duchamp, era composto de peças. Se não fosse assim, como teriam conseguido fazê-lo passar pelas escadas e portas estreitas? Era tudo cenário, preparado para a ocasião, para encenar o jogo de Sade.

Desta vez Gabo não mentiu. Imediatamente lhe vem à lembrança sua confissão de que também havia participado do espetáculo de um quarto contíguo, e de que Sabrina, supostamente, lhe fizera uma felação.

Você examina as paredes e descobre os calços e os pregos que sustentaram o cenário. Tenta localizar o ponto onde ficava o retrato mural do marquês. Segue até lá e experimenta uma enorme satisfação ao descobrir na parede os dois orifícios que Gabo havia mencionado. Disfarçados nos olhos do marquês de Sade, forneciam uma visão privilegiada. Em seu lugar existe agora apenas outra porta, além daquela pela qual você entrou, e você se dirige até ela para examinar o quarto que fica do outro lado.

A velha o segue, resmungando baixinho. O corredor é escuro e comprido. Você se situa rapidamente e entra no quarto que procurava. *Et voilà!* A cadeira a que Gabo se referira continua ali, junto ao postigo improvisado, bem como um sofá-cama encostado a uma parede.

– Este é o quarto de passar roupa! – explica a senhora Margalida, que o seguiu com esforço. – Cari passava roupa escutando rádio. Mas não era assim, havia uma mesinha com o rádio, ali, umas estantes...

Você a deixa à vontade, sem lhe dar atenção. Pouco lhe importa como a amiga da gentil senhora arrumava o quarto. Atônito, contempla a cadeira enquanto uma nuvem de imagens vai se formando à sua frente. Vê um corpo escultural envolto numa capa preta que avança até a cadeira onde Gabo está sentado, com as pernas finas e o rosto excitado pelo espetáculo. Mãos suaves lhe baixam a braguilha da calça e procuram o pênis, em plena ereção. A misteriosa dama, ajoelhada, inicia a massagem bucal...

– Desculpe-me – interrompe-o a senhora Margalida –, não perguntei antes, você é casado?

– Sou – responde você com voz nostálgica –, mas por pouco tempo!

Quando a senhora Margalida fecha o apartamento, você se sente estranhamente decepcionado. A verdade é que teria gostado de encontrar de novo a atmosfera do Donatien, mas não foi assim. Este fato confere ao jogo de Sade mais verossimilhança. Como já lhe explicaram, joga-se constantemente, desde tempos imemoriais, porém cada partida que constitui o jogo tem um limite temporal. O Donatien foi somente um cenário para a representação da história de Jeanne Testard. Graças à visita, você conseguiu alguns dados muito importantes: que há um vínculo entre Gabo e Eduard, entre Gabo e Jota, entre Jota e Eduard e, em último lugar, que Gabo possivelmente não mentiu no tocante ao seu papel nesta primeira encenação. Pôde comprovar por você mesmo a existência dos dois buracos que faziam as vezes de olhos mágicos exatamente onde ficava o retrato mural de Sade, bem como a da cadeira do espectador clandestino, e você imaginou a cena da felação.

Você se despede da senhora Margalida, que se oferece para ajudar na investigação em tudo o que estiver ao seu alcance e, com voz fraca, diz:

– Pela memória de Caridad, por favor, tratem bem o rapazinho. A avó dele, lá no céu, deve estar sofrendo muito.

Você promete que o fará, que levará isso em conta, sentindo nojo de si mesmo por haver mentido a uma senhora tão gentil.

Na rua, estende-se uma névoa pegajosa, uma umidade salobra que intensifica os odores decadentes, os eflúvios da rua que nunca dormia, a antiga Conde del Asalto. Com os dois relatos de Alfred nas mãos, o coração cansado e a mente excitada, você segue para a Rambla.

Jamais poderia supor que viveria uma situação como esta. Jamais poderia imaginar que o marquês de Sade e o tenebroso mundo do sadomasoquismo entrariam em sua vida. Quando leu *Justine*, na época de estudante universitário, o livro o impressionou. Acreditava tratar-se de uma versão apócrifa do Livro de Jó – outro dos episódios bíblicos muito citados por seu pai – temperada com um erotismo cínico. A adolescência e a primeira juventude foram muito prolíficas em termos de leituras. Talvez – pensa agora, da atalaia do tempo – quisesse escapar do estigma falsamente piedoso de seu progenitor, de sua abnegação religiosa e de seu *"jobismo"*, tão presentes em você, apesar da ausência paterna. Com certeza buscava refúgio em outros lugares menos duros. Ansiava novas fontes onde beber. Provavelmente se entregou muito facilmente aos cantos de sereia do fascínio e do brilho para deixar para trás a mensagem firme e contundente do sofrimento, da abnegação, da virtude e toda essa salada de ascetismos que compuseram sua educação.

E se tudo isso que lhe vem acontecendo for um castigo divino? E se, desde o momento em que conheceu Gabo até o dia de hoje, imerso no jogo de Sade, tudo for o pedágio cobrado por seu ceticismo religioso?

"Ah, se eu tivesse uma segunda oportunidade!", suspira você em meio à névoa, com a esperança de que o pegajoso alento dos deuses primitivos os faça atender a este desejo.

Eu sei, Javier, eu sei! Se conseguir liquidar seu patrimônio e saldar as dívidas, se romper sua desgraçada relação com Sabrina, se o exame laboratorial confirmar que está são, se puder sair do jogo de Sade sem nenhuma sombra de culpa... então começará outra vez, viverá seguindo os ditames de seu coração, que você alimentará com aquilo que o nutre: Isaura, sua filha, e alguma companheira de viagem para o que lhe reste de trajeto, quem sabe Blanca?

* * *

Sem perceber, chega à Rambla. Cenas da madrugada de um sábado pululam nas ruas úmidas sob as luzes fantasmagóricas, efeito da mortalha brumosa. Amor, fúria, embriaguez, risos, prantos... Figuras de todos os tipos, reflexo da poliédrica natureza humana. Mas avança absorto até o ponto de táxi. Rumina, ainda, as últimas descobertas do jogo de Sade e pergunta-se por que, em momento algum, apesar de conhecer os dois havia anos, você desconfiou da ligação entre Gabo e Eduard. É paradoxal, Javier! Mas tampouco se lembra de haver mencionado o nome de um em presença do outro.

Não sabe por quê, mas intui que o assassinato de Magda tem a ver com a história de Jota. Tanto Gabo como Eduard apontaram Alfred como o possível assassino. E a verdade é que o rapaz não tem álibi. Precisa confiar no testemunho de Ivanka para descartar sua culpabilidade. Gabo não lhe faltou com a verdade, exceto quanto à sua condição de cliente da Caverna dos Senhores, no apartamento de Ivanka.

Além disso, que motivo teria Gabo para matar Magda? Por mais voltas que dê ao assunto, não lhe ocorre nenhuma resposta. E, finalmente, Eduard. A crer em Ivanka, ele demonstrou uma tendência perversa a usar as correias primeiro com o próprio filho e depois com um paciente. Mas a última informação que você obtete, graças à senhora Margalida, desmente isso. Conforme os rumores que, segundo ela, haviam circulado pelo bairro, falava-se em uma relação ilícita entre Soledad e Eduard, e não em abuso do rapaz por parte do terapeuta. A gentil anciã falava com a voz do passado – não se esqueça, Javier, do ambiente rançoso em que vive a senhora –, e talvez na época, em plena ditadura, as pessoas não pudessem assimilar a pederastia, donde o conflito associar-se a um namoro entre a mãe e o médico.

Ivanka também revelou que Eduard tinha um caso com Magda, sua paciente, que conhecera Alfred precisamente no consultório do pai deste. Como se deixou enganar por Eduard?! Você o considerava um homem de conduta irrepreensível, modelar, inatacável. E, no entanto, por trás da máscara de cidadão exemplar, esconde-se, pelo visto, um predador sexual, um libertino e um pederasta. O fato de que, muito provavelmente, seja ele o marquês apócrifo do jogo de Sade já diz tudo. O genuíno marquês deixara bem claro na carta da Bastilha que quem encarnasse seu personagem deveria ser um homem dissoluto. O título honorífico passaria de libertino em libertino. Contudo, o fato de o responsável pela encomenda de dois relatos da vida de Sade ter sido Gabriel, e não Eduard, o provável marquês de Sade do jogo, o deixa desconcertado.

E o que me diz do diário, da anotação na caderneta preta? Alfred se mostrou sincero diante da engenhosa armadilha literária que você armou para ele, usando Faulkner como isca, para descobrir se mantinha um diário. O mais provável é que a anotação que faz menção a você tenha sido escrita por Eduard. Por quê? A única resposta é: para incriminar ainda mais a Alfred.

Todavia, tudo isso não passa de meras suposições baseadas no testemunho de diferentes pessoas. Você, Javier, só pode contar com o grau de credibilidade que atribua a cada uma das fontes. Assim, a sombra da suspeita do assassinato recai, cada vez mais nitidamente, sobre Eduard.

Você embarca no primeiro táxi do ponto e fornece o endereço de casa. O seco "está bem" do motorista, um homem gordo de idade avançada, vaticina que o trajeto transcorrerá em absoluto silêncio. E assim é. Isso lhe permite continuar a pensar nos acontecimentos que o espreitam. Mas agora você deixou de lado o assassinato de Magda para focar em Sabrina, em seu papel no jogo de Sade. Segue duvidando de que tenha sido Eduard, o atual marquês e responsável por organizar a partida, quem a escolheu, pois alimenta sérias dúvidas de que ele a conheça tão a fundo a ponto de atribuir a ela o pecado da preguiça. É uma das peças do jogo que ainda o deixa confuso. Eduard provavelmente conhece

Víctor, Jota, Josep, Anna e Magda como seus pacientes. Quanto a você, sobram justificativas para que ele lhe tenha dado o título de Lúcifer, o Soberbo. Você recende a soberba por todos os poros. Ao que parece, Gabo e Eduard se conhecem há muitos anos – você ainda não dispõe de detalhes suficientes deste vínculo –, mas a senhora Margalida relacionou os dois através de Soledad e seu filho com problemas, Jota.

E Sabrina, Javier? Como ele chegou à conclusão de que ela é uma preguiçosa fútil?

Você suspira. O taxista sintonizou uma emissora de música clássica. O *Adagio* de Albinoni, que combina perfeitamente com o espetáculo que você contempla pela janela do carro, um amanhecer violáceo e encoberto. Aturdido pela solenidade do momento, você experimenta a brevidade humana, a fugacidade de tudo. E então lhe vem à mente a tragédia de Paula, a mãe de Alfred, uma mulher que você admira, exilada na casa dos pais, consumida pelo câncer.

Um momento, Javier! Mencionou Paula? Mas é claro! Deus sabe os segredos que ela guarda, caso sejam corretas as suspeitas que recaem sobre Eduard. Por que não fala com ela? "É uma boa ideia, mas como? Só sei que sua cidade natal é Capçanes, um lugarejo que me sugere apenas vinho." Alfred poderia levá-lo até lá... "Não. Deveria ser uma conversa a sós, você e ela. Ninguém mais deve tomar conhecimento, nem seu marido nem seu filho. Uma mulher como Paula, com o bafo da morte na nuca, poderia me ajudar a destrinçar definitivamente esta história."

São quase seis da manhã, e a fadiga começa a lhe fazer um estrago. A excitação sucumbe ao cansaço. Você tira a roupa no closet, deixa o Black carregando no escritório e se prepara para deitar-se. Marilyn ergueu as orelhas e esboçou um latido abafado de aviso. Sabrina se revira nos lençóis e pergunta, com voz cavernosa:

– É você?

– Sim, durma, é muito cedo.

Ela se vira no leito, dando-lhe as costas, e cobre a cabeça com o travesseiro.

Perfeito! Não lhe perguntou que horas eram, nem o que você estivera fazendo até alta madrugada. Menos mal. Você se enfia na cama procurando não tocá-la, também de costas para ela, sentindo que o sono o convoca...

Quando desperta, você está sozinho na cama. Pode esticar-se sem medo de esbarrar nela. A luz se infiltra com luxúria por onde pode, como se quisesse ocupar o quarto e se assenhorear dele. Presságio de outro dia radiante e ensolarado. O relógio digital da mesinha de cabeceira anuncia: uma e meia.

Você vai para a cozinha com a intenção de beber água. Está com a boca seca. Depois, um café para acordar de vez. Descobre um bilhete – com a letra de Sabrina – na porta da geladeira, preso por um ímã em forma de maçã, brinde da quitanda da qual é freguesa habitual. É um de seus passatempos preferidos, brincar de escrever bilhetinhos ridículos e grudá-los na geladeira. "Não pode recorrer ao celular?", você se pergunta. Que é isso, Javier! Agora, quando ela procura poupar, sendo como é a imagem viva do dispêndio, você se zanga com ela?

Admitindo que pelo menos assim ela não gasta com o celular, você lê o bilhete: "Não virei almoçar. Fiquei com Berta. À tarde nos vemos."

"Muito bem", responde você em voz baixa, "aproveite bem a trepada." Você seria capaz de jurar que Berta é, na realidade, o atraente vendedor de roupas, ainda que, a esta altura, ela o traia sem nenhum cuidado. A única coisa deste adultério que continua a incomodá-lo é ter de custear os hotéis e restaurantes. Além dos presentinhos que ela deve lhe dar, como cintos, gravatas e coisas assim.

Você resmunga ao abrir a geladeira. Sua esperança é que tudo termine logo e possa esquecê-la para todo o sempre. Será fácil, Javier! Estou lhe dizendo.

O frescor da água o reconforta. Você aciona a Nespresso e liga o rádio e o computador.

Ontem à noite, Javier, ocorreu-lhe a ideia de ter uma conversa com Paula. À luz do dia isso fica ainda mais nítido: precisa falar com ela. É imperativo verificar se Eduard realmente é o que parece. Passar de meras suposições baseadas em testemunhos a fatos demonstráveis. "Mas espere aí! Paula não deixa de ser outra testemunha, ou não?" Dá no mesmo se ela é a esposa, a mãe de um filho de que ele abusou ou a chifruda estoica. Seu testemunho é o mais contundente de todos. E, além do mais, quem garante que Paula não lhe propiciará alguma prova irrefutável da depravação do marido?

Você toma o café decidido a visitar Paula hoje mesmo, aproveitando que é domingo e que nada o impede, mesmo sabendo que talvez seja uma missão impossível e que terá de retornar das terras do sul de mãos vazias.

Conhece Capçanes pela reputação enológica, por pertencer a uma denominação de origem vitícola de que você é apreciador e cliente contumaz: Montsant. Para chegar lá, sabe que é preciso passar pela capital do Priorat, Falset. Dali a Capçanes é um pulo.

No escritório, você procura na Internet a localização exata e o melhor caminho para chegar à localidade. Como intuía, é bem fácil. Fica muito próxima de rodovias importantes.

Você toma uma chuveirada e se veste rapidamente, decidido a empreender a viagem às terras vinícolas. Mas, antes, Javier, não conviria assegurar-se de que Paula continua lá? Não seria mais prudente verificar se Eduard não está passando o domingo com ela? É bom lembrar, Javier, que seu amigo comentou que a visitava semanalmente.

Você pega o Black, determinado. Procura o número de Eduard e liga.

– Eduard? Sou eu, Javier.

– Oi, Javier. Tudo bem?

– Tudo. Acordei tarde, mas estou me sentindo descansado.

– É um dorminhoco! Aprenda com um velho esportista: faz duas horas que estou no clube, jogando tênis, e só parei há pouco. Agora uma ducha, uma sauna, e vou comer alguma coisa por aqui mesmo, no restaurante do clube. Depois vou ao consultório, preciso repassar os laudos de alguns pacientes. Enfim, como está vendo, a atividade me mantém em forma.

– Então não sei? – comenta você, satisfeito por não ter sido necessário mentir nem fingir para saber se ele estaria com Paula.

– Quer alguma coisa?

– Sim, uma consultinha rápida – agora mente. – Essas pílulas que venho tomando para dormir, Datolan, têm me dado uma dorzinha no estômago, e agora também ando sentindo hemorroidas, ficando meio irritado. Será que isso também não será por causa dos comprimidos?

– Já não tinha parado com o Datolan?

"Merda!" Nem se lembrou de que já lhe havia perguntado sobre a conveniência de parar com os soníferos.

– Sim, mas andei meio nervoso esses dias e voltei a tomar.

– Pois fez mal! Sabe muito bem que sou contra a automedicação. Quanto às dores, é bem possível que se devam de fato ao Datolan. De qualquer forma, não o tome mais. Procure relaxar, praticar algum esporte... Um chazinho antes de dormir vai bem. E não se preocupe com o exame. Já lhe disse que a probabilidade de contágio é muito baixa. Quando tiver os resultados, espero que amanhã mesmo, ligarei, e então você dormirá tranquilo.

– Obrigado, amigo.

– E na próxima trepada ponha o chapéu, entendeu, caubói?

– Claro, claro; e como está Paula?

Um breve silêncio.

– Mal, meu amigo, mas muito animada. Eu a admiro. Não sei de onde tira tanta força. Esta manhã liguei para ela para dizer que não poderia ir, que estava com umas pendências no consultório, e ela me disse que saíra para passear pelas vinhas com a irmã.

– Melhor assim, não é?

– É. Bem, vou desligar. Entrarei em contato assim que souber os resultados. Certo?

– Muito bem. Até logo.

Genial! Caminho livre para zarpar rumo a Capçanes, quanto antes melhor. Você olha o relógio. Uma e quinze. Não comeu nada! "Comerei qualquer coisa no caminho." Está se sentindo excitado. Intui que, em meio às vinhas, a confissão de uma moribunda exemplar lhe proporcionará tudo aquilo de que necessita para descobrir a verdade. Além disso, Javier, lembre-se: "O vinho é honesto, nunca mente. Não consegue disfarçar os aromas nem o sabor."

Já dirige há mais de uma hora e meia. Está chegando a Falset. A paisagem o encanta. Alternâncias entre a muralha de ardósia e o verde desmaiado dos pinheirais mediterrâneos. Recônditos beirais de pedra, testemunhas de antigos terraços de cultivo em alturas insuspeitadas onde escassos arbustos de espinheiro ou aveleiras selvagens teimosamente se agarram. A folhagem verde-prateada de solitárias oliveiras suaviza os terraços encobertos...

Tudo o faz recordar com saudade daquela breve temporada dos tempos de universidade que passou no belo solar da família de um amigo de faculdade, Robert, com quem perdeu o contato, em Darmós, um lugarejo bem perto dessas paragens. Era agosto, fazia um calor infernal e o seu amigo, filho de viticultores, abriu as portas de sua casa durante uma semana e se prontificou a mostrar o que seria, anos depois, a região geográfica dos Montsants. Eram quatro amigos, dos quais você só voltou a encontrar um deles, e assim mesmo eventualmente. Desceram a caves insuspeitadas envoltas em teias de aranha, degustaram *caldos* velhos e sábios como a própria terra, homenagearam a Dionísio e suas sociedades secretas, as *thiasas*... Uma excursão magnífica durante a qual você foi imediatamente atraído pelo aroma adocicado da uva e pela beleza dos parreirais.

E, no entanto, Javier, quando ficou rico, quando sucumbiu ao narcótico das aparências, você se esqueceu de tudo o que o fizera sentir-se bem, como o influxo das vinhas. Você se deixou levar pelos mictórios elevados a obra de arte, rendido à extravagância vanguardista. Investiu em Dubai, entre outros lugares exóticos, casou com uma aprendiz de modelo *top fashion* etc. etc. etc. Nem sombra das leituras humanísticas e teosóficas. Nem sombra de Blanca ou do ambiente do bar Zona, nem sinal das vinhas... A soberba que se achava adormecida em seu interior despertou como um animal selvagem. Na verdade, Javier, compraram-lhe a alma e você não se apercebeu senão quando já estava com a merda no pescoço, a ponto de perder tudo.

Toca o celular. Você aciona o viva-voz.

– Alô?

– Olá, garanhão!

– Anna?

– A própria.

– O que quer?

– Pois não é que eu estava sozinha em casa, entediada, e então me perguntei se também você não estaria sozinho e entediado...

Ela fingiu uma ridícula voz infantil:

– Estou viajando. Resolvi dar uma escapada de Barcelona. Precisava respirar um pouco de ar puro.

– Claro. Compreendo que depois daquela noite no Donatien, depois de ler os eventos de Marselha, a testosterona o esteja perseguindo e você queira fugir de mim, hein?

– Não diga bobagem! Agora mesmo, sua estúpida ignorante, estou cercado por uma paisagem maravilhosa onde suas baboseiras ficam fora de lugar.

– Nossa! "Estúpida ignorante"! Este galanteio vai lhe custar caro, garanhão! Trata de curtir o ar puro e reunir forças para a terça-feira que vem, que a orgia da rue Aubagne nos aguarda...

– Onde vai ser?

– Não sei, terá de ligar para o celular do cartão duas horas antes.

– Ora, Anna, não me venha com essa! Não engulo que você não saiba onde é. Tenho certeza de que ajudou o Jota e os demais a preparar o cenário!

– De que está falando?

– De que certamente estão repetindo o truque do Donatien. Montaram um ambiente em um antro qualquer e depois vão desmontá-lo a toque de caixa.

– Deduzo que esteve outra vez no Donatien, não?

– Está querendo dizer no apartamento de Jota.

Você tenta imaginar a reação de espanto dela. Assim o interpreta devido à demora em responder.

– Estou vendo que andou ocupado, garanhão! Poupe sua energia, que precisará dela na terça, pode acreditar em mim. E, já que agora não pode vir, terei de procurar um substituto.

– Tenho certeza de que não demorará a encontrar um.

– Bom descanso.

– Adeus, sua tarada!

Em meio à paisagem campestre, você se sente longe do mundo, inclusive do jogo de Sade. Não dá a menor importância à ligação de Anna. Nem sequer inquieta pensar que talvez o que ela pretendesse fosse localizá-lo. Uma espécie de paz o envolve, após tantos dias de angústia.

Você passa ao largo de Falset e prossegue pela rodovia que leva a Móra la Nova. Reduz a velocidade, porque sabe que se aproxima a entrada para Capçanes.

A cerca de vinte metros, você a divisa. Liga a seta e enfia por uma estrada estreita, prelúdio de um destino respeitado pelos vaivéns da modernidade.

Já chegou. Capçanes. Ruelas estreitas, velhos telhados de telhas de barro cozido. Balcões de ferro trabalhado. Algumas paredes revelam despudoradamente suas entranhas de pedra e argamassa. Um povoado pequeno que resiste à investida dos novos tempos cercado pelas vinhas.

Você para o carro bem defronte de um enorme pórtico em cujo interior um casal de avós descasca amêndoas secas com uma faca. Desce do carro e, por prudência, fica parado no umbral, sem ousar entrar.

— Bom-dia, senhores!

Eles respondem sem interromper a frenética atividade.

— Estou procurando a senhora Paula, casada com Eduard, um médico de Barcelona. Ela está na casa da família, repousando de uma enfermidade. Sabem onde posso encontrá-la?

A velha olha para o marido e pergunta:

— Deve estar se referindo àquela moça dos Magrinyàs, será?

Ele, com cara de poucos amigos, responde:

— Sei lá! Eu não sei como se chama a moça dos Magrinyàs! Não me dou com fascistas!

A anciã interrompe o trabalho e o interpela:

— Poderia ser um pouco mais amável, não? Já estou farta desse seu mau humor revolucionário.

Ele blasfema em voz baixa e cospe de lado.

A anciã o observa.

— Importa-se de esperar um momento? Nosso neto, Quimet, já está vindo, ele vai acompanhá-lo até lá.

— Não quero incomodar...

— Não é incômodo. É que, se não for assim, não a achará. O caminho que leva à propriedade dos Magrinyàs fica do outro lado do povoado, e é preciso atravessar a estrada.

— Obrigado. Vou esperar no carro.

Você retorna ao veículo e de lá observa com curiosidade a operação de limpeza de amêndoas do casal de velhos. O homem se mostrou intratável. As rugas do rosto e as sobrancelhas sublinham sua atitude. Uma ligação do Black o chama. Na tela, você lê "Niubó".

— Alô?

— Bom-dia, Javier, sou eu, Jaume Niubó. Atrapalho?

— Não, nada disso, Jaume. Alguma novidade?

— Boas notícias, Javier, finalmente boas notícias. Acabo de falar com o senhor Wilhelm Krause e já vou lhe adiantando que ele está firmemente interessado em adquirir a Javier Builts.

O céu se abriu, e um anjo com uma trombeta dourada está tocando!

– Como é? – pergunta você, agitado.

– É isso mesmo o que está ouvindo, Javier. Avançamos muito nas negociações e evitaremos a liquidação da sua empresa. O grupo alemão Krause quer comprá-la assumindo tudo, os ativos e os passivos. Ao que parece, e isto eu fiquei sabendo pelos meus contatos na Baviera, além da maquiagem contábil, Wilhelm fechou um contrato de remodelação e restauração de patrimônios históricos na península, e quer aproveitar sua infraestrutura legal.

Você fica mudo. Reaja, Javier! É o melhor que podia lhe acontecer. Evitará a lenta e dramática liquidação, os processos de embargo etc.

– Ei, Javier? Continua aí? – pergunta Niubó.

– Sim, estou aqui, com as pernas tremendo de emoção.

– Mas sejamos prudentes, ainda é preciso concretizar detalhes importantes, mas, quando *Herr* Wilhelm Krause vem em pessoa ao telefone, é porque a operação pode ser considerada praticamente fechada. Se estiver de acordo, passa no meu escritório amanhã às dez e meia para conversarmos.

– Combinado!

– Bom domingo!

– Obrigado, Jaume.

Você desce do carro e solta um grito de entusiasmo que chega aos ouvidos dos velhos que descascam amêndoas. O homem o olha com desdém. A velha, por sua vez, sorri.

– Está feliz, meu jovem? – grita ela de longe a você.

– Sim, senhora, estou começando a ficar!

O grupo Krause, se tudo correr bem, porá fim à sua angústia. Você se sente pletórico. Respira fundo. O ar é puro, embriagado dos perfumes da natureza. Sua vida deu uma virada. Bem, isso se verá definitivamente quando você assinar o contrato de venda das ações da Javier Builts. É o primeiro passo para a segunda oportunidade que você pedia à vida. À liberação das dívidas se seguirá o divórcio de Sabrina, e então você estará limpo, Javier, limpo para começar do zero, mas desta vez com uma riqueza impagável: a experiência.

De repente você se entristece. Não estava pensando nele, não é verdade? Pois saiba, Javier, que este é um detalhe tão ou mais importante que a notícia de Niubó. O resultado do teste! De que lhe serve ganhar o mundo se estiver com Aids?

Apesar de todos os avanços no tratamento dessa doença, você sente as pernas bambas. Amaldiçoa o Donatien, o jogo de Sade, Anna e tudo o mais...

A voz da anciã o devolve à realidade. No umbral da porta onde o casal descasca amêndoas, acha-se um garoto mirrado, de cabeça raspada, em cima de uma bicicleta de trilha. Uns 13 anos, no máximo, e um olhar de furão, penetrante.

— Este é Quimet, nosso neto mais velho. Ele vai guiá-lo até a casa dos Magrinyàs. É só segui-lo.

— Muito obrigado pela amabilidade. Como posso recompensá-los pelo incômodo?

— Por favor, não é incômodo nenhum, certo, Quimet?

O garoto faz que não com a cabeça, mas lhe dá uma piscada maliciosa que você não sabe como interpretar.

Quimet se pôs em marcha, e você o segue. O moleque pedala com força. Percorrem o povoado, passando por ruelas todas muito parecidas, até chegar a outra estrada, desta vez uma via secundária. Ele faz um gesto com o braço para que você pare e emparelha com seu carro. Você baixa o vidro.

— Está vendo aquele caminho de terra?

— Estou.

— Siga direto por ele e dali a uns dois quilômetros estará lá. A casa dos Magrinyàs é uma muito grande, de fachada branca.

— Muito obrigado, Quimet!

O garoto lhe dá um sorriso malandro. Você leva a mão à carteira e tira uma nota de 20 euros. Os olhos de Quimet se iluminam. Quando já vai pegá-la de sua mão, você lhe segura o braço com a esquerda.

— Espere aí! Essa nota requer um servicinho extra.

O garoto arqueia as sobrancelhas, desconfiado.

— Se quer que estes 20 euros sejam seus, tem de me contar uma coisa, preste atenção, está bem?

Ele concorda com a cabeça.

— Conhece a senhora Paula, a dona da casa?

— Sim.

— É uma boa mulher, não é verdade?

— É, para mim é. Um dia eu ajudei a carregar umas caixas de vinho da cooperativa até o carro dela, e ela me deu 10 euros. Outra vez nos encontramos perto do bar, e ela me comprou um sorvete...

— E seus pais, o que acham dela? — você o interrompe para evitar a enumeração das boas ações de Paula para com ele.

— Não sei, a única coisa que me lembro de ter ouvido em casa é que ela não teve sorte.

— Não teve sorte?

— É — confirma o garoto com o olhar perdido, como quem procura lembrar-se. — Acho que foi a vovó quem disse que ela não deu sorte com o marido.

— O marido?

— É, um cara que não cumprimenta quase ninguém no povoado. Minha avó disse que ela não queria se casar, mas que o senhor Magrinyà, o pai, a obrigou.

— Mais alguma coisa?

— Não — responde o garoto em tom compenetrado e balançando a cabeça.

— Uma última pergunta: ela está sozinha em casa?

— Não. A irmã dela, Isabel, que é solteira, mora lá direto, além de Mingo e sua família, os parceiros das vinhas, juntos.

Você solta o braço do garoto, que agarra a nota de 20 euros com sofreguidão e a guarda num bolso de trás da calça. Em seguida, agradece e parte, visivelmente satisfeito, pedalando a toda.

"Quer dizer que no povoado se comenta que Paula não teve sorte com Eduard... Ora, ora." E que só se casou porque o pai a obrigou, Javier. Surpreendente, não? A primeira pessoa que você interroga a respeito, um moleque de 13 anos, deixa escapar isso como se não fosse nada de mais.

Você olha para o caminho de terra do outro lado da estrada. Não é muito largo, com margens de pedras de mais de um metro de altura.

Alguma coisa lhe diz que, se o tomar, nada voltará a ser como antes. A premonição é tão poderosa que você hesita por alguns instantes. Do que tem medo, Javier? Não quer saber a verdade desta história rocambolesca ligada a um jogo miserável? Não dirigiu duas horas para nada! Avante! *Esto vir*.

"Ora essa! Você agora me vem com uma das latinices bíblicas do meu pai? 'Seja homem!', o último conselho do rei Davi, moribundo, a seu filho Salomão. Você não vai querer me converter a esta altura, não é mesmo?" Sabe bem que não. É só uma forma de provocá-lo. "Pois então fique sabendo que conseguiu!"

Você acelera, atravessando a estrada e se enfiando pelo caminho estreito e misterioso que leva à casa dos Magrinyàs.

O caminho é um prelúdio do que irá encontrar. Estreito e acidentado, você só foi capaz de superá-lo graças à dupla tração do Cayenne. Mais de um quilômetro enclausurado pelas margens de pedras de ambos os lados até chegar a uma imensa planície de terra cultivada de vinhas. O caminho então se suaviza e serpenteia por entre as parreiras até o pátio de uma casa de fachada branca, imponente, mas de aspecto lúgubre. Imediatamente lhe vem à cabeça o conto de Poe "A queda da casa de Usher".

Você para o carro defronte ao portão, sob uma frondosa parreira esparramada por um enorme caramanchão sobre ripas de madeira. Ao desligar o motor, ouve os latidos de cães que perseguem o carro. São dois pastores alemães bem alimentados e de pelo reluzente. Não ousa descer. Os caninos dos animais o intimidam. Espera que alguém se dê conta da sua presença.

A porta cravejada da casa se abre. Paula e outra mulher mais jovem chamam os cães. Você a cumprimenta sem sair do carro, mas, a julgar pela expressão do rosto, ela não o reconhece.

Vamos, Javier! Deixe de covardia e desça logo! Não vê que elas controlam os cães?

Resolve descer. Os cães latem de novo, mas a voz autoritária da mulher mais jovem faz com que se calem.

– Paula, sou eu, Javier! – exclama você, caminhando na direção delas.

Paula o examina com a mão direita fazendo as vezes de viseira, meio cega pela reverberação.

– Javier! É o Javier?

– Sou eu sim, Paula. Como está?

Já diante dela, você não consegue reprimir a emoção ao beijá-la. Está muito debilitada, a doença a está devorando.

– Javier, que surpresa! Você por aqui, em Capçanes?...

Sua voz é firme, talvez a única coisa nela que a metástase respeitou, porque, quanto mais a observa, mais se dá conta de sua desgraça.

Você está prestes a mentir. Uma mentira piedosa, marca da casa. Algo do tipo "vim a Falset visitar uns clientes; Eduard comentou que você estava aqui e resolvi dar uma passada". Mas não o faz. A figura dela o impressiona.

"O que foi feito daquela mulher atraente, de quadris largos e um sorriso de quarto crescente?", você se pergunta.

– Esta é minha irmã, Isabel.

Isabel estende a mão e o cumprimenta. Não se parece com Paula. É menos atraente e mais pesadona.

Paula o convida a entrar, com os cães farejando suas pernas, como se procurassem algum cheiro conhecido.

– Não tenha medo de Tom e Huck. São inofensivos – garante-lhe Paula enquanto atravessam a impressionante entrada, toda decorada por antigas ferramentas agrícolas.

– Admito que não confio muito nos cães. Sempre preferi os gatos.

– Mas sua mulher tinha um cão, não tinha?

– Tem, a Marilyn, mas aquilo não chega a ser uma cadela. Esses seus, sim, é que são cães, cães!

Seu comentário deixa Isabel desconcertada; ela o olha com certa desconfiança.

Seguem até uma grande sala de estar, dominada por uma lareira de pedra onde caberiam três pessoas do seu tope. A decoração é elegante. Conjuntos de cadeiras estofadas, um piano de armário com candelabros, molduras suntuosas enquadrando pinturas religiosas e paisagens, luminárias de pé, cômodas, vitrines com peças de porcelana e cristal fino... Em síntese, uma decoração que reflete o pedigree da linhagem da proprietária. De toda a sala, porém, num primeiro lance de vista, o que mais o impressiona é o quadro pendurado sobre a lareira. Trata-se do retrato de um casal. O homem está de pé, com bigode afilado e elegantemente vestido. A mulher aparece sentada numa cadeira com uma Bíblia nas mãos. O homem repousa a mão direita no ombro da mulher. O pincel do artista se fixara especialmente nos dois olhares. O dele, severo e quase cruel. O dela, nostálgico e atemorizado.

– São meus pais, Armand Magrinyà e Paula Alerany – esclarece Paula, ao notar a impressão que o retrato lhe causou. – Sente-se aqui neste sofá, é mais confortável. Quer beber alguma coisa?

– Talvez algo bem gelado.

– Uma cerveja?

– Perfeito!

Isabel vai buscar a cerveja, e Paula toma assento à sua esquerda. Você precisa virar levemente a cabeça para olhá-la.

– Ainda não me disse a que devemos sua visita.

Agora você já não tem tentação de mentir para ela. Além do mais, o olhar do homem do retrato domina a sala, deixando-o um tanto desassossegado.

– Por acaso veio comprar vinho? – brinca ela.

– Não exatamente, Paula. Vim buscar a verdade.

Seu olhar tem qualquer coisa da mulher do retrato. Um quê familiar. Você é idiota, Javier? É a mãe dela, não a ouviu dizer? É normal que se pareçam. O problema é que Paula acentuou seu lado nostálgico.

– A verdade? – ela sorri fugazmente. – A verdade é esquiva, Javier. E, quando a buscamos, não a encontramos. A verdade é que vem buscá-lo quando bem entende.

A solenidade e a doçura que Paula empregou para falar da verdade o inibiram. Você tenta estar à sua altura...

– Suponho que é como o que acontece com o vinho, que nunca mente e sempre é honesto.

Não sei se fez bem em recorrer ao aforismo de Blanca neste contexto.

– Engano seu, Javier. O vinho é capaz de mentir, sim. Atrás de um aroma sedutor pode disfarçar-se um sabor decepcionante.

E agora, Javier? De uma hora para outra cai por terra uma sentença que você julgava cem por cento acertada.

– Mas diga-me: qual é a verdade que busca? Fiquei intrigada.

Seus lábios estão tensos. Já não é apenas pelo fato de estar na presença de uma moribunda e por ter o olhar inquisidor do pai dela no retrato cravado em você. É a atmosfera que se respira nesta sala, na casa, desde que você entrou. Uma espécie de segredo se oculta em cada canto, em cada grão de poeira que flutua nos cômodos.

– Trata-se de Eduard – revela você, com um pigarro incômodo.

– Eu imaginava. Meu amado esposo! – reage ela com certa ironia. – Vamos, Javier, não me diga que veio até aqui conversar comigo sobre o seu amigo? É isso?

– É.

– E o que deseja saber?

Você não sabe por onde começar. Sente um nó na garganta.

– Não tenha medo, eu sou quase um cadáver, Javier. Talvez você esteja com sorte! Talvez eu não queira levar mais segredos para a cova, nem deixá-los pairando nesta casa, que ferimos de morte com nossos dramáticos silêncios.

Enquanto termina de pronunciar a frase, Paula aponta para o teto, cortado por uma rachadura que você não tinha notado antes.

Nesse instante Isabel retorna com uma bandeja de bebidas. Os dois olham para ela, que deixa a bandeja em cima de uma mesa redonda de centro. Em seguida serve a sua cerveja num copo de cristal lavrado, delicadíssimo. Você não consegue evitar um comentário em voz alta:

– Que preciosidade!

– É uma das peças de cristal que compunham o enxoval de nossa mãe, da família Alerany. Tem o "A" gravado como uma tulipa invertida – explica Paula.

– Modernismo, não?

– É verdade, os Alerany eram de Reus, uma cidade marcada pelo modernismo.

Isabel serve água de uma jarra do aparelho num copo idêntico e o entrega à irmã, que agradece com um olhar que não lhe passa despercebido.

– Queiram me desculpar, mas tenho de resolver uns assuntos – pede licença Isabel, e se retira.

Você poderia jurar que Paula lhe fez um gesto para que os deixasse a sós. Já não há dúvidas quanto ao grau de entendimento que existe entre as irmãs.

Você experimenta a cerveja com gratidão. Não comeu nem bebeu nada desde Barcelona. Paula o observa umedecendo os lábios. Põe novamente o copo na bandeja, esticando o braço magro, e enxuga a boca com um lenço rendado.

– Eduardo é como o vinho a que me referia antes. Capaz de enfeitiçar com o aroma, mas decepcionar com o sabor. – Ela sorri para você e deixa que o olhar se perca. – Descobriu tudo, não é mesmo?

Você suspira.

– Descobri, sim. E, sem me dar conta, cheguei aonde nunca poderia imaginar.

Paula balança a cabeça.

– Quando eu descobri que ele abusava de Alfred, já era tarde. Tarde para Alfred, tarde para ele, tarde para mim. Para Alfred o mal já estava feito. Minha dor ninguém mais podia tirar. E ele... ele estava perdido. Na realidade, depois de me jurar inúmeras vezes que aquilo nunca mais se repetiria, que não voltaria a bater no nosso filho, ele não demorou a reincidir. Desta vez com um paciente do consultório, um menino que padecia de um transtorno de conduta. Foi um drama! A mãe, Soledad, descobriu e ameaçou denunciá-lo. Eu tive de pagar o que tinha e o que não tinha para silenciar aquela vagabunda. Precisei até recorrer às reservas da família.

– Desculpe-me, Paula – você a interrompe com um pigarro –, Eduard tinha um caso com Soledad?

– Aquela mulher era uma safada, Javier, uma rameira. Suponho que sim. Para ser sincera, depois que descobri os abusos ao nosso filho, não me importou mais que ele me fosse infiel. Mas, sim, é muito provável que me enganasse com ela. O menino, o paciente de Eduard, Javier, era filho ilegítimo do dono da casa onde a mãe de Soledad fazia faxina.

Vamos, Javier, reaja! Ficou petrificado. Ouviu bem? Jota é filho de Gabriel Fonseca...

– O filho de Soledad é filho de Gabriel Fonseca? – pergunta você, atônito.

– Conhece os Fonseca?

– Claro. Foi o Gabo, quero dizer, Gabriel, quem me iniciou no mundo do luxo.

– A esposa de Gabriel era paciente de Eduard, aterrissou no consultório dele a pedido de um amigo comum. Foi assim que Gabriel e Eduard se conheceram.

Faz-se um silêncio. De repente, você sente o fétido sopro da morte muito próximo. Paula está se consumindo e, com ela, aquele casarão, um mundo inteiro que você desconhece.

– Decepcionado? Lamento! Mas veio buscar a verdade, não?

– Que motivo Eduard podia ter para querer fazer mal a Alfred?

A pergunta a perturba. Paula balança as pernas, e suas mãos tremem.

– Se ele voltar a pôr as mãos sujas em cima... – ameaça ela, irada, mas fraca.

Começa a tossir. Você se preocupa, ela parece que vai se afogar. Você chega a fazer o movimento de levantar-se, mas com um sinal Paula lhe garante que não é nada.

Quando se recupera, toma um gole d'água. Repete a operação de se enxugar com o lenço rendado, e então, em tom contundente, o interroga:

– O que foi que o porco do meu marido fez desta vez com meu filho?

Não consegue desvencilhar-se do olhar do senhor Magrinyà. Você a observa de rabo de olho, como à rachadura do teto, tudo isso presságio de um instinto mórbido.

Você menciona, sem entrar em detalhes escabrosos, o assassinato de Magda e a forma como Eduard se referiu ao próprio filho, Alfred, mas evita tocar no jogo de Sade.

– Crê em maldições? – ela lhe pergunta, serena.

A placidez com que Paula recebe o seu relato o surpreende. Talvez já soubesse de tudo, Javier. Por esse motivo, não parece abalada.

– Não, não em sentido estrito. Mas acredito na sorte. Há gente que a atrai.

– Minha família é vítima de uma maldição. O que aconteceu com Alfred já aconteceu com minha irmã Isabel. O velho aí do retrato, este que não para de nos observar, o honorável Armand Magrinyà – ela pronuncia o nome com um toque de sarcasmo –, abusou dela. Minha mãe também descobriu tarde demais. Morreu dormindo. Seu coração, exausto e consumido, sucumbiu a tanto sofrimento. Meu pai havia fingido remorso, mas correm muitas lendas pelo povoado sobre a inclinação doentia que ele tinha por crianças. Nunca mais tocou em Isabel, mas ela o evitou até o fim de seus dias. Não derramou uma lágrima diante do caixão dele. Isabel morrerá solteira com a dor incubada, uma dor que só é atenuada pelo silêncio adocicado destas vinhas, que ela paparica como às filhas e aos filhos que nunca há de dar à luz.

* * *

É uma história triste. Paula parece ausente, contemplando a rachadura do teto e suspirando. Ato contínuo, prossegue:

— Esta casa, onde antes fluía o vinho e a mistela, os bolos e os pães de açúcar e mel, adoeceu com o caso de meu pai e minha irmã. A casa está doente, Javier. À noite, quando tudo está em silêncio, ouvem-se rangidos como se fossem lamentos. A rachadura aumenta...

Você a interrompe:

— Eu sei o que digo, Paula, porque me dediquei muitos anos à restauração. A rachadura do teto provém, quase com certeza, de um movimento da viga mestra, dali. — Você aponta para uma imensa viga de onde partem outras mais finas. — Deveria chamar um pedreiro, ou um mestre de obras, para dar uma olhada nisso.

Seu sorriso nervoso o incomoda. É um sorriso sobrenatural.

— Ah, meu incrédulo amigo! Esta casa está doente, como eu, como toda a nossa linhagem. Você não entende, não pode compreender.

Paula volta a tossir. Você fica paralisado, sem saber como agir. Dê-lhe o copo d'água, Javier! Ajude-a a beber um gole. É o que você faz: levanta-se, pega o copo e a ajuda.

Isabel acode ao escutar o alvoroço. Diligente, pega o copo de suas mãos e passa a cuidar da irmã. Dirige um "não é nada" para você com o olhar e, enquanto você se senta novamente, assustado e um tanto arrependido por lhe haver causado o sobressalto, ajeita uma almofada nas costas de Paula, que logo respira melhor.

— Está bem?

— Estou, não foi nada. Só preciso descansar. Por que não mostra o vinhedo à nossa visita?

Isabel afaga a testa da irmã e lhe faz um sinal para segui-la. Caminha com energia, à sua frente. Os dois percorrem o corredor até a entrada e finalmente ao pátio.

Os cães, que permaneciam deitados na grama, debaixo do caramanchão, levantam-se e latem. Isabel manda que se calem.

— Entende de vinhos, senhor Javier?

É a primeira vez que ela abre a boca desde que os dois saíram da casa.

— Trate-me de você, por favor.

— Eu agradeço a intimidade, mas tenho o hábito de tratar os desconhecidos de senhor.

— Como quiser; mas eu, se não se incomoda, vou tratá-la de você.

— Deixo a seu critério.

— Obrigado. O que me perguntou?

— Perguntei se entende de vinho.

— Menos do que gostaria.

— O vinho são as vinhas — começa ela, abarcando com os braços abertos os milhares de cepas que povoam a planície. — Meu avô Magrinyà, o melhor enólogo da família, sempre me dizia: "O principal segredo, Isabeleta, reside nas videiras, não na uva, mas nas videiras. Desde que nascem os primeiros brotos até a queda da última folha de parreira, as vinhas vivem para dormitar nuas nos invernos. Fazem tudo em silêncio, desde vestir-se até desnudar-se. No silêncio adocicado das vinhas está o segredo do bom vinho. Se paparicar bem as cepas, Isabel, elas lhe darão a melhor uva; mas, se não cuidar bem delas, se perturbar sua paz cíclica, então a uva estará incompleta e, por mais que você se esforce na vinícola, não obterá um bom vinho. O segredo, nunca se esqueça, Isabeleta, está nas videiras, em seu silêncio adocicado."

Você a segue em direção a uma espécie de pequeno terraço elevado. Sobem os três degraus de terracota e de lá observam o vasto vinhedo dos Magrinyà. Isabel o convida a sentar-se num dos bancos de madeira e faz o mesmo.

— Paula está se apagando. Na verdade, vem se apagando há muitos anos, desde que descobriu pela minha mãe que papai havia abusado de mim e, depois, que seu marido fizera o mesmo com Alfred.

A franqueza com que reconhece ter sido vítima de abuso o deixa surpreso.

– O mais irônico de tudo é que ela só se casou com o imbecil do Eduard por causa de meu pai. Papai era um irresponsável muito do convencido, um libertino sem escrúpulos que sempre viveu de rendas, nunca o vi trabalhar. O pai de Eduard, o senhor Jacint Borrell, de Reus, era de boa família, como nós. Meu pai ficou muito amigo dele, segundo se dizia, nas casas de má fama da cidade. O filho do senhor Borrell era um aluno brilhante, colecionava diplomas acadêmicos. Isto fascinou meu pai, como também a camaradagem dissoluta com o progenitor do rapaz. Eduard tinha o charme dos sedutores. Era bonitão e demonstrava uma inteligência surpreendente, mas se conquistou minha irmã foi devido à insistência de nossos pais. Paula gostava de um rapaz do povoado com quem se encontrava às escondidas entre as vinhas. Não queria saber de jeito nenhum de Eduard. Mas a obstinação de meu pai foi decisiva, e aquele imbecil acabou conquistando o coração de minha irmã.

Ela para e enche os pulmões de ar.

– Respire fundo, senhor Javier, deixe-se impregnar pelo aroma das cepas.

Você obedece. Fecha os olhos, imitando-a. Deve reconhecer que há algo mágico no campo cultivado de videiras. Você se sente bem, apesar da sórdida e terrível história dos Magrinyà.

– Paula está convencida de que uma maldição pesa sobre toda a estirpe – comenta você. – Está obcecada com a rachadura do teto da sala de jantar.

Isabel o olha com severidade.

– Não se trata de obsessão coisa nenhuma. Nosso pai condenou nossa família.

– Entendo perfeitamente que o que ele fez é totalmente indesculpável, mas será que o fato de a história se repetir com Alfred tem por causa o comportamento irresponsável e imperdoável do senhor Armand?

– Ao acusar meu pai de condenar nossa linhagem, eu não estava me referindo aos abusos, e sim a ele não ter seguido as instruções da maldita carta do marquês de Sade.

Não me diga que está chocado. Desde quando viu o caminho de muros de pedras que conduzia até aqui, você intuiu que, caso enveredasse por ele, nada voltaria a ser como antes. Veio buscar respostas, não foi? Não queria conhecer a verdade? Pois então, já a tem. Paula primeiro, e agora Isabel, a estão lhe servindo numa bandeja de prata.

– A carta do marquês de Sade? – pergunta você de imediato.
– É, uma carta que supostamente aquele infecto personagem teria escrito no cativeiro e que institui um jogo de libertinagem. Ao que parece, quem recebe a carta e não segue as instruções do marquês de Sade se torna vítima de uma maldição.
– Isso é uma espécie de lenda, não? – finge você, consternado pela descoberta. Porque a depravação libertina do divino marquês chegou até aqui, em Capçanes, em meio ao silêncio adocicado das vinhas, percebe?
– Nosso pai, no leito de morte, contou-o a Paula. Era um homem indeciso e instável, apesar da aparência aristocrata. Talvez por esse motivo tenha ignorado a carta do jogo, ou então por se saber incapaz de levar a cabo qualquer tarefa de certa relevância. Em todo caso, o que mais me doeu foi sua covardia. O porco não pediu perdão pelo que me havia feito, mas confessou a ela que nós seríamos vítimas de todos os tipos de desventuras por sua negativa em colaborar no jogo de Sade. A carta lhe chegara pelas mãos de um amigo; ele a leu, mas não quis se entregar ao jogo perverso que ela instituía, mesmo com a ameaça da maldição.

* * *

Viu só, Javier?! O jogo de Sade nunca foi interrompido, e alcançou lugares insuspeitados... Quem sabe até onde? Basta apenas que haja libertinos dispostos a difundi-lo, e o mundo, como você sabe perfeitamente, não anda carecendo desse tipo de gente.

– De início – continua Isabel – encarei o assunto da carta como um delírio do velho. Ele tinha lido muitas obras do marquês de Sade e era tão depravado que pensei que tudo não passasse de um desvario senil antes de ele expirar, reforçado pelos chazinhos de papoula que Mundeta, a mãe de nosso parceiro Mingo, preparava para ele. As papoulas são opiáceos e vêm sendo utilizadas nestas regiões desde tempos imemoriais para acalmar as dores. Mas os acontecimentos que se abateram sobre a nossa família: meu abuso infantil; o caso de Alfred; as duas terríveis tempestades de granizo que, após a morte do velho, arrasaram a colheita; as rachaduras da casa; o câncer de Paula... A realidade é que, desde então, temos sofrido uma impressionante sucessão de desgraças.

Isabel ajeita os cabelos para trás e esboça um gesto de pesar pela desventura que persegue sua família.

– Desculpe, não sei se entendi direito: seu pai lia o marquês de Sade?
– As obras de Sade continuam nas estantes do escritório dele. Edições em francês com que monsieur Pierre Lardin, que se abastecia na nossa vinícola, o presenteava. O velho falava francês porque seus principais clientes eram casas francesas, interessadas sobretudo na mistela e nas aguardentes. As gravuras e ilustrações desses livros são de uma

imoralidade ofensiva. Teria sido bem melhor para todos nós se ele, em vez de perder tempo com essas porcarias literárias, tivesse dedicado mais atenção às cepas, como nos tempos de vovô Magrinyà.

Você fica tentado a lhe pedir para dar uma olhada nessas edições, mas se contém. Já abusou o suficiente da confiança dessas duas mulheres que vão murchando ao abrigo do silêncio das vinhas. É curioso, Javier, mas só faz pouco mais de uma hora que está aqui e também já é capaz de captar esse sigilo adocicado das vinhas. Isabel quebra o armistício prazeroso:

– Por que veio aqui, senhor Javier?

– Porque precisava de respostas.

– E encontrou-as?

– Creio que sim, mas o que é mais grave em toda esta história é que há um cadáver nela e, apesar do que descobri, ainda não estou certo de quem é o assassino.

– Quem é a vítima?

– Magda, a companheira de seu sobrinho Alfred.

– A atriz?

– É. Você a conhece?

– Vieram todos certa vez, no começo do noivado: Eduard, Paula, Alfred e ela. Estávamos em meados de setembro, em plena colheita. Passaram o dia aqui.

Isabel sorri sem disfarçar.

– De que está rindo?

– A garota, que usava sapatos de salto tipo agulha, quis colher um cacho de uvas. O terreno argiloso estava molhado pelas últimas chuvas e ela afundou até os joelhos. O sapato esquerdo ficou enterrado meio metro na lama. Mingo só conseguiu tirá-lo com a enxada. Foi muito engraçado.

– Segundo eu soube, ela tinha um caso com Eduard.

– Não me surpreende. Eu falo pouco e observo muito. Os dois trocavam piscadelas de cumplicidade e ficavam se tocando disfarçadamente como dois adolescentes.

— Eles faziam isso?!

— Sim, enquanto o pobre do Alfred passeava com o trator acompanhado por Mingo, completamente alheio a tudo. Não comentei nada com ninguém, mas logo percebi tudo claramente, sobretudo depois do almoço. Magda se jogara num sofá porque estava com dor de barriga. Meu cunhado a examinou e recomendou que fosse se deitar um pouco, eram gases. Saímos para conversar embaixo do caramanchão. Eduard não demorou a se desculpar e entrou para ver como estava a garota. Fiquei curiosa e o segui com o pretexto de ir à cozinha. Espiei os dois pela porta. Beijaram-se algumas vezes, e ele jogou os cabelos sedosos dela para frente, cobrindo-lhe o rosto, com ela deitada. Meu cunhado disse com voz trêmula: "Cabeleiras sedosas como a sua cobrindo um rosto bonito me excitam."

Você estremece. Um calafrio percorre seu corpo inteiro. O cadáver de Magda jazia obedecendo a esta cenografia, com exceção dos objetos que aludiam à infeliz Jeanne Testard. A cabeleira sedosa cobria seu rosto, como se o assassino houvesse desejado escondê-lo. Mera casualidade?

Uma coincidência dessa magnitude e a esta altura é altamente improvável, Javier. Eduard tinha um caso com a morta, ele é o marquês apócrifo do jogo, que a sodomizou publicamente no Donatien e o manipulou para que você acreditasse que seu próprio filho é um depravado quando é ele quem possui um passado tenebroso etc. etc. etc. E agora você descobre que ele havia ensaiado com Magda ainda viva o que depois veio a encenar com seu cadáver: a cabeleira escondendo parcialmente seu rosto. Precisa de algo mais?

– O senhor está bem? Está pálido...

A voz de Isabel lhe chega cavernosa. Você não consegue desvencilhar-se da imagem de Eduard disfarçado de marquês de Sade no Donatien e da do cadáver de Magda.

– Estou bem, obrigado. Apenas um pouco confuso. Perdão pelo atrevimento, mas crê que Eduard seria capaz de cometer um crime horrendo como o de Magda?

– Sim.

Isabel não hesitou nem por um momento. E não se preocupou em suavizar ou ampliar a história.

– Agora mesmo é que cheguei a um ponto em que não sei o que fazer. Para ser sincero, acho que disponho de informação mais que suficiente para suspeitar que Eduard matou Magda, mas não tenho provas fidedignas para denunciá-lo, provas irrefutáveis numa acusação.

– Não se preocupe. Tudo faz parte da maldição. Alfred será o último Magrinyà, e com ele terá fim a desventura da nossa linhagem. Só peço ao espírito de meu avô que zele pelas nossas vinhas, para que continuem mantendo em seu silêncio adocicado a essência do que fomos.

O ar fica pesado e denso, apesar do viço dos brotos das parreiras e da paisagem. Uma lufada invisível de tristeza percorre as vinhas.

– Alfred talvez venha a ter descendentes que virão cultivar estes belos campos.

Isabel sorri abertamente.

– Alfred não nasceu para ser pai. Além disso, está marcado a ferro e fogo, como eu, como todos os que sofremos abusos quando crianças.

É curioso, Javier. Ivanka lhe disse a mesma coisa, só que com outras palavras.

– Paula ainda tem muito tempo de vida? – pergunta você com o coração compungido.

– Não conto com isso. Ela piora a cada dia. Na verdade, os oncologistas lhe deram dois meses, que já quase se passaram.

– Sei que não vem ao caso – diz você com certa timidez –, mas eu vivo um casamento frustrado e sempre considerei Paula um modelo de esposa.

– Não me admira. Ela carrega a beleza das vinhas no coração e no corpo.

Ficam algum tempo em silêncio, contemplando o mar de parreiras, até que Isabel se levanta e diz que quer ver se Paula está precisando de alguma coisa.

Você ouvia, deliciado, o silêncio das vinhas, sentia-se à vontade, mas era chegada a hora de partir.

Retornam à casa e encontram os dois pastores alemães vigiando a entrada. Eles ainda se mostram desconfiados de você, mas já não tanto quanto na chegada. Isabel conta que é ela a responsável pelos nomes dos cães, Tom e Huck, em homenagem aos personagens de Mark Twain, seu escritor favorito.

Um hálito invisível sai da grande boca que é o portão. Você e Isabel entram e se dirigem à imensa sala. Paula está sentada, com a cabeça jogada para trás e os olhos fixos na rachadura que atravessa o teto. Os dois se aproximam por trás.

– Precisa de algo? Está bem? – pergunta Isabel, pondo a mão na testa da irmã e acariciando seus cabelos.

– Não, Isabel, não preciso de nada, obrigada. E Javier? Já foi?

– Não, Paula, estou aqui – responde você, postando-se à sua frente.

– Já encontrou o que buscava?

– Mais até, Paula. Retorno a Barcelona com a placidez do silêncio adocicado das vinhas.

Ela lhe sorri levemente.

– Boa viagem, Javier, vemo-nos no outro lado da vida.

– Até breve, Paula, torço por que melhore – você se despede, apertando-lhe a mão seca e fria.

Isabel faz o papel de anfitriã e o acompanha. Antes de sair da sala, você não pode evitar responder ao olhar do velho Magrinyà do retrato observando-o com opróbrio, e também à rachadura que ameaça o teto.

Isabel espera que entre no carro. Econômica nas palavras e nos gestos de despedida, fica olhando para você do caramanchão enquanto você se vai afastando.

* * *

Cortando as vinhas pelo caminho serpenteante, você tem a impressão de que a frieza do olhar do velho continua a acompanhá-lo até a entrada da estrada estreita com margens de pedras secas. Quando finalmente alcança o cruzamento com a estrada secundária, freia e respira fundo. Não me venha com lamentos, Javier! Já pressentia que, ao voltar deste caminho, nada mais seria como antes.

Você passou a viagem pensando em como agir agora que sabe com quem está realmente lidando no jogo de Sade. Pela primeira vez, experimenta uma sensação de perigo, de receio por sua integridade física. A história dos Magrinyà, a descoberta de uma treva impensável, quase lhe roubou a alegria de perceber que o primeiro passo para mudar sua vida fora dado e que você está muito perto de se livrar dos seus passivos graças ao grupo Krause e, como não?, à fantástica gestão de Jaume Niubó, o liquidante de empresas com mais prestígio do país.

Você avalia a possibilidade de se desvencilhar de tudo o que o prende ao jogo, de mandar tudo às favas, mas... agora que avançou tanto, vai se negar ao prazer de destrinçar totalmente esta história?

A tarde cai por trás dos cedros-do-líbano do jardim de sua casa. Não comeu quase nada o dia inteiro, unicamente um sanduíche leve no posto de gasolina onde reabasteceu o carro na volta. Mas a verdade é que não tem apetite. Conserva na memória a atmosfera sinistra e pegajosa da casa dos Magrinyà, mas ao mesmo tempo o reconforta a lembrança do silêncio adocicado de suas vinhas.

Não encontrou ninguém no elevador nem nas escadas. Os domingos costumam ser tranquilos.

Seu Black toca quando você se acha à porta da cobertura, já com o chaveiro nas mãos.

– Alô?

– Boa-noite, Javier. Estou aqui no Dry Martini, não está ouvindo o barulho de fundo?

É Gabo.

– Boa-noite. O que quer?

– Quero convidá-lo para uma das criações de Javier de las Muelas, como nos velhos tempos. Se tiver vontade, claro.

– Muito obrigado, Gabo, mas passei o dia todo fora de Barcelona, e acabo de chegar. Estou cansado.

– Sei, Anna me disse que tinha saído da cidade, para respirar ar puro. Mas, então, não lhe agrada a ideia de um coquetel para comemorar os velhos tempos?

– Hoje não, obrigado, haverá outra oportunidade.

– Está bem, não vou insistir. Mas não sabe o que está perdendo... Espere um instante! há alguém aqui ao meu lado que quer falar com você.

– Oi, Javier!

– Sabrina?!

– Eu mesma; pode-se saber onde se meteu? Passei duas vezes em casa e não o encontrei.

– Que está fazendo com Gabo no Dry Martini?

– Como você não estava, fui dar uma volta e encontrei o Gabriel e um grupo de amigos. Ele me convidou, você sabe que ele é um cavalheiro, e resolvemos lhe telefonar para ver se gostaria de vir ter aqui conosco. Não se anima?

– Estou cansado, Sabrina. Quem sabe outro dia?...

– Está bem. Não vou demorar. Pode trocar a água da Marilyn? Eu esqueci.

– Pode deixar.

– Até já.

– Até logo.

Por que Sabrina estaria com Gabo num bar? Sua imaginação dispara. Se não me achou durante todo o dia, por que não ligou para o meu celular? E por que ele liga primeiro e só depois a põe na linha? Você aciona o interruptor do hall e uma fileira de pequenas luminárias embutidas no teto assinala o caminho para a sala de jantar, um gasto de eletricidade mais apropriado a um aeroporto que a uma residência. Para diante do bar e serve-se três dedos de Johnny, deixando o copo em compasso de espera sobre uma mesinha lateral. Marilyn jaz em cima do sofá de Sabrina, e demonstra indiferença. Você também. "E não fique aí esperando que eu troque sua água, bicho asqueroso!", sussurra você para ela em tom zombeteiro. Nesse meio-tempo, você se dirige à cozinha, abre a geladeira e pega o queijo e o presunto ibérico. Corta alguns cubos do primeiro e umas fatias do segundo, pondo tudo num prato, que leva para a sala de visitas. Senta-se no sofá. Belisca a comida acompanhada do uísque.

Liga a televisão, mas não olha. Absorto em seus pensamentos, tenta encaixar as peças. Confirmar se Eduard é o assassino de Magda e o motivo. Entender o papel de Gabo e Sabrina neste jogo ou a relação paterno-filial entre Gabo e Jota...

Percebe a complexidade do quebra-cabeça. A escapadela até Capçanes em busca da verdade só fez ratificar a depravação de Eduard e comprovar que Alfred é o que você já intuía: um pobre coitado. Você descobriu o alcance do jogo de Sade, o efeito expansivo da trama libertina que o aristocrata concebeu em seu cativeiro na Bastilha. A maldição que acompanha a misteriosa carta chegara até aquele reduto de vinhas isoladas onde tentara cooptar o velho Magrinyà, que não seguiu suas orientações, apesar de ser um libertino...

Marilyn se pôs de pé e o olha, porque sentiu o aroma defumado do presunto. Você pega uma fatia e a balança na direção dela. A cadela abana o rabo. "Quer? Quer? Então olhe!" E engole a iguaria. Repete duas vezes a operação.

Você adora torturar a melhor amiga de Sabrina. Olha de relance para o sofá da esquerda, a almofada vazia, lugar habitual de Parker, seu gato. À lembrança dele, uma onda de melancolia o invade. Levanta-se para servir mais dois dedos de Johnny.

Quando se aproxima do bar, seu pé tropeça num objeto que sai rodopiando pela sala. Você se ajoelha e o recolhe. É um vibrador. Um vibrador de metal, prateado, como um míssil, no qual a luz se reflete. Que porra faz um vibrador no chão, junto ao bar?, você se pergunta. Não sabia que Sabrina usava essas coisas, pelo menos nunca a vira fazê-lo. Será que já não lhe basta a obra de arte do vendedor de roupas?

Você leva o objeto até seu sofá, onde Marilyn jaz novamente, e o deixa ali, bem visível. "Se o perdeu, que o encontre facilmente", diz você em voz baixa.

Não venha me dizer agora que está com ciúme de um vibrador, Javier?! Já sei que nunca gostou de concorrência desleal, mas descobrir, numa hora como esta, que Sabrina se estimula com um vibrador é o de menos! Ande, relaxe, falta muito pouco para tê-la longe da vista. Amanhã de manhã Niubó lhe explicará os detalhes da operação que lhe proporcionará a tão ansiada segunda chance! Parabéns! Além do mais, esqueceu que amanhã à tarde poderá beijar sua filha, Isaura?

O toque impiedoso do despertador digital o faz levantar-se. Tem início a dança da realidade, Javier. Para começar, Sabrina não está na cama; aquele espaço que você tanto evita, esteja ela ali ou não, se mostra intacto. Você aterrissa na cozinha, mas primeiro dá uma volta rápida de inspeção pela casa toda, convém verificar se sua mulher não se encontra em algum dos numerosos cômodos. Nada. Marilyn continua no sofá, esperando por ela: é a pista definitiva para confirmar que Sabrina passou a noite fora. Estranho. É a primeira vez que ela nem se incomoda em ligar para avisá-lo. Estranho, Javier! Muito estranho!

Você liga para o celular de Sabrina do fixo da cozinha. Ela demora a atender.

– Alô?

Gabriel? Que faz Gabriel com o celular de sua mulher?

– É Javier. Sabrina está?

– Javier, meu amigo, bom-dia, já ia lhe telefonar. Imagino como deve estar aflito, mas não se preocupe. Sabrina está bem. Provamos alguns dos novos coquetéis de Javier de las Muelas, e você sabe perfeitamente que ela não costuma beber... Ficou, digamos, alegrinha, olhe só! Para evitar incômodos, eu a trouxe para um quarto aqui do meu hotel, e agora está dormindo. Fique tranquilo que ela está em boas mãos...

Como pode ser tão cínico?! Não acredito! Você jamais confiaria num sujeito como ele em assuntos de saias. Mas isso o incomoda realmente, Javier? Que mais lhe importa saber que as ásperas mãos de Gabo a tenham acariciado? Já não decidiu botá-la porta fora?

* * *

– Não está pensando bobagens, está? Para mim, Sabrina sempre foi como uma filha malcriada – garante-lhe Gabo num tom de voz excitado. – Não esqueça que fui eu que o apresentei a ela. Nessa relação, eu sou a Celestina.*

Você respira fundo e conta até três. Em seguida, explode:

– Não, pelo contrário, eu me sinto muito mais tranquilo sabendo que ela está com você. Você, ao menos, pagará o quarto, o café da manhã e tudo o mais, diferentemente daquele pé-rapado que trepa com ela. Mas, se pagou um quarto só para ela, como está me falando do seu celular? Não se esforce por fingir, Gabo, não é preciso inventar nada, não se mate procurando desculpas... Sabrina faz um boquete como ninguém, mas isso você já sabe desde aquela noite no Donatien.

Você é um linguarudo presunçoso, Javier! Deveria ser mais prudente. Tenho a impressão de que o jogo está superando-o, ou não?

– Você está muito mudado, Javier, muito mesmo – frisa bem Gabriel. – O Javier que eu conheci jamais teria aceitado uma afronta assim.

– Afronta? Só afronta quem pode, você mesmo me explicou naquela viagem a Roma. E também que "Um sábio até pode se sentar num formigueiro, mas somente um estúpido é capaz de ficar nele".

Você o magoou. Gabriel é um exibicionista que se compraz em provocar com seus atos, tal como o marquês de Sade. Ambos atiçam o fogo da provocação, e isso os preenche; alimentam-se do espanto ou da

---

* A feiticeira e alcoviteira de *La Celestina*, obra de Fernando de Rojas (*c.* 1470-1541). [N. do T.]

consternação que seu exibicionismo causa. Os melhores antídotos contra essa gente são a apatia, a indiferença e o desinteresse.

– Bem – prossegue você com toda a serenidade –, vou desligar, estou com a manhã muito ocupada.

– Espere, Javier! Que tal almoçarmos juntos?

– Tenho uma reunião que não sei quando vai terminar.

– Não importa, não tenho mesmo nada para fazer, vou esperar sua ligação.

Você hesita. Não lhe agrada vê-lo.

– Sem compromisso. Se eu não ligar até meio-dia e meia, pode ir almoçando.

– Combinado.

Você desliga. Não mandou lembranças a Sabrina por ele? "Deixe-me em paz e não banque o engraçadinho. Não sabe a vontade que tenho de apagar todos esses nomes da minha vida: Gabo, Sabrina, Eduard..." Sei, sei, sim. Entendo perfeitamente. Você abrirá as asas e sairá voando. Para longe, muito longe. Até um lugar onde possa experimentar algo parecido com o silêncio adocicado das vinhas. Mas, para poder voar com segurança, Javier, tente ser prudente durante o tempo que lhe resta com Sabrina. Não abra a caixa de Pandora, não estrague tudo agora que a Providência o ouviu e parece decidida a lhe propiciar uma segunda chance. Se Sabrina ficar sabendo por Gabo que você está a par da infidelidade dela e não o demonstrou durante esse tempo todo, é capaz de desconfiar. E agora, Javier, mais que nunca, não lhe interessa despertar nenhum tipo de suspeita.

A rotina matinal de café com torradas com manteiga e geleia, chuveiro, roupão de banho, rádio, closet... com uma única novidade: para ir à reunião com Niubó, você escolhe sua gravata preferida, a de seda, presente de sua mãe pouco antes de morrer. É estreita e antiquada no que se refere à estamparia, mas você sempre sentiu por ela um carinho especial.

Nu diante do espelho, pensa em sua mãe e um calor gostoso percorre seu corpo, como quando pensa em Isaura, sua filha. É o chamado silencioso do sangue, Javier. Inevitável...

Já pronto para sair, você passa por Marilyn, que continua deitada no sofá, com ar de tristeza. Para, olha e lhe dirige algumas palavras:

– Com saudade da mamãe, é, cadelinha? Pois se deu mal! Ela gosta mesmo é de uma rola... Adeus!

Mas que maldade, Javier! Trata-se apenas de um bichinho indefeso. Reserve seus maus bofes para quando se fizerem necessários, e não os desperdice com a pobre cadelinha.

Você levou nada menos que uma hora para chegar ao escritório de Niubó, junto à praça Francesc Macià. As segundas-feiras de manhã costumam ser dias complicados, certamente devido ao reinício das atividades. Pili, a recepcionista, manda-o entrar imediatamente no gabinete do chefão, Jaume Niubó, uns dois anos mais velho que você e com uma visão ampla e profunda do mundo empresarial.

Sem mais cerimônias, e após um breve aperto de mãos – Jaume é do tipo que vai direto ao assunto –, você se senta no lugar habitual, à mesa redonda de reuniões, o que ele faz em seguida, acompanhado do seu famoso bloco de notas. Jaume Niubó, o homem que liquidou mais empresas na cidade, uma espécie de totem do mundo dos negócios, vai passando as folhas do bloco para se situar no assunto: a aquisição da Javier Builts S.L. por Wilhelm Krause.

Coça a cabeça e o observa rapidamente, devolvendo o olhar ao bloco.

– E essa gravata? – ele lhe pergunta,
– É especial.

Ele sorri.

– Eu não sabia que as gravatas retrô estavam na moda... Enfim, não vamos perder tempo: Krause vai comprar sua empresa, essa é a boa notícia; mas há dois detalhes que é preciso considerar: o primeiro e mais urgente é que você necessita da assinatura da sua esposa abrindo mão das participações no bangalô de Dubai e no loft de Paris. São os únicos bens patrimoniais da empresa em que ela figura, é bom lembrar.

Você bufa. A relação com Sabrina é tensa. Certamente ela vai exigir uma contrapartida pela renúncia, você comenta.

– Não está bem com ela? Até que ponto? – pergunta Niubó.
– Estava só esperando me desfazer de tudo para dar início ao processo de separação e divórcio. Não havia pensado no detalhe da participação dela nessas propriedades.
– Foi você mesmo que quis, está lembrado?
– Eu sei, na época ainda estava hipnotizado por ela.
– E por que não a recompensa com a cobertura onde mora? A valorização da sua casa será suficiente para comprar sua renúncia, eu dou um jeito nisso...
– O problema é que neste caso terei de pedir o divórcio antes de liquidar, e então ela é capaz de não assinar só para me arrancar mais dinheiro.

– Não é preciso que diga que quer o divórcio. Simplesmente que a venda da Javier Builts libera ambos de uma carga imensa e que você compensa sua renúncia com a doação total e irrestrita da cobertura.

Você torna a bufar.

– Nem sempre se pode ganhar, Javier. A oferta de Krause, da forma como estão as coisas, é um autêntico milagre, acredite em mim! Fique com os dois imóveis e o cofre. Imagino que não mencionou nada a respeito disso com ela, certo?

– Não, ela não sabe de nada.

– Se ela aceitar a proposta, é só me dizer, hoje mesmo. De acordo?

– Sim.

– O segundo detalhe concerne unicamente a você. O senhor Wilhelm Krause, em pessoa, disse-me que, no ato da assinatura, você deverá ficar com um pacote que está guardado no cartório, em Recasens. Isso mesmo, não faça essa cara, eu também não entendi, mas *Herr* Krause é meio esquisitão, como quase todos os milionários, e eu não tenho a mais remota ideia do que pode haver em tal pacote. Quem sabe as meias da Marlene Dietrich? Sei lá! Na realidade, isso não tem a menor importância.

Você não conhece *Herr* Krause pessoalmente. Ouviu as lendas urbanas que circulam em seu meio e leu a entrevista que ele concedeu à *Forbes*, a revista na qual se exibem os homens mais ricos do mundo, e nada mais.

– E então? Tenho sinal verde? – pergunta Niubó, recostando-se na cadeira e cruzando as mãos na nuca.

– Sim. Hoje mesmo lhe respondo sobre a parte de Sabrina. Acredito que não vai colocar nenhum obstáculo. A cobertura, continente e conteúdo, é uma joia.

– Vamos torcer – diz Niubó.

* * *

Os dois se levantam, ele joga o bloco sobre a mesa e o acompanha até a porta. No curtíssimo trajeto, abraça-o pelos ombros.

– Javier, acho que você devia se dar por muito feliz por conseguir pôr um fim a tudo isso. Poderá começar de novo, sem dívidas, embargos, processos judiciais... Esqueça o valor da cobertura! Se não tivesse recebido a oferta de Krause, ela acabaria nas mãos do banco e você, na cadeia. Melhor que fique nas mãos de Sabrina, e você livre como um passarinho, não acha?

– É, você tem razão.

Quando já estão na porta, despedindo-se, Niubó se lembra de algo que queria comentar com você:

– Já ia me esquecendo! Imagine o que fiquei sabendo ao encerrar o caso da Javier Builts?

Você encolhe os ombros, à espera.

– O grupo de Krause tem participação na Mictal S. A.

Mictal S. A. é uma das empresas de Gabo. O nome parece óbvio. Provém de "mictório", a obsessão colecionadora de Gabriel. O fetichismo urinário, marca da casa.

Você não faz nenhum comentário. É pouco provável que Niubó tenha registrado a sua surpresa. Mais uma coincidência, entre tantas. Talvez você devesse duvidar das coincidências, Javier, não acha?

Na rua, o ar é denso. A cidade numa segunda-feira em horário de pico. Meio-dia e meia. Você pensa se deve ligar para Gabo para almoçarem juntos, mas finalmente decide não fazê-lo. Não tem a menor vontade. Na verdade, deseja que dê logo sete horas para pegar Isaura no aeroporto. Que vontade de vê-la, de ouvir sua voz! Como seria bom poder contar que está a um passo de ser feliz, que se separará da mãe dela, mas que isso não afetará o amor que sente por ela e que você lhe proporcionará o melhor futuro que puder.

Sorri enquanto caminha, porque já tem a impressão de estar ouvindo tudo o que ela terá para lhe contar.

O celular toca.
— Alô?
— Olá, Javier, é Eduard.
A voz é triste e fraca.
— Pode falar.
Você precisa tapar o outro ouvido por causa do barulho.

– Tenho notícias boas e ruins.

Seu coração acelera.

– Qual foi o resultado do exame? – pergunta você, impaciente.

– A boa notícia é que não foi contagiado. Está limpo.

Você afasta momentaneamente o celular para soltar um grito de alegria. Parabéns, Javier! Neste ponto, não precisa mais se preocupar. Está limpo! Poderá começar uma nova vida com a saúde intacta.

– A notícia ruim, meu amigo, é que nesta madrugada Paula nos deixou.

Finge bem, o safado. A voz penalizada lhe transmite uma imagem compungida de Eduard, mas seu coração desenha, efêmera, num pedestal de bruma, Paula, sentada na sala de visitas da casa dos Magrinyàs.

– Como foi?

– O coração parou enquanto dormia. Você não a via havia muito tempo, mas, apesar de toda a sua força interior, estava bastante debilitada. A metástase afetou completamente órgãos vitais, como o coração.

Não a via havia muito tempo... Ontem mesmo esteve com ela, que confirmou quem era a verdadeira pessoa por trás dessa aparência elegante, esportiva, jovial, acadêmica...

Deixe pra lá, Javier! A vida é assim. Uns morrem – Paula –, outros nascem: você, limpo de todo contágio e zerado de dívidas. Ela descansa, por fim, no éter que sustém o silêncio adocicado das vinhas. Descanse em paz, Paula Magrinyà.

– Meus pêsames, Eduard. Quando é o enterro?

– Por desejo expresso dela, a missa de corpo presente será amanhã, terça-feira, às 11 horas, na igreja de Capçanes, sua cidade natal. Alfred e eu estamos querendo mandar celebrar uma missa fúnebre aqui mesmo, na nossa paróquia, semana que vem.

– Então confirme-me, por favor. Gostaria muito de comparecer.

– Obrigado, Javier.

– Eu é que agradeço. Apesar da notícia da morte de Paula, devo confessar que você me tirou um grande peso de cima.

— Acredito. Desculpe, mas ainda tenho de fazer algumas ligações e preciso ir a Capçanes para ajudar Isabel, a irmã de Paula, a preparar tudo.

Você imagina a expressão dura do rosto de Isabel ao ver chegar seu *cunhadinho*. Lembra-se bem do olhar severo do velho Magrinyà no retrato da lareira. Neste ponto, a apreensão com que as irmãs falavam da maldição que ameaçava sua linhagem, pelo fato de o patriarca não ter seguido as instruções da carta do jogo de Sade, o faz estremecer. Um jogo que agora se apresenta como o único obstáculo à sua felicidade, já que a venda da sua empresa está para acontecer, e você ficou sabendo que a imprudência do Donatien com uma mulher promíscua não tivera consequências para sua saúde. O divórcio é questão de tempo e de algum dinheiro. Portanto, a única coisa que o aflige neste momento é a participação num jogo absurdo e perigoso que, por enquanto, fez uma vítima.

O duplo sentimento, de felicidade e aflição, acompanha-o até o estacionamento onde deixou o carro. Você cogita seriamente em mandar o jogo às favas, esquecer-se de tudo. Não olhar mais para trás, virar a página. Afinal de contas, nem conhecia Magda, e, além disso, é bom não esquecer que ela foi capaz de enganar o pobre Alfred com o próprio sogro. Ainda que este também a enganasse, por sua vez, com Ivanka, a prostituta da Caverna dos Senhores... Você conhece o ponto fraco de Eduard e sabe também, quase com certeza, que foi ele o assassino de Magda. O motivo? Isso você ignora, mas é melhor deixar pra lá, já tem muito caroço embaixo desse angu. E o que dizer de Gabo e Jota, seu hipotético filho ilegítimo? Ou de Sabrina e seu papel neste jogo? Quantas rolas sua mulher terá chupado até agora?

* * *

Você desce ao segundo pavimento, onde está estacionado seu Cayenne. Respira fundo de olhos fechados antes de abrir a porta. "Coragem, tudo vai sair bem", repete. "Além do mais, dentro de algumas horas vou pegar Isaura." Quando já vai entrando no carro, ouve uma voz a suas costas e se vira. É Josep, o vendedor da loja de roupas, o cara que trepa com Sabrina.

– Josep? Que está fazendo aqui?

– Estava sentado no Sandor, vi-o passar e segui-o. Há dias que ando querendo falar com você e não sei como.

– Falar? Você e eu? Sobre o quê? – pergunta você com indiferença.

– Sobre Sabrina.

– Já sei que trepa com ela. Que mais?

– Não é isso. Ela está lhe preparando uma armadilha. Quer arruinar sua vida. E me usou como objeto.

Ouviu bem, Javier? Sabrina está armando para cima de você, e quem diz é o cara que possui uma autêntica obra de arte entre as pernas, o sujeito que você vem bancando há um bom tempo.

– É claro que ela o usou! Para foder, e só. Qual a surpresa?

– Não se trata disso. Desde o primeiro momento ela quis que você soubesse da nossa relação. Há alguém que a domina, que a manipula como a um fantoche. E acho que estão querendo lhe passar a perna.

Perfeito! Quem diria?... O cara que você tanto odiou de início, que protagonizou suas fantasias eróticas em que Sabrina ia para a cama com ele, o mesmo sujeito que você amaldiçoava pelas despesas que lhe dava, vem agora salvar sua vida.

Você olha fixamente para ele. É um bom ator, isso você já sabe do Donatien, mas você seria capaz de jurar que seu ar de preocupação é sincero.

– Vamos comer alguma coisa, e então me conta tudo.

– Certo!

Você tranca novamente o veículo, e os dois seguem para a praça Francesc Macià.

– Alguma preferência?

– Aqui perto, na rua Laforja, há o Kat Kit.

– Conheço, estive lá com Sabrina. Come-se corretamente.

– Fui eu que o descobri – acrescenta ele com certa timidez.

Você prescinde do comentário.

– Vamos lá, então – limita-se a dizer.

* * *

Mal conversaram no caminho até o restaurante de ambiente moderno em que o rosa pastel combina com o chão escuro e o negro da mobília. Deixa que ele escolha a mesa e passa rapidamente os olhos pelo cardápio.

– Bem, já escolhi.

Ele demora um pouco mais para se decidir. Quando o faz, deixa o cardápio sobre a mesa e diz-lhe, com voz melíflua:

– Antes de tudo, quero que saiba que lamento. Sinto muito tê-lo enganado.

Você o interrompe:

– Não é preciso que se desculpe. Só me abalou no início. Depois, deveria até lhe agradecer, porque passei a já não ver em Sabrina, minha mulher, a mãe de minha filha, senão uma puta que eu comia com mais prazer que nunca.

Josep fica perplexo.

– Como se conheceram?

– Foi Berta quem nos apresentou numa cafeteria do Passeio de Grácia. O marido dela é cliente da loja em que trabalho. Nós nos encontramos casualmente. Eu estava numa mesa, e as duas entraram com sacolas de compra. Berta me cumprimentou. Eu as convidei para a minha mesa, e elas aceitaram. Sabrina me atraiu imediatamente, é linda e muito sexy...

– Quando ficaram juntos pela primeira vez?

O cara fica ruborizado. É salvo pela chegada do garçom, porque evidentemente sua pergunta o deixou envergonhado.

Depois que fazem os pedidos, você insiste:

– Quando começou essa relação?

Ele responde sem olhá-lo nos olhos:

– Naquela tarde mesmo. Na verdade, ela ficou me provocando desde o primeiro instante. Não demorou muito, piscou um olho para mim disfarçadamente, pediu licença e foi ao toalete. Eu esperei um minuto, desculpei-me com Berta e parti para o banheiro. Ela me esperava no toalete feminino com a porta aberta. Fez um sinal e me mandou entrar. Transamos ali mesmo.

Pô, Javier! Já não é o suficiente?

– Está bem, não precisa prosseguir. O que você tem para me contar?

– Sua esposa é viciada em sexo. É uma patologia com a qual vem lutando faz anos, está até se tratando com um psicólogo. Ela o trai desde sempre, Javier, não consegue evitar. Desde trepar com um desconhecido no banheiro de um posto de gasolina até transar com três homens diferentes num único dia.

– Sabrina é ninfomaníaca?

– Não, são coisas diferentes. Ela própria me explicou. O vício de sexo tem mais a ver com o risco, o tabu ou a aventura do que com a necessidade de ter orgasmos.

Está vendo, Javier? Viciada em sexo. E depois ainda tem a desfaçatez de lhe dizer coisas como: "Nós, mulheres, não pensamos sempre nisso, como fazem os homens."

– E que mais?

– Num encontro de *swingers* de que nós dois participamos, Gabriel Fonseca também estava. Ao longo da noite ela tomou umas e outras e, quando bebe, solta a língua, suponho que você saiba que a bebida logo lhe sobe à cabeça. Falamos de você. Gabriel se gabava de haver comprado sua alma e de ter usado Sabrina para tal fim. De repente surgiu o assunto de um cofre.

– Um cofre?

– É, Sabrina contou a Gabo que, em segredo, você vinha preparando uma reserva econômica já havia algum tempo.

* * *

Então Sabrina sabe da existência da sua poupança? É impossível. Somente você, o banco e Jaume Niubó sabem. E se foi Jaume? Não, impossível. Eles mal se conhecem. Mas nesse caso, Javier, como explicar que ela esteja a par disso?

– E que mais?

– Gabriel mandou que ela se calasse, mas, bêbada, Sabrina ergueu o copo e fez um brinde que não vai lhe agradar...

Josep parou, mas você pede que ele prossiga.

– "Às economias do imbecil do meu marido."

Josep não lhe esclarece grande coisa a respeito do plano de Sabrina, mas o certo é que isso, Javier, o deixou absolutamente desorientado e preocupado. Logo agora que você já sentia o gostinho do mel na boca e quase podia tocar com a ponta dos dedos a segunda chance que tanto almejava, Sabrina pode pôr tudo a perder. Está a par até da existência do cofre com seus fundos secretos, seu seguro para o dia seguinte ao Juízo Final...

E agora como propor a ela que assine a renúncia aos dois bens em que figura para você finalizar a venda da Javier Builts? Será que vai se conformar apenas com a cobertura quando sabe que você dispõe de uma bela quantia não declarada guardada num cofre?

Você sente o calor de um veneno no sangue. Odeia-a. Odeia essa maldita viciada que o vem enganando durante tantos anos. Viciada em sexo? E você no mundo da lua... Otário, idiota! Pensava que estava caidinha por você, que você a deixava louca, e no fundo a única coisa em você que lhe interessava era a grana.

O encontro com Josep o deixou desconcertado. Os sonhos esperançosos se afastam voando.

Não seja derrotista, Javier! Avalie bem a situação e mantenha a calma. Ela sabe da existência do cofre, mas será que sabe quanto contém? Isso só você sabe, só você tem acesso à câmara blindada do banco. "E como essa maldita puta terá se inteirado disso?", você se pergunta, irritado.

* * *

Você sai com o carro do estacionamento ainda ruminando a última confissão de Josep. Quase no fim do almoço, você perguntou por que ele lhe estava revelando tudo aquilo, por que traía a própria amante. Com a inveja que o fez merecedor do papel de Leviatã no jogo de Sade, ele explicou: "Desde o princípio fui levado a acreditar que fosse uma aventura ensandecida e impulsiva. Uma mulher atraente que buscava prazer, risco e sexo fora de casa, como tantas outras. Mas depois fui descobrindo que ela estava apenas me usando, sabia, de alguma forma, que você estava a par. Tirando nossos encontros eróticos, ela não contava comigo para nada. Para uma mulher linda e rica como Sabrina, eu continuava a ser unicamente o bonitão vendedor de uma loja de roupas."

Não lhe deu pena, mas você chegou, sim, a sentir uma leve simpatia por aquele sujeito que havia esperado algo mais de Sabrina. Imbecil! Pobre imbecil! Certamente havia esfriado ao perceber que sua mulher não tinha a menor intenção de dividir nada com ele além de um jantar ou um quarto luxuoso de hotel.

Você dirige sem saber para onde. A cabeça ferve. Faltam ainda quatro horas para ir ao aeroporto receber Isaura, sua filha, o que você mais ama no mundo. O celular volta a tocar. Você aciona o viva-voz:

– Alô?

– Oi, Javier!

– Sabrina?

– A própria.

– Onde está?

– Acabo de chegar em casa, estou envergonhada pelo que aconteceu esta noite e queria que conversássemos antes de Isaura chegar.

– O avião aterrissa daqui a quatro horas e eu não gostaria que...
Ela o interrompe:
– Falei com papai, e ele irá pegá-la. Vai dormir na casa deles, e amanhã virão todos jantar aqui em casa para comemorar o aniversário dela.
– Pois então ligue para seu pai e diga que não vá ao aeroporto, porque eu estou com vontade de buscar minha filha pessoalmente.
Faz-se um silêncio.
– Quer saber a verdade sobre o jogo de Sade?
– Perdão, não entendi.
– Estou esperando você em casa, Javier. Neste momento, o mais importante é o que nós estamos jogando. Precisamos conversar. Temos muitas coisas para contar um ao outro.

Não lhe deu opção para a réplica. Você olha o relógio e pensa em Isaura. "Merda!", balbucia. Sabrina lhe lança um desafio e você não quer aceitá-lo? Porque, se não ouviu direito, ela perguntou se você queria saber a verdade sobre o jogo de Sade. Eu, em seu lugar, não hesitaria, iria para casa, ouviria a vagabunda que tanto contribuiu para ferrar sua vida e depois tentaria solucionar os problemas para ter um final discreto e tranquilo. Amanhã verá Isaura. Poderá passear sua imaginação por Florença com seus relatos e acariciar os cachos dourados dos seus cabelos enquanto confessa que ela é o que de mais importante aconteceu na sua vida.

Contrariado, você resolve ir para casa. Dirigindo, promete a si mesmo que, quando tudo tiver terminado, procurará fugir do seu passado o quanto antes. Segue pensando na estratégia por adotar, preparado para uma possível chantagem, seja lá qual for o motivo. E, sem saber como, seu pensamento se transporta para umas vinhas viçosas e tristes, uns olhos doces e fundos, os da finada Paula.

Os cedros-do-líbano do jardim que se vislumbram ao chegar a casa resistem aos embates da melancolia, do tempo, do luxo, das mesquinharias, dos gestos heroicos... Seu ciclo de seiva, lento e sábio, reflete-se na beleza das folhagens. Você entra na garagem e estaciona na sua vaga, entre o Smart de Sabrina e o Porsche 911 Carrera de um imbecil que mora no primeiro andar. Você toma o elevador que vai direto à cobertura, sem passar pela portaria. Esta é uma das muitas reclamações que o proprietário do Porsche, Nicolau Albiach, havia exposto nas recentes reuniões do condomínio. Reivindicava que o elevador da garagem parasse na portaria para que Joan pudesse controlar quem entrava e saía do prédio. A maioria foi contra, por considerar suficiente a câmera da entrada do estacionamento. Joan dispunha de um monitor com as imagens.

Seu coração se acelera antes de você abrir a porta de casa, mas é normal. Finalmente poderá deixar tudo às claras com Sabrina, como Deus quer.

Você abre. Recepção silenciosa. O cheiro do aromatizador de ambiente e o rastro do Chanel Nº 5 de sua mulher. Na sala de visitas você depara com Sabrina no sofá, vestindo uma malha de ginástica azul. Não vê Marilyn.

– Oi, Sabrina.

– Oi, Javier. – Ela não se mexe do sofá, onde está sentada na posição do lótus.

Você deixa a pasta de couro em cima da mesa de centro e senta-se no sofá.

– E então? – pergunta você, de braços abertos. – Por onde começamos?

Você nota que o vibrador que tinha achado junto ao bar já não está em cima do sofá, onde o havia deixado. E também que a fisionomia dela é tensa.

– Nossa relação nunca foi sincera, não é? – você a interroga ao ver que não diz uma palavra.

– É verdade, eu nunca o amei – responde ela com uma frieza assustadora.

– Por que, então? Por quê? – pergunta você, já em tom de voz exaltado.

– Vamos tentar ser adultos, Javier; não vamos fazer nenhum espetáculo, está bem?

– Está bem!

– Nunca o amei. Casei com você porque era um cara esperto, que tinha deixado Gabo bem impressionado. Estar a seu lado me proporcionou comodidade e... – declara isso com um fiozinho de voz envergonhado – uma filha maravilhosa.

– Parece que, neste ponto, estamos de acordo. Mas descobri muitas coisas a seu respeito, Sabrina, coisas que nunca teria imaginado.

– Como, por exemplo...

– Que é viciada em sexo, que me foi infiel desde o princípio...

Ela sorri para você impudicamente.

– Pronto, estava demorando a aparecer o macho dominante! E você não me traiu? O que me diz da puta com quem se meteu em Roma, ou aquela outra, da Sicília?

– Ora, ora! Vejo que Gabo a manteve informada...

– É, eu gosto de sexo, sim, desde bem novinha, sou viciada, sim, e daí?

– Nada, só que podia ter me contado. Vem fingindo esses anos todos. Você tem consciência do tempo que perdemos?

– Eu não perdi tempo, você talvez sim! Corri atrás do que era meu – afirma com total descaramento.

– Eu a odeio, Sabrina – você deixa escapar, sem querer.

– Eu sei disso.

Nervoso com o comportamento dela, você se dirige ao bar e pega a garrafa de Johnny e um copo. Volta a sentar-se e serve-se dois dedos.

– Você é um cretino, Javier. Por sua soberba, jogou pela janela um futuro brilhante. Estava tão absorto em seu mundinho, tão isolado de tudo por uma egolatria operística, que não via o que tinha diante dos olhos. Por que acha que ultimamente, quando estávamos na cama, eu nem sequer o olhava? Por que acha que eu sempre inventava desculpas para não estar com você? Você me dava nojo, Javier, eu me sentia suja depois que transávamos.

Você repete a operação de servir-se uma dose. Outro gole. A exultante sinceridade promete.

– Pois eu até que aproveitei muito bem comendo você tal qual é: uma puta. Especialmente quando mamava minha piroca tendo seu lindo dedo no rabo.

Sabrina fica incomodada. Muda de posição. Apoia os pés no chão e se inclina para frente.

– Achava que podia me enganar? Que eu ia deixá-lo escapar com o dinheiro que vem escondendo no cofre do banco? Você me toma por idiota?

Ela se levanta bruscamente e se aproxima com ar ameaçador.

– Eu o tenho preso pelos colhões, Javier. Precisa da minha assinatura para vender a empresa aos alemães e já sabe o que isso vai lhe custar.

Outro gole antes de responder ao ataque:

– E como sabe disso? Como sabe que estou negociando com os alemães? Também trepa com o Niubó?

– Não, até já tentei, mas Jaume é inacessível. Daquela espécie de homens para os quais uma aliança no dedo anular é mais que um enfeite. Está lembrado da noite em que fomos jantar juntos no Botafumeiro? Eu o abordei quando você e a mulher dele foram pegar a bolsa que ela havia esquecido no nosso carro. Imperturbável, ele me olhou com aquela tediosa e habitual serenidade e disse: "Trair a esposa é uma deslealdade e fazê-lo com um amigo o é em dobro." Não, eu não fiquei sabendo por Jaume Niubó, e sim por Gabo.

– Mas claro, ia me esquecendo! A Mictal S. A., a empresa dele, faz parte do grupo Krause! – você exclama.

– E Gabo e *Herr* Krause se conhecem bem. Ou acha que essa proposta é coincidência? Estão comprando sua firma porque Gabo quis assim.

Você fica parado, sem saber se é apenas uma alta de pressão arterial, provocada pelo calor do momento, mas tem a impressão de estar perdendo o equilíbrio.

– E por quê? – pergunta você, quase desmaiando. – O que Gabo quer agora, depois de todo o mal que me fez?

Sabrina ri.

– Idiota! Você é tão previsível em tudo!

Sua cabeça roda. Você começa a ver tudo turvo. Apesar disso, consegue ainda vislumbrar a figura fornida de um homem vestido em traje de época que abraça Sabrina por trás.

– Marquês de Sade? O que faz aqui? – pergunta você com um imenso esforço.

– Temos uma partida pendente, lembra? – responde ele, agarrando Sabrina pela cintura.

– Uma partida? – pergunta você antes de perder a consciência.

– O jogo de Sade, o meu jogo.

Você desperta devagar. Como se saísse de um túnel, a luz vai se tornando mais intensa à medida que você recobra a consciência. Sentado no sofá de Sabrina, você olha para o meio da sala de jantar, mas não consegue se mexer. Deus do céu, Javier! Está amarrado! E você olha para o bar. Que vê? Não é Anna? É, parece, mas sua cabeça pende e só vê seu corpo escultural, nu, e os cabelos louros arrepiados.

Você estremece. Ela está amarrada pelas extremidades, com os braços para trás, no bar, e um rio de sangue cobre o chão. Sangue que vem do pescoço. Foi degolada.

— Está acordado, Javier?

Você se vira na direção da voz, à direita. O marquês de Sade! O mesmo homem com a vestimenta idêntica à do Donatien o olha, sentado numa cadeira.

— Quem é você? O que está acontecendo aqui?

— Eu sou Donatien Alphonse François, marquês de Sade.

O indivíduo cuja voz você não conseguiu identificar se levanta de repente, com agilidade, e se dirige ao centro da sala de visitas.

— Distinto amigo, o que fizestes? Como vos ocorreu matar esta garota em vossa própria casa? No jogo de Marselha não havia mortos, ou não lestes o relato? Apenas voluptuosidade, vassouras de urzes e balas com cantárida. Parece-me que vos haveis excedido!

— Como é? Eu não matei ninguém!

O marquês de Sade executa uma reverência burlesca.

— Eu sei, mas não é isso o que o inspetor dos Mossos pensará quando aqui chegar, convocado por vossa belíssima esposa. O cadáver está em vossa casa. O número do telefone celular da garota constará entre as chamadas que recebestes recentemente. Vós a sodomizastes diante de possíveis testemunhas no Donatien, certamente com enorme prazer, não? E, se notardes bem, introduzido em seu maravilhoso púbis há um utensílio de prazer que ostenta vossas impressões digitais.

É verdade, você nota o vibrador que pegou no chão do bar supondo pertencer a Sabrina.

– Além disso – prossegue o marquês –, encontrarão, guardados em vosso escritório, relatos muito suspeitos, buscas na Internet sobre mim, o marquês de Sade... Enfim, uma avalancha de provas que vos incriminarão como assassino presumido de Anna Rius, e, por dedução, de Magda Pons, ou Jeanne Testard, como preferirdes.

Apesar de ainda estar sob o efeito de algum narcótico que devem ter posto em seu uísque, você compreende que é verdade: está numa enrascada. Tenta reunir forças.

– Pode tirar a máscara, Eduard! Eu sei de tudo. Por ora, estou fodido, como diz, mas vou esclarecer tudo com todos os detalhes. Isabel, sua cunhada, e seu filho me ajudarão a desmascará-lo.

O indivíduo disfarçado não se abala. Pelo contrário, parece divertir-se, satisfeito. Gesticula teatralmente e arranca a máscara.

– Eu sabia! Mas por que, Eduard?

– Por que o quê? – ele lhe devolve a pergunta, mudando o tom de voz e adotando o seu.

– Por que matou Magda? Por que abusou de seu próprio filho? Por que me culpar nesta história?

Ele o interrompe:

– Mais devagar! Só consigo responder a uma pergunta de cada vez...

– Por que matou Magda?

– Não fui eu, foi o Jota. Magda e Jota tinham um caso. O rapaz é ciumento e muito irascível, patologicamente violento, e a matou após o espetáculo no Donatien. Sabia que eu era o marquês do jogo, o médico que abusara dele, seu criador, e não conseguiu se controlar. No dia seguinte, quando Alfred estava fora, foi visitá-la, como outras vezes, e a matou.

— Como é?

— Jota é filho ilegítimo de Gabriel com uma putinha de nome Soledad. O garoto foi meu paciente, tratei-o de um transtorno de conduta e o iniciei no jogo das correias. Quando cresceu, ficou forte, cruel e muito hábil com os chicotes. É um senhor respeitado no nosso mundo.

— Nosso mundo? A que mundo se refere?

— Ao sadomasoquismo, Javier, ao mundo do prazer e da dor num baile de voluptuosidade...

— E por que queria me fazer acreditar que era Alfred?

— Vi a possibilidade de incriminá-lo e assim ter alternativas para administrar a herança da família da mãe dele.

— E acha que Isabel, sua cunhada, permitiria tal coisa?

— Ora, ora! Estou vendo que conhece Isabel! A questão é que eu não tinha nada a perder com a tentativa. Além do mais, cá entre nós, Javier: Alfred é patético!

Eduard, ridículo naqueles traje, senta-se à sua frente.

Você deve admitir, Javier, que nunca poderia imaginar Eduard metido nesse figurino grotesco. Você o considerava um gentleman, um atleta da cultura, um homem sensato, um sujeito exemplar, incapaz de calçar meias de seda como essas ou de ostentar uma peruca empoada.

"Isso é bom para que você perceba a importância da imagem de uma pessoa. Eduard, vestido assim, deixa de ser Eduard. O hábito faz o monge."

Acha mesmo isso? Considera que, com o terno preto da Brioni e os sapatos finos da Sebago, Eduard se transforma como um super-herói da Marvel? Pois eu não, Javier, não acredito que o hábito faça o monge, mas sim o contrário: é o monge quem confere valor ao hábito. Este disfarce nada mais é que um espantalho, uma mascarada.

— Quando recebi a carta do jogo do marquês de Sade, fiquei louco de emoção. Tinha ouvido falar nela, mas sempre pensei que se tratasse de uma fantasia dos libertinos. A família da Paula tinha sido, supostamente, vítima da maldição que se abate sobre aqueles que não seguem seus ditames. A euforia que experimentei ao ter nas mãos o manuscrito original foi, possivelmente, a melhor coisa que já me aconteceu na vida. Coloquei imediatamente mãos à obra e escolhi entre meus pacientes e conhecidos os sete pecados capitais e Baphomet.

– Gabo?

– É, mantemos com ele um estreito laço de afinidades libertinas, que nosso menino, Jota, nos ajuda a satisfazer.

– Nosso menino? Você é nojento, Eduard! Será que não vê em que se transformou?

Sorri. Eduard sorri, satisfeito.

– Está dizendo isso por causa desta fantasia? Eu sempre fui a mesma pessoa, Javier. Todos me olhavam diferente, gostavam de me idealizar e de me endeusar. Mas na realidade eu sempre fui o mesmo.

Neste momento você se recorda da frase de Paula, moribunda, sobre o vinho que, tal como Blanca, você julgava sempre honesto. Paula se encarregou de refutá-lo: "O vinho é capaz de mentir, sim. Atrás de um aroma sedutor pode se disfarçar um sabor decepcionante."

– E Sabrina?

– Sabrina era minha paciente; veio a mim por recomendação de Gabo. Banal, preguiçosa e viciada em sexo. Necessita de aventuras sexuais radicais, com desconhecidos. Seu físico espetacular lhe permitiu satisfazer seus desejos, ou baixos instintos, como diriam os moralistas. Sempre foi a menina dos olhos de Gabriel. E, cá entre nós – ele se aproxima em atitude confessional –, como chupa gostoso.

– Onde está ela?

– Foi buscar sua filha no aeroporto. Virá com ela para cá, para esta casa, e então depararão com este espetáculo delirante. Chamarão os Mossos e... Bem, você está mesmo metido numa bela enrascada.

Você sente a ira consumi-lo.

– Você não vai sair dessa. Não pode fazer isso comigo! Vou contar tudo, todos os detalhes, e todos acreditarão em mim.

Uma voz vinda de suas costas o interrompe:

– Não, meu amigo, não contará nada. Terá de se conformar em me devolver parte do que lhe dei em seu momento, e ponto final.

É Gabo, em cujo olhar reluz a sombra da perversão.

Gabo está com os óculos escuros retrô que costumava usar nos momentos solenes. Você nunca conseguiu entender por que ele precisava camuflar um olhar frio. Para que dissimular a combinação explosiva de maldade e paixão de suas pupilas? A verdade é que Gabo cuidava da estética do seu papel mediante a troca de óculos. Ele se aproxima e lhe dá uma palmadinha nas costas.

– Vou direto ao ponto, Javier, deixarei a conversa fiada argentina para outra ocasião. Você tem duas opções. A primeira é me entregar todo o dinheiro sujo que tem no cofre do banco. Irei junto, porque evidentemente não deixarei que me engane. Quanto mantém lá? Dois, 3 milhões?

– Muito dinheiro, mas continue com a proposta – responde você sem se alterar.

Nesse meio-tempo, Eduard se senta no sofá com os pés em cima da mesa. Os sapatos brancos de verniz reluzem.

– Você me passa toda a grana, eu ligo para o Krause e em dois dias, no máximo, o contrato de compra e venda da sua empresa estará assinado. Evidentemente, para compensar a renúncia, deverá dar a Sabrina a cobertura. Caso aceite essa primeira opção, Sabrina não virá com Isaura, dormirá na casa de seus pais, nós levaremos o cadáver de Anna e deixaremos tudo limpinho por aqui.

– E a segunda?

– A segunda opção é para o caso de você não topar. Então Sabrina virá para cá com sua filha, e tudo o incriminará. Além disso, ela não assinará o contrato de compra e venda da empresa. Eu mesmo me encarregarei de falar com *Herr* Krause...

– Mas eu posso apresentar testemunhas, esclarecer tudo direitinho, fazer com que Isabel, Alfred, Ivanka, Josep testemunhem...

– Não o aconselho. A não ser que lhe seja indiferente o que possa suceder com Isaura. Pense que ela estará com a mãe, ao nosso alcance, portanto. E você não há de querer que meu filho, Jota, se divirta com ela em seu quarto especial, não é mesmo?

– Você é um filho da puta, Gabo! Algum dia pagará caro por tudo isso!

Sem se abalar nem um pouco com a ameaça, Gabo se senta ao lado de Eduard e sorri.

– Logo você terá de deixar-me a fantasia – insinua a Eduard, dando-lhe um tapinha afetuoso na perna enfiada na meia de seda.

– Não sei se é do seu tamanho!

Os dois sorriem, relaxados, enquanto você tenta se soltar, em vão.

Você está ferrado, Javier. Em seu lugar, eu aceitaria sem pestanejar a primeira opção, porque a segunda ameaça Isaura e você sabe que essa gente é capaz de tudo. O ruim é que perderá os quase 3 milhões de euros que guardava para começar vida nova. Mas quanto vale desfrutar de uma segunda chance? Quanto vale Isaura?

– E então, Javier? O que decide? A ou B? – quer saber Gabo.

– A primeira opção – responde você, trincando os dentes de pura raiva.

– Sábia decisão, Javier. Eu sabia que não iria me decepcionar.

Gabo pega o celular e digita um número.

– Sabrina? Seu marido resolveu que é melhor você passar a noite aí com seus pais. Boa-noite e um beijo na garota!

Desliga e digita outro número.

– Jota? Pode mandar a equipe de limpeza. Até já.

Ele desliga e se volta para você. Tirando um canivete automático do paletó, corta o que o ata.

– Relaxe. Deve estar com as pernas e os braços entorpecidos. E nada de continuar bebendo a garrafa de Johnny do bar ou voltará a dormir um bom pedaço. Pegue o que for preciso, porque terá de passar a noite fora, enquanto o pessoal da limpeza deixa sua cobertura... digo, a cobertura da Sabrina, do jeitinho que estava.

Você anda pela sala para movimentar as extremidades adormecidas de seu corpo contendo a raiva. Chega perto do cadáver de Anna e, penalizado, olha para ela.

– Que lástima! Trepava tão bem... – comenta Gabo. – Não é, senhor marquês?

– Uma aluna aplicada! – afirma Eduard, fazendo uma reverência ao cadáver.

Você não dá uma palavra. Esses sujeitos lhe dão nojo. O ar que você respira lhe dá nojo. Tudo lhe dá nojo. Você só anseia uma coisa: ver Isaura e beijá-la, abraçá-la. É a única coisa que lhe resta.

Não se passaram nem cinco minutos quando Gabo o convida a sair com Eduard.

– Esta noite, Javier, você terá o prazer de dormir em companhia do marquês de Sade. Não é qualquer pessoa que pode se gabar disso. Amanhã de manhã virá para cá às nove e meia, eu o estarei esperando. O apartamento estará inteiramente limpo. Irei com você até a câmara blindada do banco e abriremos o cofre. Pegaremos o dinheiro e no dia seguinte você assinará o contrato de compra e venda e a doação da cobertura. Se quiser, pode ligar para Niubó agora mesmo para que ele prepare o termo de doação do imóvel a Sabrina. Depois de tudo isso, poderá ver sua filha. Estará livre como um passarinho que deixa o ninho, Javier, mas convém ter em conta que, se alguma vez se sentir tentado a retomar essa história por vingança, iremos atrás de Isaura. Estamos entendidos?

Você concorda em silêncio e sai com Eduard, que, embora tenha vestido uma calça por cima do calção de seda, continua com um aspecto ridículo.

Você passou a noite na casa de Eduard, praticamente sem dormir. De início ele tentou puxar conversa, como se nada houvesse acontecido, como se tudo fosse como antes, mas você não se prestou a tamanha falsidade. Além da repugnância que o desgraçado lhe inspira, há a lembrança de Paula, aquela mulher gentil e admirável de quem você teve a honra de se despedir em meio ao silêncio adocicado das vinhas. De modo que você não lhe pediu nenhuma explicação adicional e, consumido pela ira e pela raiva, se limitou a se trancar no quarto de hóspedes, onde ficou refletindo sobre como poderia começar de novo, sem um centavo no bolso, e quem poderia lhe dar a mão para você refazer sua vida.

Pensou em duas pessoas. A primeira, Niubó. Ele sempre pode lhe conseguir trabalho no escritório, conhece-o bem e sabe quais são suas fraquezas. Com o salário que Niubó lhe oferecer, pode alugar um apartamentinho e começar de novo. A segunda é Blanca. Sim, Javier, sem saber como, você acabou pensando nela. E se lhe explicasse tudo, tintim por tintim, e lhe pedisse uma oportunidade? Não conseguirá enganá-la, Blanca conhece o segredo das suas mentiras: as orelhas que logo ficam vermelhas. É possível que ainda sinta algo por você e possa ajudá-lo a encontrar o caminho do coração. Procuraria um trabalho em Madri e...

Ânimo, Javier! Está vendo? Tudo é um recomeço, assim é a vida: quando uma porta se fecha, outra se abre. E nem todo mundo é capaz de começar do zero! Que dizer dos condenados à morte por alguma doença grave, como o câncer? Não ouviu já uma infinidade de vezes que a maioria deles daria qualquer coisa para recobrar a saúde? Recomeçar. Você tem a vida, e tem Isaura, sua filha, que o ama e por quem você tem adoração. Vamos lá, rapaz!

Você foi para casa, onde Gabo o esperava. Você se surpreende. Não resta o menor sinal do cadáver nem do sangue de Anna. A equipe de limpeza realizou um bom trabalho. Sem mais demora, os dois seguem para a agência bancária onde uma câmara blindada abriga os cofres de aluguel. Você dirige o Cayenne com Gabo a seu lado. Tenta evitar conversa, porque este sujeitinho não apenas lhe repugna: se pudesse, você o mataria com as próprias mãos. Você o odeia, até a morte.

Só que guardar silêncio com ele não é fácil. Um exibicionista como Gabo não consegue ficar calado. E veio logo com o papo do jogo de Sade:

– Que talento admirável o do marquês de Sade para bolar um jogo como este, não acha?

– Para ser sincero, parece-me uma atrocidade. Quem quer verdadeiramente perdurar deve semear amor.

– Divirjo de você, Javier, mais uma vez. Sade era um gênio incompreendido. Por isso foi condenado a um cativeiro quase perpétuo na maturidade e na senectude. Ele desejava ser compreendido, e que lhe conferissem a importância que merecia. Daí a engenhosidade do jogo na carta escrita na Bastilha e escondida dentro do rolo de *Os 100 dias de Sodoma*.

Você pigarreia e suspira.

– Se for possível, Gabriel, eu gostaria de esquecer esse assunto. Não quero voltar a ouvir falar de Sade.

– Está bem, está bem. Não é preciso ficar assim. Tudo o que você conseguiu na vida fui eu que lhe ofereci de bandeja. Ou já se esqueceu?

– Não. E antes nunca o tivesse conhecido... Mas por que me tratou assim, Gabriel? Por quê?

— Por prazer. Por puro e simples prazer! É como o Criador, entende? Primeiro dá e depois toma... Simples assim.

Você prefere não dizer que um dia todo o mal que ele fez se voltará contra ele. Que você tem o pressentimento de que seus dias de exibicionismo de urinol estão chegando ao fim. Não que você seja um adepto fervoroso da justiça universal, mas assinaria embaixo que "não há mal que sempre dure, nem bem que nunca se acabe".

Chegados ao banco, os dois entram com uma bolsa que o próprio Gabo lhe deu para guardar a grana. Depois que você cumpre todos os protocolos de segurança e identificação, descem ao subsolo, onde fica a galeria dos cofres, acompanhados por um vigilante armado e um funcionário. Ao chegarem ao boxe de número 235, o funcionário enfia uma chave na fechadura enquanto você introduz a sua na outra. Giradas as chaves, ele se retira, deixando-os a sós. Você abre a portinhola. Os maços de cédulas de 500, 200 e 100 euros se acham cuidadosamente empilhados e ordenados. Você começa, pessoalmente, a transferi-los para a bolsa, sem deixar nem um; Gabo, porém, com ar galhofeiro, pega um maço de notas de 200 e faz um gesto para que o devolva ao cofre.

— Não é bom deixá-lo totalmente vazio — explica com sarcasmo.

Você obedece. Chama o funcionário, e, com as duas chaves, tornam a fechar o cofre. Sob o olhar do vigilante, sobem ao térreo. Antes de irem embora, o funcionário lhe pergunta:

— Tudo bem?

E dá uma boa olhada na bolsa preta que você carrega com a mão direita.

— Tudo bem, muito obrigado.

Chegando à rua, você contém o impulso de dar uma porrada em Gabo e fugir com a grana. Entram no veículo, e, já com ele em movimento, o telefone do argentino toca. Ele atende. Você não entende o que ele diz, fala em alemão, um idioma que você desconhece completamente. Ele desliga com um sorriso de orelha a orelha e se dirige a você:

– Você tem sorte, meu amigo. Isso é que é eficiência! Era *Herr* Krause confirmando a assinatura para amanhã de manhã no cartório de Recasens. Acaba de acertar tudo com Niubó. Wilhelm é um homem muito objetivo nos assuntos que lhe interessam.

A rapidez o surpreende, como também o fato de *Herr* Krause ligar para ele. Você expressa suas dúvidas:

– Wilhelm me solicitou informações sobre a sua empresa e sobre você quando se interessou pela Javier Builts através de uma proposta de Niubó. Ele havia se inteirado de que você havia realizado muitas subcontratações para a minha empresa e também que éramos velhos amigos.

– Niubó me disse que, por orientação expressa do senhor Wilhelm Krause, eu deverei aceitar um envelope no momento da assinatura.

– Sobre isso eu não sei nada, mas o velho Wilhelm é um homem enigmático. Dizem que é descendente de um caçador de bruxas e visionário do Renascimento, e posso lhe assegurar que há qualquer coisa de especial nele. É uma figuraça.

Se ele mesmo, "o ambíguo asfixiante", diz isso, Javier, imagine como deve ser o sujeito! Mas, no fundo, nada disso importa. A única coisa que lhe interessa é que ele compre a empresa e o deixe limpo de toda e qualquer dívida. É só isso o que conta realmente.

Mas, de repente, um terrível pressentimento o assalta. O envelope do enigmático *Herr* Krause... E se for a carta da Bastilha, do jogo de Sade?

Só a ideia já o deixa horrorizado. A última coisa que você desejaria é reviver o pesadelo.

Você deixou Gabo no hotel Arts. Seus lábios sangram de tanto mordê-los enquanto o via entrar no saguão do hotel com a bolsa preta, seu seguro de vida para o dia seguinte ao do Juízo Final. Resignação, Javier!

Você segue para a casa dos pais de Sabrina. Moram na esquina da Rua Ganduxer com a Via Augusta, num primeiro andar. Você deseja beijar Isaura, dar-lhe os parabéns pelo aniversário, mas declinará do convite para almoçar, porque não tem a menor vontade de dividir a mesa com Sabrina. Por isso até já pensou numa desculpa: precisa preparar a documentação para a assinatura de amanhã.

Estaciona o Cayenne numa área azul e entra no edifício de tijolinhos vermelhos, elegante, mas sem o glamour do seu, nem o encanto da folhagem ornamental dos cedros-do-líbano. Você não anunciou a visita, donde a expressão de surpresa e desagrado de sua sogra:

– Javier! Que surpresa!

Apertam as mãos. Já faz muito tempo que não se beijam. A antipatia que ela lhe inspira é recíproca.

– É só uma passadinha, para dar um beijo em Isaura.

– Claro, entre. Sabrina saiu, mas Isaura está no computador.

Você chega à sala de jantar, que combina o exotismo ornamental marroquino com o tom clássico e sóbrio de Pedro Jiménez. Sua sogra o convida a sentar-se e chama Isaura.

– Querida! Seu pai está aqui!

Sua filha surge como um raio e se atira sobre você, sem sequer lhe dar tempo de levantar-se. Os dois rolam sobre o sofá como duas crianças sob o olhar de reprovação da avó.

Isaura lhe conta da viagem florentina de uma forma que ratifica que também ela é uma dessas pessoas que sabem captar o espírito secreto das cidades. Fala de Florença como se estivesse viva, com seus suspiros e anelos, com o olhar emocionado pelas lembranças.

– Trocou beijos com esse garoto às margens do Arno? – pergunta você em um momento de cumplicidade.

Ela ruboriza. Um ramo de papoulas frescas lhe sobe às faces.

– Sim – responde ela, timidamente.

– É especial, não é?

Ela sorri, ruborizada.

– Foi nosso primeiro beijo na boca.

– Oh! Sublime, minha filha. Não há lugar melhor para descobrir a doçura de um beijo que Florença e o rumor do Arno.

Sua sogra contempla a cena com inveja. Ela tem de admitir, Javier, que nunca experimentou esta cumplicidade com Sabrina.

– Fica para almoçar?

– Não posso, preciso preparar uma papelada muito importante para amanhã – comenta você, olhando de relance para a sogra, tentando descobrir se ela sabe de alguma coisa. Se sabe, não demonstra. Você se despede de Isaura, prometendo que amanhã à tarde estarão juntos em casa, e então você olhará todas as fotografias que ela tirou.

Quando está a ponto de virar as costas, sua sogra o detém:

– Pensou bem em tudo, Javier?

Há um brilho desconhecido em seus olhos.

– Sim.

– Então, muita sorte.
– Obrigado!

E, quando ela fecha a porta, você se pergunta por que nunca se mostrou tão amável como agora...

O grande dia! É hoje a assinatura. Ontem à tarde, após a visita à casa dos sogros e um almoço frugal, você foi ao escritório de Niubó para assinar e revisar a papelada exigida. Jaume lhe mostrou todo satisfeito os documentos de renúncia de Sabrina aos dois bens, exibindo-os como um troféu de caça. Você sorri. Olha os documentos e sorri. "Se soubesse o preço!"

Enquanto aguarda a chegada dos procuradores e advogados de *Herr* Krause, Jaume Niubó o relembra de que você precisa cumprir o compromisso de aceitar o envelope que se acha sob custódia no cartório do amigo em comum, Diego Recasens. Eles lhe entregam o envelope e o fazem assinar um recibo na presença de Niubó.

– Pequeno demais para caber as meias de Marlene Dietrich! – brinca ele.

Trata-se de um envelope de tamanho médio com plástico bolha interno de proteção. Apalpando-o, parece-lhe perceber que há algo sólido dentro.

– Não vai abrir? – pergunta Niubó.

– Não. Se forem mesmo as meias da Dietrich, quero curtir sozinho...

Você sorri, ainda que mordido pelo bichinho da curiosidade. No entanto, sem saber bem por quê, por algum pressentimento inexplicável, decide abri-lo mais tarde, reservadamente.

Os procuradores de *Herr* Krause se apresentam. O processo segue rápido, e antes do previsto estão todos apertando as mãos em uma das salas do cartório. Bern Foster, homem de confiança de Krause, um bávaro da sua idade, o dobro de corpulência e cabelos ruivos como os nórdicos primigênios, pega-o pelo braço e vai afastando-o do grupo.

— Recolheu o envelope? — pergunta ele, num catalão impecável.

— Sim. De que se trata?

Seu olhar é sério, e transmite respeitabilidade.

— *Herr* Krause me pediu que lhe dissesse o seguinte: "Ofereço-lhe a liberdade, compro sua liberdade para cumprir uma missão que encontrará no envelope. Por favor, seja digno deste gesto. Confie em mim."

Você fica desconcertado.

— Não estou entendendo!

— Abra o envelope quando estiver sozinho. Parabéns e boa sorte!

Todos se despedem, e você oferece carona a Niubó em seu carro até o escritório. Ele está satisfeito, e você, apesar de tudo, também.

— Feliz, Javier?

— E como!

— Não sei por quê, mas não me dá essa impressão. Parece preocupado.

— Trata-se do fato de ter vendido a empresa que ergui com tantas esperanças!

Não é verdade, Javier, é outra das suas mentiras. O que o desassossega mesmo é haver perdido a grana do cofre, suas reservas secretas.

— Você se reinventará, amigo; além de talento, dispõe dos recursos necessários para pensar tranquilamente em que fazer.

— Por acaso não estará precisando de um colaborador como eu? Minha experiência no ramo da construção pode ser bastante útil para você...

— Está brincando?

— Não.

Niubó o olha com seriedade.

– Vou pensar, mas você precisa saber que como chefe eu sou intratável.

– Não acredito.

Ele sorri.

– As pessoas enganam.

– Como os vinhos – acrescenta você, pensando em Paula. – Atrás de um aroma sedutor pode disfarçar-se um sabor decepcionante.

– Exatamente! Muito boa essa, vou tomar nota.

Você o deixa na esquina do escritório.

– Obrigado por tudo, Jaume!

– Não há de quê. Não me agradecerá quando chegar a fatura com meus honorários... E cuidado com esse envelope. Pode ser que em vez das meias da Marlene Dietrich você encontre a cueca de *Herr* Krause!

Bom sujeito, esse Niubó! E honesto. Você avança alguns metros com o carro sem tirar os olhos do misterioso envelope. A curiosidade o devora. Estaciona defronte da vitrine de um antiquário e o abre. Dentro há um curioso anel dourado com a inicial "J" em relevo sobre a esfera orlada por finíssimas asas. Era este o objeto que dava volume ao envoltório. Você encontra também um envelope menor, branco, que revela, ao ser aberto, uma espécie de carta escrita a pena, com caligrafia elaborada e inclinada. Você a lê...

Estimado Javier:

A liberação de suas dívidas não foi casual. Nada o é, creia em mim. Parece-me que você, como vítima das armadilhas do malvado Gabriel, conheceu sobejamente o inferno. Agora que está livre e lhe cresceram as asas, gostaria que emergisse o ser de luz que dormita em seu interior, o anjo Jofiel, a quem Lúcifer, o demônio da soberba, manteve subjugado durante todo este tempo.

Por este motivo entrego-lhe este anel, o anel do anjo Jofiel, guardião da sabedoria e da árvore do bem e do mal. Ponha-o no dedo anular e deixe-se guiar pela luz para encontrar o ser que o complementa como Jofiel. Creio que se escutar as batidas de seu coração saberá deduzir onde encontrá-la. Um encontro aparentemente casual os pôs em contato recentemente?

Entregue-se a essa luz, tome o caminho do coração. Ela o instruirá sobre como fazê-lo e qual é a nossa missão atual, a dos Sete Arcanjos permanentemente em confronto com os sete súcubos dos sete tabernáculos do inferno. Seja digno daqueles que o precederam na posse deste anel. Espero que voltemos a nos encontrar muito em breve entre os sete raios de luz.

WILHELM KRAUSE BINSFELD
Arcanjo Miguel

Você bufa! Que é isso, Javier? O velho Krause está dizendo que comprou sua empresa falida só para que você leve a cabo uma missão? Você olha de relance para a vitrine do antiquário. Seus olhos se cravam nos de uma antiga boneca de porcelana, inertes, ausentes e impactantes ao mesmo tempo.

Você está perplexo, não sabe o que significa essa história dos sete arcanjos, que alcance tem e muito menos o que implica esse estranho anel.

Enfim, Javier, se sonhava em ser livre, logo percebe que se tratava de uma pretensão demasiadamente ousada. Livre? Não seja ridículo! Jamais somos livres, e muito menos quando lhe propõem que caminhe dos campos ermos do ódio às planícies do amor. Em ambos os casos sempre há escravidão, lembre-se bem, Javier! As paixões nos proporcionam verdades efêmeras, como os perfumes que se evaporam na pele suave de uma mulher. O tempo foge, e nele as palavras incandescentes de paixões, amores, traições e ódios se agitam até acabar reduzidas a nada.

Você se pergunta onde estão as mãos criadoras dos olhos dessa boneca de porcelana da vitrine que tanto lhe chamaram a atenção. Onde estarão neste momento essas mãos delicadas, capazes de imortalizar o sentimento efêmero da vida em certos olhos? Você não sabe como, o olhar da boneca de pedra o levou à casa de Capçanes, junto à cadeira de Paula, relegado ao mutismo inerte de uma maldição decadente…

Você arranca com o carro, desviando o olhar da vitrine e com a sensação confusa de que ainda há dados rolando sobre o tabuleiro de jogo enquanto você vai descobrindo a própria precariedade vital.

Ao volante, você suspira profundamente e, olhando para o céu, remeloso e timidamente acinzentado, confia-se ao que a vida lhe reserva. Seja o que for, Javier, nunca esqueça que o destino tem seus caprichos. Tudo o que você viveu ultimamente foi um exemplo disso. Apesar de você. Apesar das luzes sonolentas de um meio-dia.

Impressão e Acabamento:
GRÁFICA STAMPPA LTDA.
Rua João Santana, 44 - Ramos - RJ